獅頭花

Lady
the
Lionhead

陳耀昌 著

水底寮
枋寮
北勢寮
加祿
嘉和
南勢湖
枋山（崩山）
莿桐腳
楓港
力里
大鳥萬
出水坡
草山★
★本武
★大龜文（內文）
霧里乙山
內文山
獅子頭山
麻里巴★
上瑯嶠十八社
內獅★
內獅瀑布
★外獅
★阿塱衛（安朔）
★竹坑
★忠心崙
★射不力社
★牡丹路
女乃山
★上快社
★女乃社
★牡丹大社
★下快社
★加芝萊
牡丹灣
枋寮鄉
春日鄉
達仁鄉
獅子鄉
枋山鄉
牡丹鄉
枋山溪
草山溪
南勢溪
七里溪
阿士文溪
內獅溪
阿塱衛溪
楓港溪

上下瑯嶠地圖

大龜文的心臟地區在枋山溪（大龜文溪）流域及阿塱衛溪流域，也就是北至率芒溪與草山溪，南至楓港溪中間的範圍十八社，是概稱。今之枋山鄉則為當時的漢人移民地域。

｜黃昶憲 繪｜

★排灣部落及地域　●漢民及平埔庄

1812-1875年行政區
一府四縣三廳
今日鄉鎮界
府治
縣治、廳治
縣丞
巡檢
艋舺縣丞
頭圍縣丞
淡水廳
噶瑪蘭廳
1816年改設大甲巡檢
貓霧拺巡檢
彰化縣
鹿港巡檢
南投縣丞
斗六門縣丞
笨港縣丞
澎湖廳
嘉義縣
佳里興巡檢
1837年改隸臺灣縣
大武壟巡檢
臺灣縣
臺灣府
羅漢門巡檢
下淡水縣丞
興隆巡檢
鳳山縣
1869年改設枋寮巡檢
0 25 50 100
公里
葉高華 2017

1875 年前後之清代台灣行政區域圖。1875 年起，建「台北府」，瑯嶠改為「恆春縣」，施行「開山撫番」，是清代對台政策大變革之重要轉折年份。

｜中山大學葉高華教授繪製提供｜

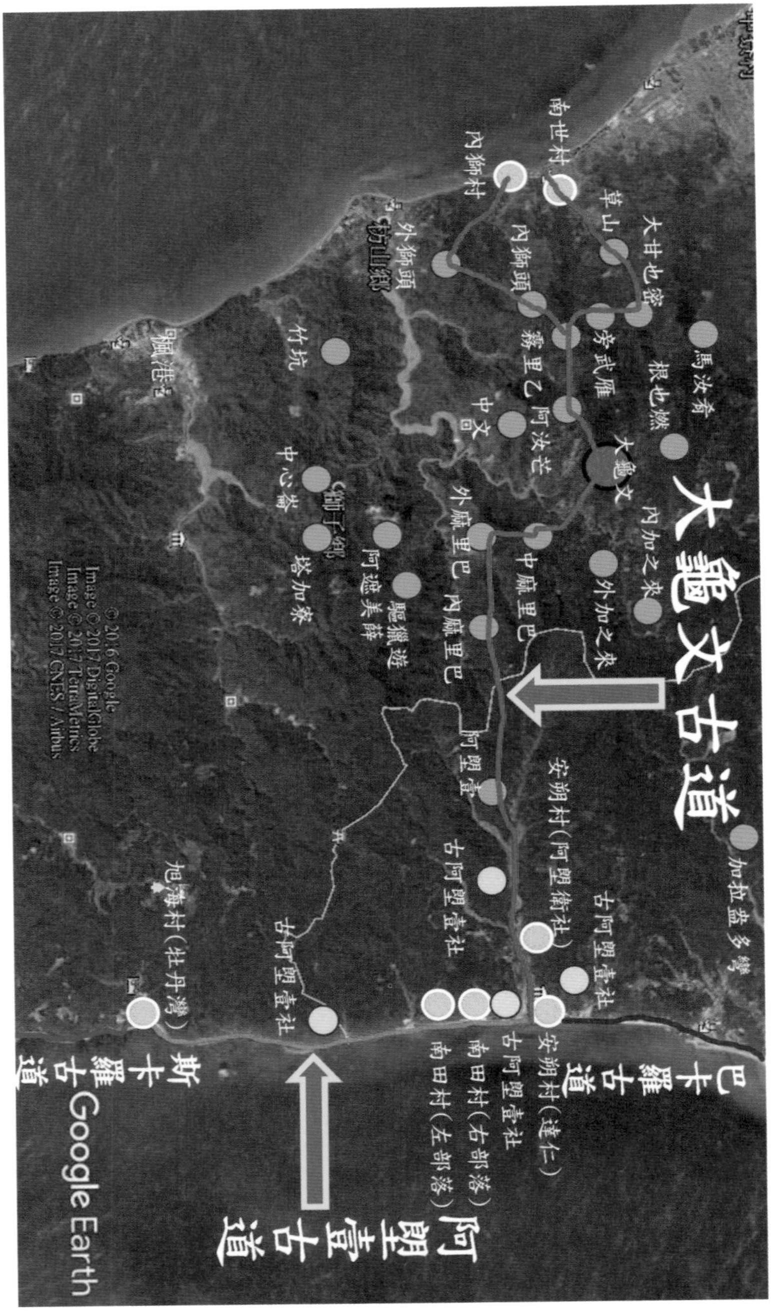

1875 年左右的大龜文酋邦地域圖，有兩條主要古道。包括聯繫太平洋的「阿塱壹古道」，及聯繫境內重要部落的「大龜文古道」。阿塱壹古道在清朝官文書上稱為「瑯嶠卑南道」。

繪圖者：潘志華（阿拉拜・巴笞拉戈 Alapay Patalaq ）擷取 Google 地圖改繪。潘老師也是邏發尼耀家族。

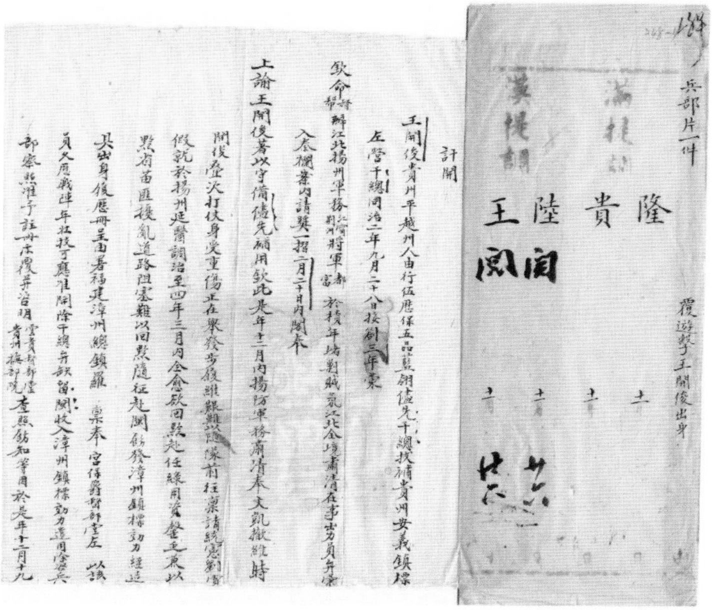
兵部片一件
滿摺錄
漢摺錄
隆 貴 陸 王
閏 鳳
覆遊擊王開俊出身

計開
王開俊貴州平越州人由行伍歷保五品藍翎儘先千總拔補貴州安義鎮標
左營千總同治二年九月二十八日接劄三年案
欽命督辦江北揚州軍務江寧將軍都統富 於積年堵剿賊氛江北全境肅清在事出力員弁案
入奏欄叢內請獎一摺二月二十日內閣奉
上諭王開俊著以守備儘先補用欽此是年十二月內揚防軍務肅清奉文凱撤維時
開俊疊次打仗身受重傷正在衆發步履維艱難以隨隊前往稟請統憲劉
假就於揚州延醫調治至四年三月內全愈欲回黔赴任緣因資斧缺乏東以
黔省苗匪擾亂道路阻塞難以回黔隨征赴閩飭發漳州鎮標効力經造
具出身後歷冊呈由署福建漳州總鎮羅 稟奉 宮保前督部堂左 以該
員久歷戎陣年壯技可應准開除千總并缺留閩收入漳州鎮標効力遇有兵
部察照准予註冊在案并咨明雲貴督部堂 貴州撫部院 查照飭知等因於是年十二月十九

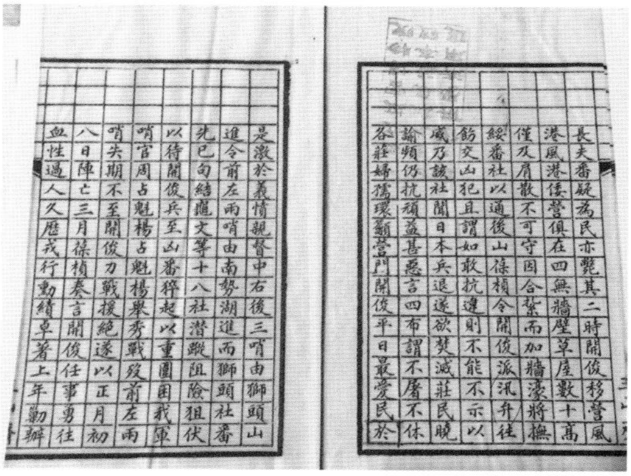
長夫番疑為民亦甕其二時開俊移營風
港風港倭營俱在四無牆壁草屋數十高
僅及肩散不可守因合紮而加牆濠將撫
綏番社以通後山葆楨令開俊派汛弁往
飭交山犯且謂如敢抗違則不能不示以
威乃該社聞日本兵退遂欲焚滅莊民曉
諭頻仍抗頑益甚惡言四布謂不屠不休
各莊婦孺環籲營門開俊平日最愛民於

是激於義憤親督中右後三哨由獅頭山
進令前左兩哨由南勢湖進而獅頭社番
先已句結龜文等十八社潛蹤阻險狙伏
以待開俊兵至山番猝起以重圍困我軍
哨官周占魁楊占魁楊舉秀戰歿前左兩
哨失期不至開俊力戰援絕遂以正月初
八日陣亡三月葆楨奏言開俊任事勇往
血性過人久歷戎行勳績卓著上年勦辦

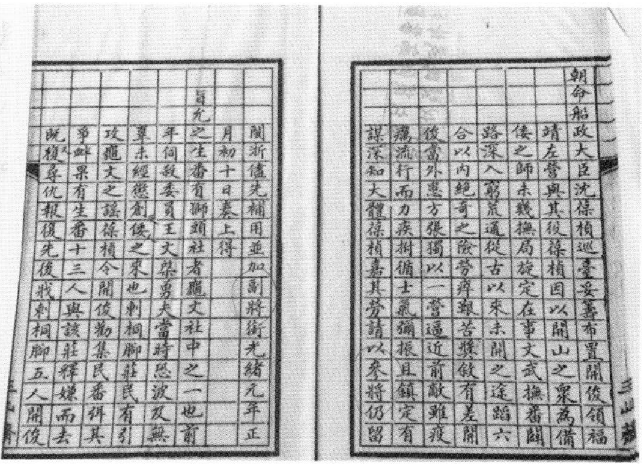
朝命船政大臣沈葆楨巡臺妥籌布置開俊領福
靖左營與其役葆楨因以開山之衆為備
倭之師未幾撫局旋定在事文武撫番闢
路深入窮荒通從古以來未闢之途蹈六
合以內絕奇之險勞瘁艱苦獎敘有差開
俊當外患方張獨以一營逼近前敵難疫
癘流行而力疾拊循士氣彌振且鎮定有
謀深知大體葆楨嘉其勞請以參將仍留

閩浙儘先補用並加副將銜光緒元年正
月初十日奏上得
旨允之生番有獅頭社者龜文社中之一也前
年伺殺委員王文棨勇夫當時恐波及無
辜未經懲創倭之來也刺桐腳莊民有引
攻龜文之謠葆楨令開俊勸集民番研其
爭衅果有生番十三人與該莊釋嫌而去
既複尋仇報復先後戕刺桐腳五人開俊

故宮所存之王開俊相關檔案記載。 | 國立故宮博物院藏品 圖像授權 |

七里溪河口。七里溪主溪流只有四公里，故名「七里溪」，一般地圖均未記載。光緒元年正月初八，駐兵楓港的游擊王開俊率軍征伐內獅頭社，先焚社殺婦孺，卻在回程時，在七里溪上游山中遭內、外獅頭社伏擊，死傷慘重，震驚清廷。遂引發後來大龜文人與淮軍的大戰。這裡是台灣史的重要戰場，建議屏東縣政府仿「牡丹社事件」在此地建標示及説明。

｜陳耀昌 攝｜

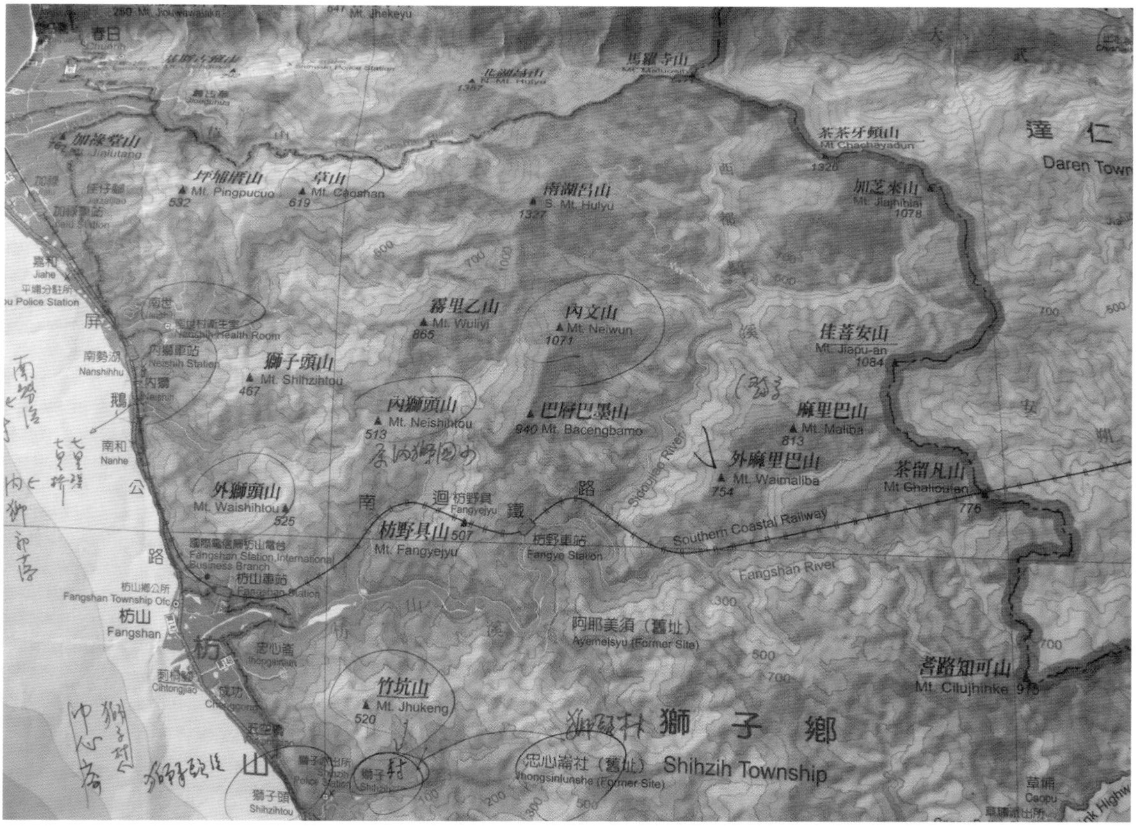

由此地圖可看出王開俊征伐獅頭社的行軍路線。他原計畫由枋山溪至阿士文溪溯溪而上，先到內獅山旁之內獅部落，再經外獅頭山山側之七里溪河谷下山，回到南勢湖。（參見第二、三頁之上下瑯嶠地圖）

｜陳耀昌 攝｜

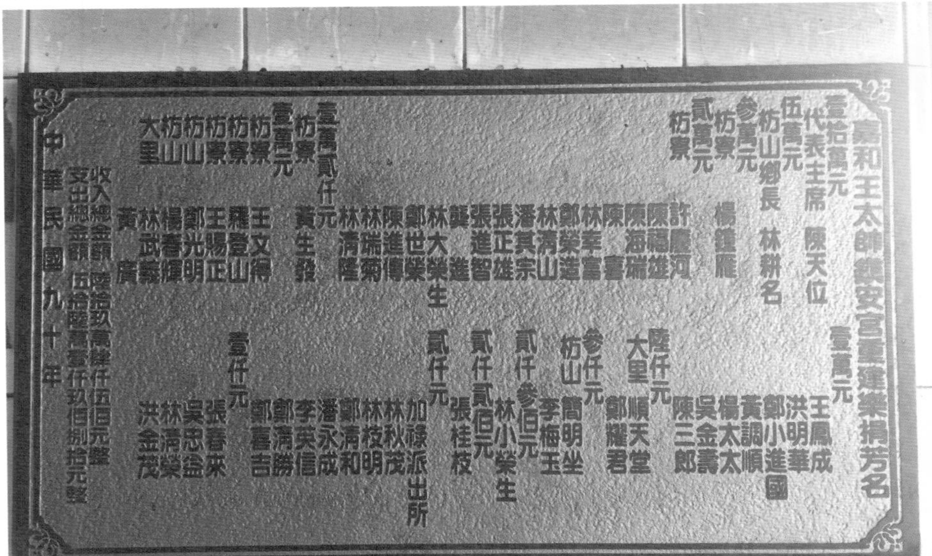

❶~❸ 位於屏鵝公路嘉和海邊的「鎮安宮」，廟前有塔，塔上有「王」字，於 2001 年遷建。｜陳耀昌 攝｜

❹ 鎮安宮內之王開俊神像。

❺❻ 屏鵝公路旁現其他小型有旗或牌位但無神像之「五營將軍」小祠，也是祭拜王開俊。

❼ 舊廟「王太帥鎮安宮」，已找不到。

| 陳耀昌 攝 |

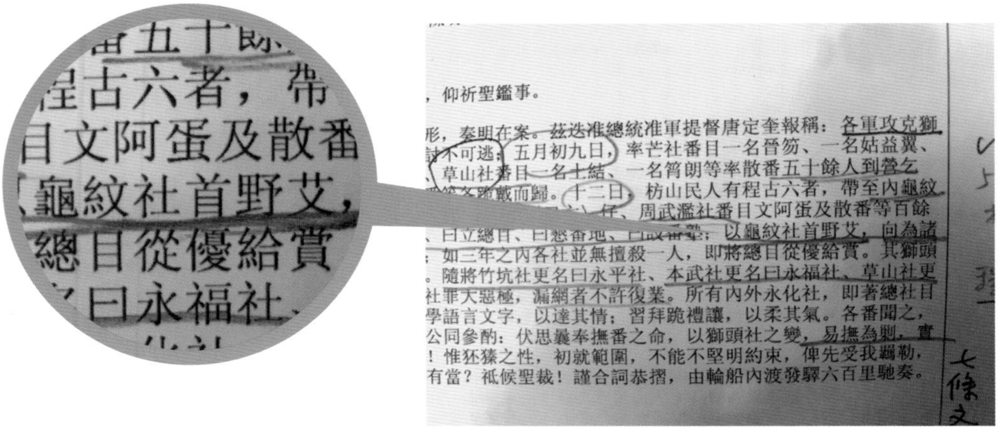

，仰祈聖鑑事。

形，奏明在案。茲迭准總統淮軍提督唐定奎報稱：各軍攻克獅
討不可逃；五月初九日，率芒社番目一名晉笏、一名姑益冀、
、草山社番目一名士結、一名筲朗等率散番五十餘人到營乞
跪戴而歸。十二日，枋山民人有程古六者，帶至內龜紋
任、周武濫社番目文阿蛋及散番等百餘
、曰立總目、曰懲番地、曰設番塾；以龜紋社首野艾，向為諸
：如三年之內各社並無擅殺一人，即將總目從優給賞。其獅頭
。隨將竹坑社更名曰永平社、本武社更名曰永福社、草山社更
社罪大惡極，漏網者不許復業。所有內外永化社，即著總社目
學語言文字，以達其情；習拜跪禮讓，以柔其氣。各番聞之，
公同參酌：伏思曩奉撫番之命，以獅頭社之變，易撫為剿，實
！惟狉獉之性，初就範圍，不能不堅明約束，俾先受我羈勒，
有當？祗候聖裁！謹合詞恭摺，由輪船內渡發驛六百里馳奏。

沈葆楨的奏章中，「野崖」稱為「野艾」。

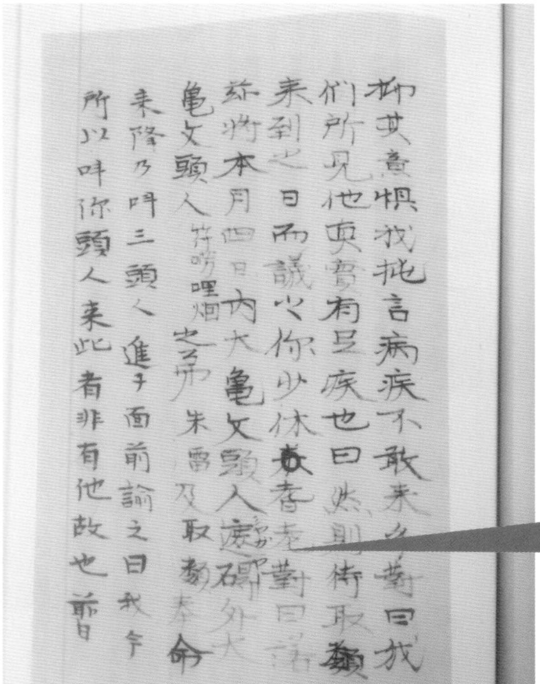

「野崖」的日文拼音出處。（見橫山棄之《風港營所雜記》，參見正文）。

淮軍攻破內外獅頭社摺（光緒元年四月二十三日）

初四日，宋先聘營其山巔，龜紋社之接濟梗矣。南勢湖一路，又派中軍前營副將劉朝林營於獅頭山背，去外獅頭社僅二里。訪聞大甘仔力、周式濫等社皆萃居外獅頭社，壘石牆、插鹿角、建望臺、樹哨旗以守；我軍疊次陣斬悍番二十餘名、轟傷百餘名，而兵勇陣亡受傷者亦十數名，將士憤極，勇氣彌厲，各思滅此朝食。而兼旬不雨，酷熱有如內地之六月，張光亮、王德成、章高元感受嵐瘴，病莫能興；張光亮以十四日歿於營次，知府田勤生代領其眾。唐定奎登山察看形勢：見生番於各山稍平之處，亦自伐木通路；蓋知官軍清道而後行，故掘阱乎其中，置伏於其旁，去荊棘以誘我也。十五日，唐定奎面授各統帶機宜。十六日子時，蓐食銜枚而進剿內獅頭社者，唐定奎自督親兵正營為中路，陳有元率左軍左營為左路，宋先聘率右軍右營為右路，而以副將畢長和帶親兵副左營伏於山後，以斷龜紋社救援之途，田勤生以左軍正營繼之，何迪華帶左軍右營扼山岡以斷外獅頭社往來之道。東方未白，中路之兵已過三卡，闃其無人；至第四卡，逆黨呼嘯迎拒，槍砲雨集。而陳有元、宋先聘已由左右逾嶺，軼至山巔，卡番擾動，中路遂乘銳猛攻，連破堅卡，與左右合搗賊巢，該番依然負險死守。龜紋社凶番聞信，果以二百餘人前來，遇伏而潰；畢長和、田勤生仍留哨設伏，另分兵由山後繞出，與中、左、右三路並力合圍，自卯至巳，賊砦始破。計斬悍番六、七十名；內一名名阿拉擺，龜紋社番酋之弟也。轟傷者二百餘名、生擒小番二名、奪獲槍刀三百餘件。餘番二百餘人衝入深林，向龜紋社而竄；何迪華追抵風吹嶺，始還。當時我軍一面囊土築營，一面搜查草寮。抄出福靖左營旗幟十餘面、抬砲十桿、番槍百餘桿、刀斧千餘柄、火藥百餘斤、鴟芋數百石、髮辮二十餘條，焚其草寮二百餘間；檄左軍右營何迪華守之：此四月十六日攻克內獅頭社之情形也。

沈葆楨與唐定奎合奏之《淮軍攻破內外獅頭社摺》中，記載了獅頭社之役中大龜文酋番之弟「阿拉擺」的名字。

此照片攝於 1915 年。確知身分者，左二蹲坐者是大股頭人邏發尼耀家族野崖，右一為二股頭人酋龍家族。野崖看起來已垂垂老矣，約六十來歲。此時離 1875 年獅頭社戰役已整整四十年。左一及右二執歸化旗幟者可能是野崖的兒孫輩。

資料來源：鈴木秀夫，《台灣番界展望》（台北：理蕃之友發行所，1935），頁 82。

❶ 屏鵝公路上的獅頭山，山勢如雄獅佇立，獅頭面海。

❷ 阿士文溪谷風景秀麗，往南望去，可見遠方南迴鐵路在遠方，約枋野站附近，過去為大龜文人活躍區域，現在則為「枋山芒果」之主要產地。

❸ 阿士文溪上游之卡悠峰瀑布，舊名「內獅瀑布」，離「內獅頭山」甚近，表示這一帶即「內獅頭社」舊址，也是當年「獅頭社戰役」之主戰場。

｜陳耀昌 攝｜

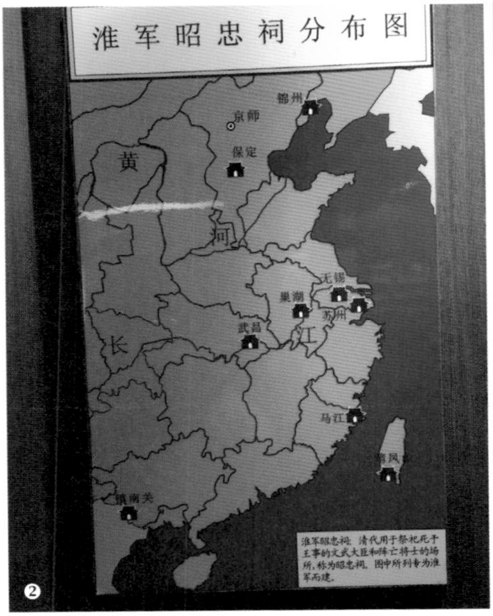

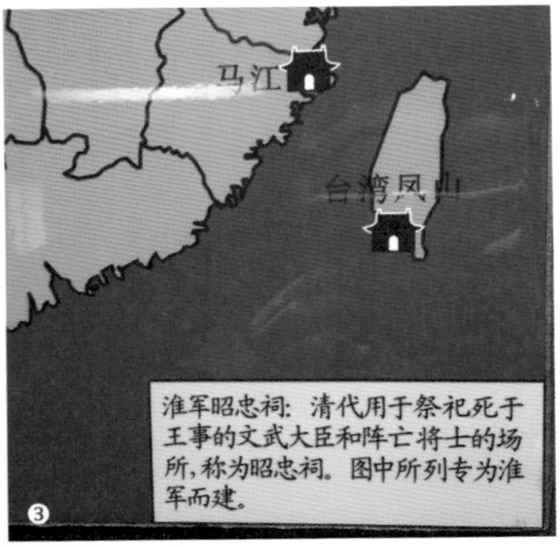

❶ 合肥李鴻章故居。

❷❸ 在李鴻章故居展示之淮軍昭忠祠分布圖，❸ 則標示台灣鳳山有昭忠祠。

｜陳耀昌 攝｜

無錫淮軍昭忠祠，匾額為李鴻章親題。

｜陳耀昌 攝｜

合肥李鴻章故居內所展示的淮軍圖片與標幟，以及李鴻章像。

｜陳耀昌 攝｜

❶❷ 同治十三年（1874）沈葆楨為加強海防，在台灣府（今台南）海邊建「億載金城」礮台並題字。｜李茂德 攝｜

❸ 福州沈葆楨故居。｜陳耀昌 攝｜

❹ 沈府中懸掛之沈葆楨像。｜陳耀昌 攝｜

❺ 沈葆楨在 1874 年（甲戌）冬建延平郡王祠並為鄭成功題詞，以收攏台灣人心。

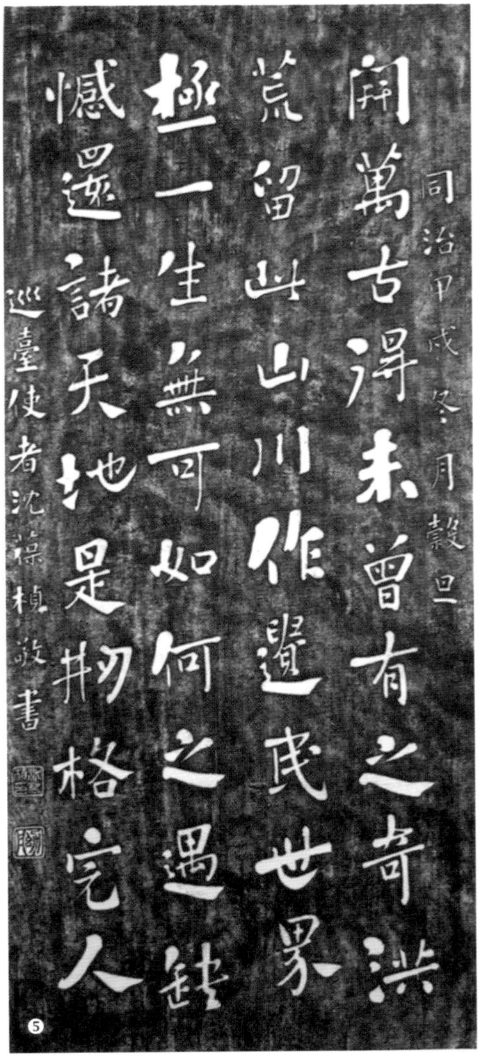
開萬古得未曾有之奇洪
荒留此山川作遺民世界
極一生無可如何之遇缺
憾還諸天地是拓格完人
同治甲戌冬月穀旦
巡臺使者沈葆楨敬書

船政風臺
沈葆楨故居
福建省級文物保护單位
福建省人民政府
一九九六年九月二日公布
一九九七年九月立

❶❷ 楓港德隆宮是楓港人信仰中心。廟後隔一馬路就是獅頭山群。當年大龜文人出沒之地，近在咫尺，可以想見當年墾民對「生番」之恐懼。當地耆老言 1914 年南蕃事件時，人居楓港家中可以聽到山上原住民部落戰鼓擂擊之聲，而鄉民集會思考對策也都在此廟中。

｜陳耀昌 攝｜

❸ 德隆宮也是 2016 年 1 月蔡英文競選總統時誓師出發之地。蔡英文小時候應該常到此廟。此廟雖小，而在台灣史上地位不小。

｜轉載自《自由時報》｜

位在北勢寮的「淮軍祠」，原建於光緒三年（1877），埋有約四百名未參加「獅頭社戰役」即已病逝台灣的淮軍。白軍營祠堂內有「淮軍義祠」與「淮軍昭忠祠」的匾額（圖二）。不知自何年始，居民以「白軍營」稱之。白軍營歷經至少二次改建，現址為 2004 年柯三坤老先生（圖四）又新建，並立小碑誌之（圖三）。

｜陳耀昌 攝｜

位在佳冬玉光村的「忠英祠」，祭拜光緒初年清軍「開山撫番」時，台灣鎮總兵張其光的部屬李光所率領的廣東軍，修闢三條崙古道（即「浸水營古道」）之殉難將士。佳冬也是乙未之戰中，台灣對抗日本人的最南戰役之地，由佳冬客家大族蕭家率領，故已有一百四十年歷史的「皇清振字福靖營開山陣亡病故員兵弁勇丁神位」被後來當地人所建的「忠勇公聖駕」牌位所遮蓋。故當地人皆誤認這「忠英祠」供奉的是為 1896 年陣亡的抗日義士。（參見正文 65 頁註 1）

｜陳耀昌 攝｜

王開俊故鄉貴州平越，今名福泉，屬黔南布依苗族自治州。施秉縣則為羅大春故鄉，屬黔東南苗族侗族自治州。（圖一）福泉到施秉約一小時車程。王開俊與羅大春為貴州同鄉（極可能具苗族血統？），故兩人結為親家。目前貴州學者對羅大春津津樂道。王開俊雖在《平越直隸州志》中有寥寥數語提及，但幾乎無人曾聞其名。圖三為羅大春在來台之前，擔任福建陸路提督時，捐銀三千兩在家鄉施秉建的「文筆塔」，鼓勵家鄉子弟多讀書。

｜陳耀昌 攝｜

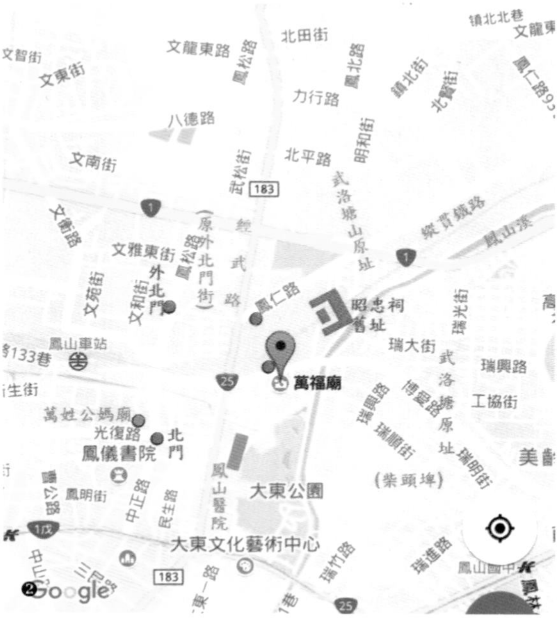

❶ 在鳳山古地圖昭忠祠之標示。

｜高雄市政府文化局 提供｜

❷ 作者經踏查後所繪之昭忠祠古今對照圖及萬福廟地址。

❸ 今高雄鳳山博愛路有個「萬福廟」標示，由此入所見鐵路工地，應該就是當年「武洛塘山昭忠祠」舊址，但有高低落差。

❹❺ 現主祭「李府千歲」的「萬福廟」，廟後有另有小廟「萬應公祠」，作者推測就是置放 1149 名左右由舊昭忠祠內挖出的淮軍骸骨。

｜陳耀昌 攝｜

❶ 位於台東達仁鄉安朔村的大龜文王國標示。

❷ 大頭目椅，椅上刻有大龜文族徽。

❸ 「大龜文國王」張金生在安朔宅中回憶祖先的故事。

｜陳耀昌 攝｜

❹ 刺球是排灣族五年祭重要祭典儀式，刺球表示祝福。

❺ 2016 年 8 月 26 日，大龜文邏發尼耀及酋龍二大家族在安朔舉行五年祭。

❻ 與大龜文邏發尼耀家族女頭目陳美蓮女士留影。

｜陳耀昌 攝｜

❶ 本書中六首大龜文歌曲，歌詞改寫自林廣財先生《百年排灣　風華再現》專輯。 林廣財為排灣族，但不屬大龜文人。圖右為與林廣財先生合影。

❷ 朱振南大師揮毫所寫書名題字，攝於 2016.08.27。（當初揮毫時與參加「新台灣和平基金會」歷史小說獎時，所訂書名為《獅子花 1875》，取名「獅子花」，是因為戰役發生地為今屏東「獅子鄉」。改名「獅頭花」，是因為部落之名為「獅頭社」。）

｜陳耀昌 攝｜

目錄

推薦序

兩個世代，四種兵

若林正丈／文　日本早稻田大學教授
顏杏如／譯　台灣大學歷史系助理教授

一

陳耀昌教授希望我為《獅頭花》（原名《獅子花1875》）寫一篇序文。我恐怕是陳教授的《福爾摩沙三族記》、《傀儡花》，在日本的少數忠實讀者之一。前兩部作品我獲得作者的饋贈，這一次更能在出版前拜讀，深感榮幸。這一部作品也確實難以抵抗地形塑了我對台灣史感觸的新成分。只是，已浸染學者習性的我，沒有能力對陳教授的作品本身評論。因為對於作品中作為對象的時期，未曾以史料為基礎進行研究的我，無法望穿史實與文學之真實的雙向關係。當學者無法做到這一點，起筆的瞬間，筆尖便停頓了。因此，請容許我訴說兩段關於台灣原住民的個人經驗來免責。

二

幾年前，我曾拜訪台灣東部的花蓮縣。乘著來迎接我的友人的車子，駛離花蓮機場，出了沿著海岸線的道路後，兩旁盡是綿延的墓地。那是「花蓮　新城　第二公墓」。我請友人停下車子後，繞看了幾個墓，墓碑上除了漢字以外，還有許多以片假名和羅馬字刻的名字。是原住民的墓。一問之下，新城鄉除了漢人以外，還有原住民族阿美族、撒奇萊雅族、太魯閣族、葛瑪蘭族等居住。

一個記載著「民國七十九年×月×日立碑」的墓碑上，印著男性與女性各自的照片，男性的照片下方寫著「民前二十二年×月×日生　〇〇」（〇〇為漢字）的漢族名字，其右側則以小字記載「コ●●●●プ」（●●為片假名）。推測這是〇〇先生的原住民族名字。女性的照片下方，寫著「民國三年×月×日生　ツ▲▲▲▲ル　民国三〇年×月×日　」（▲▲は為片假名）。女性的部分未記其漢族姓名，只有以片假名記其原住民名字。男性則未記其卒年，名字的下方則以中文寫著「父親　〇〇コ●●在第一次大戰受徵召為日本軍，戰死於南洋。謹此立碑以慰在天之靈[1]。

日本戰敗後，接收台灣的中華民國台灣省行政長官公署，在1945年12月發佈了「臺灣省人名恢復原有姓名辦法」，規定在日本統治末期「皇民化運動」中「改姓名」的台灣人，得聲請回復「中國姓名」。此時，關於原住民「如無原有姓名可回復或原有名字不妥善時，得參照中國姓名自訂姓名」。於是，戰後台灣原住民「回復」中國名，那個中國名成為具有法律效力之物。前述的墓碑上，立碑者為「長男　曾△△」之名。1890年出生，在日本統治時期離世的其父「曾〇〇」，很難想像他有個「中國姓名」，然而因為之後的情勢，遺族依前述的條例使他「回復」了這個姓名。

另一個映入眼簾的墓碑，是基督教式的。日本殖民統治時期，台灣總督府禁止在原住民族區域傳播基督教。②戰後，基督教各派開始在原住民族區域傳教，獲得許多信徒，也可以看到許多其他的基督教式墓地。筆者所紀錄的墓碑，寫著「聖名　莫〇〇」（〇〇為漢字、從其中文的發音推測為「莫[redacted]」）的名字下方，鑲著女性的照片，其下則以羅馬字寫著「Dxxx」（x與實際不同），再下方寫著「曾□□之墓」（□□為漢字，是漢族女性常見的名字。）聖名應是受洗名。圍繞著照片，則是「安息主懷」的文字，名字的右側畫有十字架和聖經，左側記載著生卒年（民国二十五～九十二年）。羅馬字標示的「Dxxx」應是原住民族的傳統名字。

---

①第一次大戰是否是第二次大戰的誤記，或是死因不明，乃至有迴避記述的必要，故以這樣的方式呈現，皆不清楚，但推測都是以某種形式在日本殖民統治時期死去，卒年月日不明。

②不過，太魯閣族一位名為チアン的女性，在台灣長老教會受洗，雖然受到日本警察的迫害，但仍以太魯閣族為中心傳教（黃鳳生等，一九九四：五四 五七）。在地理位置上雖然很近，但其傳教是否遍及新城鄉的阿美族等，則不清楚。

原住民族歷經 1980 年代展開的復權運動（台灣原住民族運動），向主流的漢人社會要求，以自稱的「臺灣原住民族」（稱個人身分時則為「原住民」）稱呼，而非以「番族」、「蕃人」、「高砂族」、「山地同胞」等歷史上優勢者單向給予的他稱，並獲得成功。此外，關於個人的姓名，2001 年開始，原住民的傳統姓名，在法律上也可以成為有效的、正式的命名。墓碑上的「Dxxx」，應是其反映。

若將這兩個墓碑合在一起看，便會發現以三種文字寫下三種名字。根據文化人類學者角南聰一郎在台東縣大武鄉的調查，除了漢族的名字之外，也有以平假名寫著「みどり」的墓碑，以及以漢字寫著日本式名字「小〇〇子」的墓碑。（角南 二〇〇六：三〇六）這些日本名字，應是在「蕃童教育所」等，當時山地原住民初等教育機關學習時，老師取的名字，自己及周圍的人也都這麼稱呼。若將平假名也算進去的話，戰前出生的台灣原住民之墓，最多有以三種語言（中文、日文、歐文）、四種文字（漢字、平假名、片假名、羅馬字）來表記名字的可能性。

台灣的原住民族未擁有文字。若文字代表文明，名字（命名法）代表名族的文化的話，那麼，筆者所見的花蓮縣新城鄉之公墓，則訴說著在原住民身上，反覆層疊著抹消他們許許多多文化的諸文明之痕跡，同時，也訴說著原住民族保持自我認同的搏鬥及其後。

更進一步來說，對原住民而言，原本甚至沒有立墓碑的習慣。台灣原住民多數有室內葬的習慣。正式將國家統治帶入台灣山地和東部的臺灣總督府，將室內葬視為「不衛生」，隨著公共墓地的設置、以村落為單位移居至低地的推進，使之放棄室內葬。日本統治末期，室內葬逐漸匿跡，不知從何時開始樹立起的墓碑，像是標記著撲襲台灣的外來統治者所捲起的波浪之痕跡。（笠原，二〇〇三）。

三

之後，在友人的推薦下，我得知了台灣的小說家黃春明的短篇小說〈戰士、乾杯〉（春明：一九八九）。文中刻畫描寫的，是在新城鄉的墓碑上也隱約可見、席捲台灣原住民的戰爭痕跡。

時間是「民國六十二年」（1973年）初夏，為了籌拍紀錄片的企劃工作而在台灣全島勘查取材的敘事者「我」，在屏東縣三地門前往霧台的鐵牛車上，結識了一位住在好茶村的魯凱族青年「熊」。霧台鄉是優秀的馬拉松選手輩出之地，因此原本打算在那一帶取材，但受到「熊」吸引的「我」，改變了計劃，被帶到他的村子中。從霧台出發的山路，魯凱族男性的腳程約四小時。平地人的「我」自認腳程頗健，但仍比不上山地人。從下午一點左右開始走，抵達好茶村已是晚上八點。

村中尚未有電燈。在「熊」點著的蠟燭燭光中，浮現在房間牆壁上的，是耶穌基督的受難圖，和四個男人的照片。照片中的一人，身著日本兵的軍裝。那是母親的前夫，據說被日本軍徵召，戰死於菲律賓。接著映入眼簾的照片，是戴著不同軍帽的軍人。詢問之下，「熊」說是「共匪」。那是「熊」的父親，母親再婚的對象，戰後因國共內戰的關係，屬於最後被動員的台灣兵的部隊，當時也從好茶村派出了許多人。之後他們在中國大陸被共產黨軍抓走，成為共產黨軍的士兵，被迫與國民黨軍戰鬥，因此「熊」說他是「共匪」。這個「共匪」，也就是「熊」的父親，之後沒有任何消息，母親認為他已不在人世。

第三人的照片，是身著迷彩裝的中華民國國軍。那是「熊」的長兄，他是「蛙人」。蛙人指的是潛入中國大陸沿海，進行特殊工作的中華民國「海軍陸戰隊兩棲偵搜大隊」的士兵。兄長是出任務時犧牲，聽說是「被共匪打死的」。

牆上也掛著「熊」二哥的照片。一張是戴著中華民國國軍軍帽的身影，另一張則是與一群馬拉松選手一起的照片。霧台鄉馬拉松選手輩出。其中之一的二哥也入伍，沒有戰死，退役之後，現在在海上捕魚。

「我」又再問「你祖父有沒有照片」？「怎麼可能？又是在我們山上」。「你知道你祖父以前做什麼」？「山地人打獵啊。年輕的時候打過熊」。「他沒當過兵吧」？「沒有。但是祖父跟日本人打過仗。曾祖父也和你們平地人打過仗」。

於是，「熊」補充道「羅牧師」說，「祖父和曾祖父他們很幸運，他們都為我們魯凱族自己打過仗」。

受到侵襲「熊」一家男人的命運衝擊的「我」，空著肚子卻無法享用「熊」為我準備的麵食，在熊的勸酒下，完全不會喝酒的我喝起酒來。醉意襲來，在被醉意擊潰之前，「我」向牆壁上的照片舉杯，心中喊著「戰士，乾杯！」

讀後，我向研究台灣原住民的友人請教，一個家族兩個世代，被迫當四種兵是否真的可能。幾日後我收到回覆——「一個家族兩個世代」的例子不清楚，但是以一個村子的狀態來說，「兩個世代、四種兵」是十分真實的。如拍打海岸的波濤般，襲擊台灣原住民族社會的文明，也包含這樣的「真實」。

參考文獻：

1 黃鳳生等　一九九四　「植民地支配末期における山地原住民への福音の進展と迫害」、大川四郎編著『美麗島の傷痕』、編著者発行、五二—五六頁
2 笠原政治　二〇〇三　「屋内埋葬——日本統治期における台湾原住民の旧慣消滅をめぐって」、森口恒一編『Batanese Islands and Taiwan』（科研費中間報告書）、二五七—三二一頁
3 黃春明　一九八九（二〇〇〇年再版）『等待一朵花的名字』、台北：皇冠文化出版
4 角南聡一郎　二〇〇六　「戦後台湾における所謂塔式墓の系譜とその認識」、五十嵐真子・三尾裕子編『戦後台湾における〈日本〉』、風響社、二八九—三一一頁
5 若林正丈　一九八五　『海峡　台湾政治への視座』、研文出版

推薦序

這一片原住民土地上曾有的故事

胡德夫
原住民運動先驅

耀昌這幾年頻頻到台東來，造訪花東縱谷，收集原住民資料。後來我聽孫大川說，他正在寫一部「台灣三花傳」或「台灣花系列」的台灣史小說，其中有一部是「胡鐵花」，就是清末當過卑南台東縣令的胡適爸爸胡鐵花。結果這次出版的卻不是「胡鐵花」，而是「獅頭花」，背景不是台東，而是在屏東獅子鄉；不是卑南族，而是我母親的排灣族。我知道他寫過《福爾摩沙三族記》、《傀儡花》等兩部台灣史小說。他的小說的特色，是都有原住民背景，也因此他屢屢走訪原住民地區，相當勤快，也令我相當佩服。

大約二、三年前，他來台東，說要拜訪達仁鄉鄉長張金生，要寫大龜文王國，沒有想到這麼快就寫完了，就是這本《獅頭花》。因為《獅頭花》算是排灣族的故事，他在書中又把一些排灣族的歌曲寫了進去，由我的好兄弟排灣歌手林廣財的歌曲中改編了歌詞。因此，我很高興能為他寫序，也談一談台灣原住民文化的保存與發揚，也談一談最近相當熱門的原漢問題。

總的來說，原漢問題從古至今就是一個移民與資源的爭奪史，根據考古學家的考證，台灣原住民遠從一萬多年前的史前人類開始、近到八千年前就於這塊土地上活躍的居住證據。一直要到16世紀才開始陸續有漢人移入墾荒，期間還歷經了荷蘭、西班牙、日本的殖民，愛好和平的平地原住民族總以開放的態度接納，甚至母系社會的平埔族女性還獻出他們的肚腹，與漢人通婚混居甚至送出了土地，與單身來台墾荒或屯田的漢人，衍生出「有唐山公、無唐山媽」的宗族。也才有今天的台灣。

我們原住民族因為沒有文字，過去部落裡都是以長老口傳的歷史來傳授下一代關於文化與部族的故事，如今有幸能讓耀昌兄耗費如此多的精神考據與收集資料，得以將有關原住民在這塊土地上的故事書寫成書，雖然這是一本小說，但是其中牽涉到排灣族的許多典故都是非常真實的，對於半個排灣族人的我來說這不只是必讀的書，更是我要學習的精神，感謝耀昌。

推薦序

獅頭花與西塞羅三部曲

蘇正隆
台灣翻譯協會前理事長

近幾年異軍突起的台灣歷史小說家陳耀昌醫師是台灣骨髓移植先驅、血液腫瘤專家，國際知名細胞研究學者。也許上蒼發現他在醫學上的成就與貢獻已經夠了，應該把他的部分才智挪來耕耘文史，於是抓著他的手振筆疾書，短短五年內出版了四部鉅作。2011年結合醫學專業和歷史考據，完成《福爾摩沙三族記》，描述西拉雅原住民、荷治時期、漢人移民故事，入圍2012年台灣文學獎小說及入圍2013台北國際書展「書展大獎」，2015年推出《島嶼DNA》，出版後立即成為暢銷書，獲得「巫永福文化評論獎」。2016年又以長篇小說《傀儡花》拿下獎金一百萬的「台灣文學獎」首獎。

陳醫師最近再以《獅頭花》（原名《1875獅子花》）得到新台灣和平基金會「台灣歷史小說獎」，他自己覺得寫作時冥冥中似乎有淮軍英靈在督促他，讓我想起物理學大師黃克孫衍譯《魯拜集》的傳奇：「冥冥有手寫天書，彩筆無情揮不已。」（The Moving Finger writes; and, having writ, Moves on.《魯拜集》第71首）

陳耀昌的台灣歷史小說三部曲也讓我聯想到羅伯特・哈理斯（Robert Harris）的《西塞羅小說三部曲》（*Cicero trilogy*）。羅伯特・哈理斯原來是ＢＢＣ的電視記者，2006-2015 間推出以古羅馬時代的政治家、雄辯家西塞羅為主角的三部歷史小說《最高權力》（*Imperium*）、*Conspirata* 和 *Dictator*。英國皇家莎士比亞劇團（ＲＳＣ）將於 2017 年 11 月至 2018 年 2 月在莎翁故居 Stratford-upon-Avon 天鵝劇院演出根據這三部小說改編的舞台劇，由 Mike Poulton 編劇，Gregory Doran 執導。

四百年來，許許多多發生在台灣這塊土地上的歷史事件，我們大多懵然無知。陳醫師爬梳史料，抽絲剝繭，以史實作根據，加上適度想像，從多族群、多元文化及國際的宏觀視角，透過小說的形式，讓我們有聞所未聞的新鮮感和震撼。欣聞公視準備將《傀儡花》拍成大河劇，陳醫師小說中的故事確實適合搬上舞台，畫為漫畫，拍成電影。更重要的是，希望有朝一日，這些小說能譯為外文，走向國際。

推薦序

兩張屏東地圖

鍾佳濱
前屏東縣副縣長／現任立法委員

耀昌兄要我為他還沒有出版就已經得獎的大作《獅頭花》寫序，理由是，《獅頭花》的主要背景在屏東獅子鄉及枋山鄉；甚至他前一部《傀儡花》，背景也是屏東恆春與滿州鄉，而如果沒有我在屏東副縣長任內送他的兩張屏東詳細地圖，他不可能完成這兩本台灣史小說。

我倒覺得他這兩本得獎小說彰顯了屏東在台灣史原來扮演如此重大的角色。而且他的小說發掘了屏東的許多歷史景點，頗具觀光價值，真是對屏東縣貢獻良多。

我和耀昌兄結識，是1996年，我們兩人都擔任國大代表時。後來他返歸學界，但他對友人的熱心，讓我們從此交往不綴，成為好友。我知道他是國際級的血液腫瘤及骨髓移植醫師，沒想到近年來，他除了本行醫學外，還成為小說家。他出版了《福爾摩沙三族記》之後，我擔任屏東副縣長時，他有一天來電，說他想寫有關牡丹社事件的小說，需要「最詳細的屏東地圖」。於是我寄了兩張屏東縣政府出版的大地圖，一張是枋寮以北，一張是枋寮以南。而原來「枋寮以南」，就是古稱「瑯嶠」的地域，也正是耀昌兄這兩本「花系列」台灣史小說的背景。

2016年1月31日，耀昌兄特地跑到高雄來開他的《傀儡花》新書發表會。因為屏東與高雄是他書中寫的「傀儡番」。雖然第二天就是我立法委員就職報到的日子，我還是欣然去為他站台。妙的是，在新書發表會的當天上午，他又先跑到屏鵝公路去為他的下一部歷史小說，就是這本《獅頭花》，做實地踏查，去尋找連我這屏東副縣長都不知道的「嘉和鎮安宮」。他很高興向我說，他屏鵝公路上找了好幾次，終於在那天上午找到了。然後他出示他隨身提袋內那張被他用得已裂開快解體的屏東地圖給我看，也謝謝我提供這兩張詳細地圖，給他莫大幫助。連續二、三年，他一直攜在身邊，不時拿出來看，希望靈光乍現，從地圖上找到靈感，構思小說情節。也靠著這地圖，他反覆踏查了枋山、獅子、車城、恆春、滿州、牡丹、佳冬及林邊等小村落及新舊部落。我是台大歷史系科班出身的，反而驚訝他的勤奮及實證精神。這也許是他醫學研究一貫講究實驗的思維，與一般歷史學者習慣的在燈下及圖書館作訓詁考據大不相同。

這本《獅頭花》的時代背景是1875年，也就是清廷「開山撫番」的第一年，地緣背景是今日屏東縣的獅子鄉與枋山鄉。更有意思的是，故事的重心在枋山鄉的楓港，那正是蔡英文總統父系漢人祖先的故鄉。而故事的另一邊大龜文原住民的獅子鄉，則是蔡英文總統母系原住民血緣的來源。1875年，清廷派了淮軍精銳六千人到今日枋山鄉，與今日獅子鄉，當年不到五千人口的大龜文原住民，血戰百日。這個在台灣史造成原住民命運重大轉變，影響深遠的原漢大戰，在台灣歷史課本教科書，明顯避重就輕，一語帶過。陳耀昌不僅兼顧了原住民及漢人的雙方觀點，為我們補足了這場戰役的前因、經過、後果，而且讓我們屏東一些被荒置忽略百年之久的歷史遺跡重新展現在台灣史上的意義。他對台灣社會的貢獻，已經超越了一位歷史小說家的層次了。

不只如此，我覺得更難能可貴的，是他提升了台灣歷史小說的高度。他的小說，不但寫出了過去官方所漠視的原住民觀點，更以世界史的來看台灣史，跳脫了過去台灣以悲情為主的傳統心結；又以詳實的考據，彌補了過去非本土政權在台灣史詮釋中所製造的黑洞、扭曲的解讀。我覺得他的小說，其實是我們的中學生與大學生真正去了解台灣史的最佳入門途徑。就像他說的：「要解決原漢議題，請先了解原漢之間的歷史。」也正如他在扉頁中的「智者自歷史中學習」在我們期待達成原漢轉型正義及族群共榮的過程中，尤具深意。

《獅頭花》序

葉神保 drangadrang validy
排灣族大龜文王國後裔

《獅頭花》是一本歷史小說；作者以瑯嶠（恆春）地區1874年「牡丹社事件」與1875年「獅頭社戰役」的歷史史實為故事主線，進行鋪展描述當時日本、清朝與當地住民（排灣族、馬卡道族及漢族）的社會面貌及族群關係。雖然歷史小說或有虛構之處，但作者曾親臨歷史現場了解風土人物，且順應歷史發展方向來描述，因此，歷史史實與作者創作之間的連結不會給讀者有距離感。整篇小說描述之情節扣人心弦，彷彿如臨歷史現場般，對讀者深入了解恆春地區的歷史頗有助益。

本篇小說的空間位置在恆春半島的北方，也就是清帝國稱之「大龜文群」及日本時期稱之「內文群」的排灣族，而當地排灣族自稱為「tjaquvuquvulj」。大龜文酋邦其所統轄土地，大概的範圍是北以斯文溪右邊支流（草山溪）為界和率芒社為鄰，南以楓港溪左岸支流為界與草埔後社對峙，東以加拉盎多灣溪及大武溪為界與大鳥萬（pacavan）社與姑子崙（kuvaleng）社遙遙相對，西與屏東縣枋山鄉接壤，今此領域隸屬於獅子鄉、達仁鄉之山地保留地和國有財產局所有。

大龜文酋邦地區是「排灣族」的移墾地。從文獻紀錄及耆老口述，本酋邦之源流可以發現並非單一族群；早期遷徙本地區的族群有來自 paumaumaq（中部排灣族）地區的排灣族和基模族（源自 tjaljakavus〈來義〉地區，異於排灣族）、屏東平原的平埔族、東台灣的卑南族、外島的蘭嶼和小琉球等族群，經過漫長歲月的競爭、衝突，在利益的共生和文化親性的作用下，形成了典型的排灣族酋邦。在清、日時代就已擁有二十三社，六百八十戶，人口有 4154 人。大龜文群從對峙部族到團結合作的酋邦，其變遷過程從耆老口述之解析；「大龜文群原初由十個部族頭目，分據各地、相互對峙，因東方及北方敵對部族的先後襲擊，致弱勢部族所統治的社民，四處逃竄，最後由崩潰的部族頭目陸續向大龜文部族的頭目 ruvaniyau、tjuleng 投靠，祈求保護，並獻上領地。之後，再由大龜文部族頭目 ruvaniyau 和 tjuleng，派遣族裔統轄歸順的領地及社民，大龜文群二十三個攻守聯盟的酋邦於焉形成」。後來荷、清、日之官員及學者，發現此地 tjquvuquvulj 是大頭目 ruvaniyau 及二股頭目 Tjuleng 居住地，是該酋邦之領導中心，同時也是酋邦各部落聚集舉行五年祭（maljeveq）的祭場，因此官方記錄或遊記皆以 tjaquvuquvulj 稱呼此酋邦，並譯漢字為「擦敖爾保」或「大龜文」。「龜文」是漢字閩南語，取自排灣語「quvulj」的語音直接漢譯，前面加上「大」，乃是此地為酋邦的核心部落，領導數個部落形成一個聲勢龐大的「酋邦王國」。據此，酋邦雖然歷經荷、清、日殖民政府「兵臨城下」，仍然無懼於殖民政府的恫嚇，毅然決然掀起抵抗外侵的戰役——1661 年荷蘭

「血洗大龜文戰役」、1875 年清帝國「獅頭社戰役」、1914 年日本「南蕃事件」等，斑斑史實，揭示了大龜文酋邦為保衛這塊土地的血淚史。

本篇小說是以 1875 年清帝國與大龜文酋邦掀起的「獅頭社戰役」為背景，時間縱深至 1874 年「牡丹社事件」日本及枋山地區漢民與大龜文酋邦之族群關係。故事人物有排灣族、漢族、日本人、清國人等。故事分成十部五十章；第一部至第三部，描述「牡丹社事件」時駐紮於楓港地區之日本軍與清兵、漢民及大龜文酋邦的族群關係。作者描述了各族群的企圖；日本挾著掃蕩牡丹社的餘威，威嚇大龜文酋邦，彰顯「制蕃」能力，以獲得漢民的青睞。清朝為了嚇阻日本佔領恆春半島及進取整個台灣島，派遣精良軍隊駐紮南台灣枋寮以北的地區，並派員刺探日本軍情，招撫大龜文酋邦及當地漢民不可親近或協助日本。漢民為了有利地區資源的掠奪，及大龜文酋邦的屢屢出草造成無法安居樂業的恐懼，響應日本討伐大龜文酋邦及欲攻擊清兵（清兵不僅苛稅，也無力保護漢民）。大龜文酋邦不滿漢民仗著日本勢力破壞租稅協議而馘首漢民，而對清、日招撫行動，願意下山會面，乃是基於頭目「貴族具有的令人尊敬、慷慨好施及負責承擔的行為（noblesse oblige）」來面見日本。如此之族群關係，作者栩栩如生地描繪，讀者可以發現當時恆春地區的族群關係，是擺盪在利益和維護族群邊界做詭譎的變化，尤其漢民的動向——多面討好日、清及大龜文酋邦，影響了清帝國「牡丹社事件」後，翌年「開山撫番」的政策——由撫變勦的行動。

第四部至第十部，描述 1875 年獅頭社戰役之原因、戰況及大龜文「歸順」的過程；作者深入淺出的描述戰況的脈絡；在整個故事的情節，作者把事件的肇因，從文獻上「歸咎番人馘首」的記錄，以細膩的手筆，翻轉的道出漢人掠奪資源的事實乃是事件爆發的原因。激烈的戰鬥，作者從沈葆楨的奏摺裡探索人性的弱點；王開俊將軍「恃驕而縱」遭受大龜文勇士逆襲，慘遭殲滅，觸發了「大國」面子撐不下去的情懷，殺戮戰場賡續再起；源源不斷的清兵，前仆後繼的大龜文酋邦勇士，在人性的仇恨中，山巔谿谷遍地哀鴻，部落田園滿目瘡痍，人性醜陋，表現無遺；「歸順」「和談」的認知，雖然在不同的文化背景之下是「盍各言爾志」，有不同的解讀，但「民胞物與」人性善良的一面，終究止息了這一場仇恨的戰事。整個戰況的描述，作者以宏觀的歷史脈絡來分析，透過小說的創作充分的展現對台灣這塊土地上族群間歷史情結的關懷。

整篇歷史小說的人物，聚焦在大龜文王國酋邦 ruvaniyau 頭目 ljagai（野崖）和清官外交折衝的對話，及大龜文酋邦頭目妹妹 idring（瑷玎）與清兵郭均間愛情纏綿悱惻的故事；排灣族社會組織是建構在封建階序的社會系統（社會組織發展成為一個尖錐形的分層的社會系統，處在尖椎頂端的是 mamazangiljan〈頭目〉，職位世襲，其領導著一個常設機構〈世襲輔佐者、世襲代管者、祭司、巫師、長老、統帥等〉管理酋邦的政經事務），頭目擁有至高無上的權威與尊榮，而此權威與尊榮是依賴「神權政治」來支撐；酋邦以「神權治國」，「神就是祖先」；頭目通常被認為是與整個系統人們的共同祖先血緣關係最近之人，職位世襲，其他社會階層人們的地位則依其與頭目親屬關係的遠近而定。此種建構的階級社會是以「神等於祖先」為核心聯結頭目為統治代理人；同時認為土地是首創部落之人所有，而頭目是首創部落之人的直系後裔，所以認為土地為頭目所有。因此，附著於土地的文化，不管是階級社會，或再分配經濟制度，或宗教藝術文化等都是酋邦族群邊界內認同的標誌。此認同標誌乃是排灣族酋邦維護族群邊界的能動力，亦即形塑了排灣族酋邦社會「維護頭目尊榮」的核心價值。從歷史的脈絡來解析，這能動力歷經荷、清、日等殖民政府的接觸，雖然烽火踏過，哀鴻遍野，但仍然屹立不搖的支撐排灣族酋邦社會。因此整個事件中頭目外交折衝的對話，大龜文酋邦勇士參與作戰或「歸順」，都是以維護「頭目尊榮」為核心的社會文化結構來應對，乃至頭目妹妹與清兵的的戀情也都牽絆著頭目權利和義務的實踐。作者在殺戮戰場、外交折衝及愛情爛漫故事的情節描述，皆能精闢入微的襯托頭目的權威與尊榮；讀者從作者對大龜文酋邦頭目歷史地位崇高的描寫來對照當下頭目地位的式微、不免會噓吁不已，感嘆「文明社會」踐踏「排灣文明」的悲哀。

歷史小說不僅是豐富的呈現過去事件的面貌而已，它更是生命意義的傳達和族群認同的追尋。亦即從歷史小說的投射，使人認識自己及未來的希望。作者是一位博學多聞的醫生，不僅有以科學理性、洞察物理、關懷人性的醫學研究精神，來描述恆春半島的《獅頭花》，不僅有著流暢的故事架構及細緻情感的描述，來支撐起故事的架構，背後列強的施虐與殖民社會的苦難，不禁讓我們思索這段悲慘的歷史，對原住民走出悲傷的歷史陰影有何關懷？對我們當今的台灣人有何啟示？對我們建構台灣的未來有何指引？深夜寂靜讀完這篇巨作，誠如作者貫穿整篇小說的情懷——「愛與包容」是台灣未來希望的燈塔。

2017年9月5日

作者的話

一　小說歷史說明

1. 本書使用史料語彙，其意僅為忠實敘述，並無不敬或詆毀之意。讀者朋友若覺不妥，仍盼見諒。文中每稱漢人為「白浪」，近來多認為此為「歹人」之福佬音，但據原住民作家巴代之說法，「白浪」純為「平地人」之意，並非惡意之詞。

2. 本書日期，以中文書寫者為陰曆，以阿拉伯字書寫者為陽曆。

3. 大龜文之總頭目，在本書作「野崖」，其說明之下：

1932年7月，日本學者宮本延人在部落作口述訪問寫做 Jigol（見下頁圖）。若依其第五代孫今台東安朔葉神保博士說明，則正確發音為 Ljakai。在中文史籍中，光緒元年五月二十三日沈葆楨的《番社就撫布置情形摺》是唯一提到其名之文章，寫成「野艾」（應為福佬語發音）。在日本人的《風港營所雜記》則寫成「遮碍」，還附有拼音ジャガヤウー（見第十二頁圖片）。因「野艾」以中文唸出來像一個單音，相當彆扭，故本書採用「野崖」。

4. 野崖的妻子則名為 Tjuku。在本書中，我採用網路上的譯名「揪谷」。

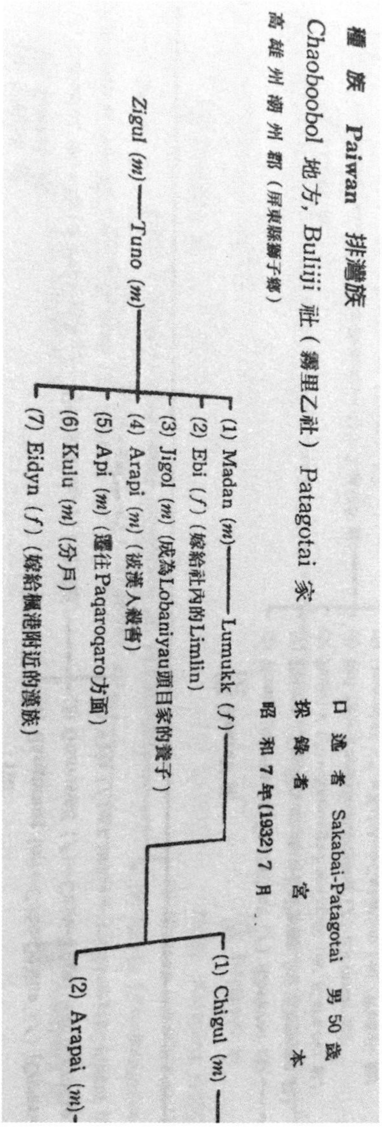

出處：《台灣原住民族系統所屬之研究》（台北帝國大學土俗・人種學研究室　調查），楊南郡譯註，南天書局出版，2012年。

以當時的實況而言，邏發尼耀家族的「揪谷」才是真正的大龜文頭目，入贅的「野崖」則是大龜文的軍事掌權者及對外代表。有趣的是，Tjuku 正好也是蔡英文總統在幼年時的原住民名字。

排灣人的命名，涵義極深，由名字就可以看出其身分、地位，可見蔡總統的排灣先人應是頭目之家。

二 小說歷史背景變動說明

我有幸在台北帝國大學土俗人種學研究室在 1935 年出版的《臺灣高砂族系統所屬の研究》中，找到了野崖家譜。（見第五十四頁附表）。依宮本延人在 1932 年 7 月訪問霧里乙社 Patagotai（芭塔果泰）家族的 Sakabai 之口述歷史，老大 Madan 才是當年真正的霧里乙社頭目。老二為女性 Ebi，老三 Jigol（野崖），入贅到內文邏發尼耀 Lobaniyau 頭目家（原住民的敘述，女婿易與養子常混淆），老四 Arapi 就是本書中的阿拉擺，尚有老五 Api（男），老六 Kulu（男）。Eidyn（瓊玎）為老七么女。

因為 Arapi 殉難於內獅，所以在小說中我把霧里乙社的 Patagotai 家族搬到內獅社。Jigol 的身分成為內獅頭社 Patagotai 家族老大。我也把其兄弟姐妹七人簡化為野崖、阿拉擺、瓊玎三人。這是本小說中與史實不同之處。

能完成這部小說，我要感謝的人很多。「當你決心完成一件事，全宇宙都會幫助你。」──我真的體會到了。除了給我靈感的淮軍英魂與大龜文祖靈，我要特別感謝犧牲假日陪我在屏鵝公路奔馳多次的邱銘義兄、潘曉泊兄（有名的斯卡羅族總頭目潘文杰的後人）；以及致贈我大型屏東地圖的鍾佳濱立委（時為屏東副縣長），幫我尋找故宮博物院檔案的郭鎮武兄，幫我解答一些日文疑惑的王文萱博士，幫我打通大龜文任督二脈的達仁鄉張金生博士、葉神保博士及獅子鄉前鄉長侯金助先生。我在本書「楔子」中的「他」，就是張金生先生。

感謝提供我優越寫作環境的 Spencer 和 Stela 伉儷。感謝忍受我為了踏查而常離家，又常寫到忘神，而依然鼓勵著我的家人，也感謝忍受我性急又龜毛的助理佳慧。

2016 年 9 月

三　後記

本書在 2016 年 9 月完成初稿後，即寄「新台灣和平基金會台灣歷史小說獎」徵文。2017 年 3 月 19 日，「新台灣和平基金會」公布本書榮獲該會 2017 佳作獎（頭獎從缺）。其後，我參考評審委員們及友人高天生兄之評語，稍做改寫。「烏蜜」這個角色就是後來才加入的。

有關本書書名，在投稿和平基金會徵文時，我使用「獅子花 1875」。「獅子」是獅子鄉，1875 是年代，後來決定刪去 1875，只用「獅子花」，比較符合「小說」樣式，且拜託了書法名家朱振南先生題了字。在臨出版前，我又改為「獅頭花」，因為較符合「獅頭社」之名。本書的「大龜文歌曲」，本來希望林廣財先生作曲、作詞並主唱，作成ＣＤ，與書一齊售出。後因這樣的模式，實際上有其困難而作罷。惟本書之六首歌曲，仍係參考改編自「百年排灣　風華再現　林廣財專輯」。謹向林廣財先生致最大謝意。

最後，當然更要感謝幫我寫序的日本若林正丈教授、蘇正隆先生、鍾佳濱委員、胡德夫先生、葉神保先生及譯序的顏杏如助理教授（老師），為我題字的朱振南先生，以及出版本書的印刻文學生活雜誌出版有限公司。

2017年5月

愚者從經驗中學習
智者從歷史中學習

——奧圖・馮・俾斯麥——

前言

淮軍與大龜文的召喚與尋覓

——我寫《獅頭花》的心路歷程

先說一段靈異故事。後來在我寫作過程，靈異的含量愈來愈足，讓我深信不疑。

2015年3月5日，農曆正月十五日，漢人的元宵節，但對我的意義不同。這是屏東馬卡道平埔的「姥祖生日」。在屏東的射寮和後灣，當天有難得一見的夜祭與跳戲。我已期盼經年。補上這一段踏查經歷，我的《傀儡花》就可以大功告成。然後3月6日，我打算到屏東牡丹鄉的女乃舊社踏查。女乃社就是1874年6月2日牡丹社事件時，日軍分三路大舉進攻牡丹社群，北路自楓港出發，越過女乃山，所攻破的部落。

那時我心中所構想的「台灣花系列三部曲」，第一部是《傀儡花》，寫原住民與洋人的衝突；第二部《牡丹花》，寫原住民與日本人之間的衝突。我心中的構想，是以牡丹社事件中，在女乃社被日本兵俘獲後，送到日本國內教育改造的牡丹少女「阿台」為主角。至於第三部《胡鐵花》，則是藉胡適的父親胡傳來貫穿描寫清代「開山撫番」政策下的原漢衝突。

當天我搭高鐵南下，一大早到了左營。跳戲和夜祭都是入夜才開始。有此空檔，我就請朋友幫忙在上午九點半到下午三點半之間，到屏鵝公路沿線踏訪「淮軍遺址」。

下了高鐵，我與高雄好友邱君（《傀儡花》楔子中帶我去「荷蘭公主廟」的朋友）及潘君（斯卡羅總股頭潘文杰第五代孫）會合後，直驅屏鵝公路。

不料車子才上88號公路，就愈開愈慢，然後右邊車蓋竟然冒出白煙。我們只好下車，在高速公路旁等待拖車。邱君很納悶，因為這部車在一週前方進場保養。我們到了潘君曾任職的某修車廠，等了一個多小時，確定車子不可能當天修好。於是修車廠慷慨借了我們一輛車，繼續行程。

我查到屏鵝公路旁至少有三個清朝官兵墓塚，由北向南分別是1.佳冬昭忠祠，2.枋寮昭忠祠，3.嘉和與莿桐腳之間公路旁的王太帥鎮安宮。（那時我以為來此的清軍都是淮軍，後來才知道不然。佳冬的是廣東軍，枋寮是淮軍，鎮安宮則為湘軍為主。）

容我在此補充說明何以會對「淮軍在台灣」這個議題產生興趣。過去，我們很少聽說淮軍曾經在台灣轟轟烈烈過。

說起來，這也是才半個月前的一個意想不到的機緣。

我家每年春節會出遊。但2015年在舉棋不定之間，所有旅行社均已爆滿。唯一有空位的是「黃山」。

我喜歡古蹟或博物館，風景對我沒有吸引力。黃山行可說是為旅遊而旅遊。沒想到，此行竟改變了我既定已久的寫作計畫。

黃山之行果然索然無味。還好山下徽州特有的清麗景觀讓我精神一振。

2月22日最後一天，行程是自合肥搭機回台北。在合肥，有一上午空檔。旅行社安排的景點，只有最後的參觀李鴻章故宅還算合我口味。李府中展出史料照片圖片甚多，我看得津津有味。

近尾聲時，有一張「淮軍昭忠祠全國分布圖」深深吸引了我。我發現台灣竟然也有一個，在鳳山。鳳山是我外祖父母家，我小學至高中每暑假必到，但我卻從未聽過鳳山有「淮軍昭忠祠」。

回到台灣後，我上網查詢鳳山古地圖，果然有「武洛塘山昭忠祠」。光緒三年（1877）建成，依文獻記載，祭祀淮軍一九一八人。這數字又讓我嚇了一跳。對照鳳山古今地圖，發現昭忠祠原址已是民宅，早已不存在了。還有，我從未聽過鳳山有「武洛塘山」。

我們在教科書上唸到的淮軍何其神勇，因此一九一八名淮軍戰死台灣的數目讓我震撼。這至少是牡丹社事件時，日軍死亡人數的二倍。史料又說原住民有五個部落被毀，那麼原住民被殺的人數應該也很可觀。這麼重大的史實，我卻懵然不知，而即使政黨輪替後的中學歷史課本也好像未提。

「鳳山昭忠祠」已成歷史，但我查到當年戰場旁邊的屏鵝公路至少仍有三個清朝殉職官兵遺址，我一定要找到。而第一個目標在佳冬，我想當然認為也叫「昭忠祠」。

因車子出了狀況，原計畫十點半到佳冬，變成十二點半，已是公家機關午休時間。街坊及市場父老皆曰佳冬沒有什麼「淮軍昭忠祠」，只有1895年抗日志士的小廟。我們堅持應該有，有年長村民譏嘲：「我自小在佳冬長大，說沒有就沒有。」後來到了一個路口，見一老者坐在路旁吃便當，我們上前請教，竟是玉光村村長。他不確定地說：「你們說的可能是一個很偏僻的小廟，騎摩托車十分鐘左右。我也不敢確定地點，但那好像是紀念抗日志士。」又是抗日志士。我們都好失望，但還是打算去看看。他指了一個方向。稱謝道別時，我突然心血來潮，取出名片，說我是台北來的，本行是台大醫師，探訪是為了寫小說。

他瞄了一眼名片，突然問：「你熟悉某某醫師嗎？」我說：「是我大學同班同學，還是同寢室好友。而且很巧，今天因為我要造訪他家鄉，我倆還在LINE上聊了一陣。」村長一笑：「我是他小學同學。」

距離驟然拉近，老村長表示樂於以摩托車帶路，我們大喜。果真還不好找，繞來繞去來到荒郊野外一個只有約三公尺寬的小廟，上題「忠英祠」，而不是「昭忠祠」。神桌上二個牌位，後面的老舊石牌位刻著「皇清　振字　福靖　營　開山陣亡病故員弁勇丁神位」，我高興地無以名狀。福靖營正是王開俊麾下營號。但另有一座相當新的「抗日志士」祖先牌位，幾乎完全遮住了舊牌位。難怪佳冬村民皆不知小廟原旨，而有所誤解。（見第二十二頁圖）

因為此次行程主要是與原住民上山到女乃社，於是我在台北出發時，隨手帶了數包我自黃山行買回的花生。細心的邱君則主動為我準備了兩瓶洋酒。我拿出花生與酒來祭拜。合掌而拜時，我又心裡一震。天啊！怎會這麼巧，我竟會剛好帶了安徽出產的花生，還有洋酒，來祭拜一百四十多年前在台殉職的安徽淮軍①！

第二個目標是「枋寮昭忠祠」。在枋寮我們第一位問路的年輕女性竟然二話不說，馬上開著車帶領我們去。於是我們到枋寮後十分鐘，就到了北勢寮的白軍營。原來當地人叫「白軍營」而不稱「淮軍昭忠祠」。但祠堂內有「淮軍義祠」及「枋寮昭忠祠」的匾額。不用說，如果沒有人帶路，一定要摸索很久。這個白軍營規模更大，由其廟後墓龜之隆起，可以想見埋葬人數至少上百名。於是我也以安徽花生及洋酒祭拜了他們。這次是正牌「安徽淮軍」。

後來我查到，這個白軍營一共埋葬了七百六十九名淮軍，是在同治十三年（1874）七月抵台迄光緒元年（1875）元月，獅頭社戰役前在鳳山病死的淮軍②。

第三個「王太帥鎮安宮」依我查到的網路資料似在山邊，但我們當天未能找到，後來多次尋找也都落空。直到2016年1月31日經楓港耆老之助才找到。竟然是在屏鵝公路旁的小巷

---

①後來，我查知此處福靖營為台灣鎮總兵張其光屬下李光之部，屬廣東兵，在光緒三年左右因開路殉難，與王開俊無關。

②後來我在2016年10月11日再度造訪白軍營，竟巧遇白軍營改建者柯三坤老先生，他迫不及待告訴我他的建廟過程，也充滿靈異。他挖出的骨骸四百餘，分四列整齊排列。他以廟側碑文記載此事（見第二十一頁照片）。

內海邊，是2001年遷建的。建築外觀是民房，如果不是有香爐與塔，看不出是廟宇，有些怪異。

第二、三天我終於如願到了女乃社。與我們同行的牡丹村村長說，這個女乃舊部落已廢棄多年，連他們都是第一次來此。換句話說，自1874年到2015年，已經有好久好久沒有人跡。我們沿著四重溪溯溪而行，披荊斬棘，終於到了在1874年6月2日被北路日本軍焚毀的牡丹人舊居。村長在進入舊部落之前，虔誠禱告，表示希望沒有打擾到祖靈。然而，當晚與翌晨，我在女乃社諸事不順，相當突兀。

3月5日至7日的不尋常過程，後來逐漸在我心中發酵。首先，我想我是得罪了女乃社的祖靈，或者是女乃社祖靈不喜歡我把祂們寫入小說。我領悟到，不管是整個女乃社的亡靈也好，「阿台」個人也好，對祂們而言，1874年是悲痛、殘酷與不堪回首的過去。祂們寧可隱匿於深山之中，伴著當年的石屋殘柱而不受外界打擾（更不願被公開、回顧）。

相反的，另外有一股冥冥之力，牽引我到安徽，到合肥，然後到佳冬，到北勢寮。如果我們車子沒有莫名其妙故障，我們很難如願找到忠英祠及北勢寮白軍營。而且我們神差鬼使帶了安徽花生，帶了酒來祭拜。這些淮軍亡魂給台灣遺忘了超過百年之久，他們在天上或地下豈能甘心。他們埋骨台灣，然而紀念他們的鳳山淮軍昭忠祠，只存在了三十年左右，就為日本人夷平，遺骸不知何在③。如今台灣二千三百萬人包括台灣史學者在內，幾乎無人重視鳳山曾有淮軍昭忠祠的存在。至於白軍營及忠英祠，香火少得可憐，甚至給當地民眾的抗日志士祖先牌位掩蓋了。

試站在這些淮軍的立場，他們當年來台，是為台灣居民對抗日本人。後來投入獅頭社戰役，也是為了台灣居民。他們為台灣人而埋骨異鄉，後世台灣人卻毫不知曉，也不領情，他們豈能瞑目。更不堪的是，到了二十一世紀，因為時代的變遷，這個島上正逢原漢關係的反省與再出發，在轉型正義的思潮下，大家因為同情原住民被百年欺凌，因此開始譴責鄭成功為入侵者，也責怪「開山撫番」始作俑者沈葆楨，對前朝的清廷更是毫無好感。可是淮軍將士何辜？他們也不願渡海，更不願打仗。他們也是受害者。

因此，他們試圖提醒台灣人，有關他們的存在與功勳。

於是，我驚悚了。我也必須承認，直到去尋訪忠英祠與白軍營的那一刻，我心中還是有偏見，認為這些死在獅頭社之役的清軍，和死於牡丹社事件的日軍一樣，都是一丘之貉的外來侵略者，而非正義之師。這次踏查，促使我重新省思。來台的淮軍，在同治十三年面對犯境台灣的日本，是奉命保國；在光緒元年，出兵獅頭社，是奉命衛民。他們盡忠職守，竟因而埋骨異鄉，且又為了後世的意識型態而蒙上侵略者污名，怎能不抗議，怎能不發聲。我一向倡導日本大河劇的「只要忠於職守就是好人」的價值觀。怎麼可以在這方面，竟那麼「媚

③有關鳳山「武洛塘山淮軍昭忠祠」的始末，後來就繼續尋訪，略有所成，過程也充滿神奇，請見第三八七頁附文。

俗」（Kitsch，米蘭昆德拉在《生命中不可承受之輕》中的用詞）。

回顧歷史，我們也許可以質疑獅頭社之戰是否是可以避免。我們自史書來看，可說是王開俊擦槍走火釀的禍。而沈葆楨是否反應過當，使撫番變剿番，也可以討論。但史論不可讓這一九一八位淮軍蒙受不名譽或永遠淡忘。

尤為諷刺的是，後來犧牲的一九一八名淮軍，埋沒於荒煙蔓草，不存於後人記憶，也消失於史冊典籍。而一開始就被當時《申報》批評為濫殺惹禍而自身也慘死的游擊小官（相當於今之「營長」階）王開俊，反而一人成神，獨享人間煙火。後來2016年1月31日，我終於在屏鵝公路嘉和海邊近七里溪河口找到了這一間遷建後的王太帥鎮安宮。那是光緒元年四月二十日左右，淮軍將找到的九十七人屍骨與王開俊頭顱後合埋之處，故建有塔，並有「王」字標示。更妙的是，我之前在屏鵝公路的五路財神廟旁，也找到了小神座「五營元帥」、「保家衛民」，我相信也是王開俊。因為王開俊帶領一營「五哨」，於是被民眾誇大成「五營」，而也由「游擊」晉升為「太師」（《封神榜》的大官）。

如果張光亮、王德成、田勤生等殉職將士地下有知，當然是不服氣的。他們之死可說是為王開俊所累。而如今王開俊獨享建廟祭祀而他們卻遭埋沒、遺忘，情何以堪。

於是我漸漸改變想法，決定不寫牡丹社事件而改寫獅頭社戰役，就是這本《獅頭花》。因為在獅頭山的濛霧與溪谷之中，有太多遭埋沒的英魂，有太多給遺忘的台灣歷史，有太多的血淚與反諷。

＊

然而，更艱鉅的尋尋覓覓是對交戰另一方的大龜文踏查。因為我對大龜文知道甚少。首先是，一百四十年後，「大龜文」的名詞不見了。原來的大龜文，現在分屬屏東獅子鄉與台東達仁鄉。但是攤開地圖一看，除了南迴鐵路小站的「內獅」車站外以及一個「內文」，找不到當年獅頭社戰爭的痕跡。內獅，顧名思義，不是應該在內陸山中嗎？怎麼跑到海邊來了？而外獅呢，怎麼不見了？內文在當年是大龜文兩大統治家族邏發尼耀及酋龍的大本營，結果大龜文名號被日本人廢了，改稱「內文社」。這裡在日本時代大正年間，也發生抗日的「南蕃事件」。如今地圖上內文猶在，但顯然已是舊部落廢墟。邏發尼耀後人已遷到台東安朔及屏東東源。至於酋龍家族的子弟，則已搬遷到中心崙。網路上仍以「大龜文」為名的文章，大體就是出自邏發尼耀子弟張金生與葉神保兩位政大民族所的博士。

其次是，當年的戰場在哪裡？如何去找出「領導抗戰」的大龜文大頭目名字？我寫《傀儡花》，在羅妹號事件與南島之盟中，斯卡羅卓杞篤總股頭之名早已如雷貫耳；十九世紀的來台西洋人士對卓杞篤多有描述。只差他早死了幾年，未能像他的養子繼承人潘文杰，留下許多照片與故事；也不像遭日本人殺害的牡丹社頭目阿祿古，因而名留青史。但上瑯嶠大龜文要到 1898 年鳥居龍藏帶著他的助手森丑之助才蜻蜓點水探訪過，外界對大龜文的文獻記載極少。

我朝思暮想的是，以部落酋邦對抗大清帝國的大龜文總頭目大英雄，名號為何？我首先想到的方法，是去請教現在的「大龜文國王」張金生。於是2015年7月18日，那個夜涼如水的晚上，張金生與我在他的安朔村「萁模文化園區」煮酒論英雄祖先。「國王」告訴我，大頭目的弟弟死在那個戰役中。有了這樣的訊息，我回到台北之後，就把當年大龜文獅頭社戰役前後的沈葆楨及其他台灣官員奏文找齊。皇天不負苦心人，終於在浩瀚文字中，給我找到那個關鍵人名。在光緒元年四月十五日夜至四月十六日晨最激烈的獅頭社決戰，相當於1875年5月21日上午，在內獅部落英勇成仁的大龜文頭目之弟，叫「阿拉擺」。

光緒元年四月二十三日，沈葆楨《淮軍攻破內外獅頭社摺》：「自卯至巳，賊始破，計斬悍番六、七十名，內一名名阿拉擺，龜紋社番酋之弟也」。

其二是在上述戰役大約一個月後，清廷終於和大龜文人議和，當時在台淮軍提督唐定奎在「勝利」之後向大龜文提出七條約定的過程，曾提到許多番社頭目的名字，中間最重要的是「野艾」，後來立為「大龜文總目」。

那是沈葆楨在另一篇奏文，光緒元年五月二十三日，《番社就撫布置情形》：「十二日，枋山民人有程古六者，帶至內龜紋社番目野艾、外龜紋社番目布阿里煙；又有射不力社番目郎阿朗者，帶至中文社番目龜■（口六）仔、周武濫社番目文阿蛋及散番等百餘人款營乞降。……以龜紋社首野艾，向為諸社頭人，拔充總社目統之，著照約遵行。所統番社如有殺人，即著統目交凶；如三年之內各社並無擅殺一人，即將總目從優給賞。其獅頭社餘孽，探悉竄伏何社；即由何社限交，不許藏匿。野艾及各番等均願遵約。」於是我可以確定在獅頭社戰役被封為「大龜文總目」的叫作「野艾」。（在小說中，我把「野艾」改為「野崖」，請見首頁：〈作者的話〉中的說明。）

「野艾」及「阿拉擺」就是我要進入大龜文歷史的兩個關鍵人名密碼。除了文字搜索，現場踏查更是我的最愛。我的隨身袋內永遠帶著那張被我翻得快要解體的大型南部屏東地圖。我走入屏鵝公路兩旁的每一個溪谷：枋山溪（大龜文溪）及其支流阿士文溪、卡悠峰瀑布（內獅瀑布）、七里溪、楓港溪，終於對當時的部落、戰場與行軍路線大有概念。後來，我又得以參加邏發尼耀家族及萁模族文化發展協會主辦的「排灣族歷史文化學術論壇」，收穫甚大。再加上我收集的種種清代文書《甲戌公牘鈔存》、《清季申報臺灣紀事輯錄》、《沈文肅公牘》……，以及國史館台灣文獻館翻譯日本人所著的《處蕃提要》、《風港營所雜記》及近代《枋山鄉志》等，我覺得我已經可以下筆來重現台灣史這段可歌可泣的故事了。

早已有心理準備，寫原漢衝突的小說極難拿捏，將是吃力不討好。我的小小心願是，希望經由這部小說，能還原 1875 年的大龜文和淮軍戰爭的原貌。而淮軍並非戰爭發動者，他們是奉命上戰場，戰後即班師回鄉；戰爭的發動者，算是沈葆楨，但那也較接近是擦槍走火，而非蓄意。在我眼中，雙方各有立場，都是英勇、盡責的。只能說，那是移民社會歷程中的不幸與無奈。這是一場雙方都死傷慘重的戰爭。我認為我們應該為大龜文的殉難者立碑，為阿拉擺立碑，在當年的古戰場立碑，供台灣人子孫憑弔、反省。淮軍雖然還有「白軍營遺址」，我也認為他們應更受到尊重。到屏鵝公路兩側，對「獅頭社戰爭」的雙方現場憑弔，應該是台灣人中、小學歷史教育中很重要的一課。甚至，我希望政府明令，將因對抗漢人、保衛家鄉而英勇成仁的阿拉擺及其他七十多位原住民英雄的死難之日，5月21日訂為「原住民英雄日」或「原住民殉難日」，全國放假一天，以茲紀念。

我喜歡舉日本人現在看明治維新的觀點來看歷史人物。日本人對擁幕派的土方歲三、松平容保、近藤勇等，也充滿敬意；對當年「造反」的西鄉隆盛，其評價也高於當代政治正確的大久保利通。「人格」、「盡忠職守」才是評價關鍵，不是「立場」或「成就」。當然因為1875年的戰爭，從此開始了原住民的百年傷痛，**「你們的華路藍縷，我們的顛沛流離」**。這確實是移民者後代今日需反省，要道歉，需還給原住民的公道。但恩恩怨怨的結局，不應是為了要算清總帳計較是非，而是要雙方和解，要多元文化，要族群共榮。也許上天要開山撫番一百四十年後的台灣，選出一個原漢混血的台灣總統來執行原漢轉型正義，正是要提醒我們，當年淮軍與大龜文戰爭的雙方，如今都已經是台灣人的祖先。1874年以後調派來台的一萬多名以上或禦外或剿番的軍隊，有不少後來就定居在台灣民間，而成為台灣人多元祖先的一部分。而當今台灣總統就是當年的開山撫番指標戰役之後，大龜文與清軍原漢和解而通婚的後代。這莫非是冥冥中的天意？

歷史往往要在沉澱之後，才讓人恍然大悟。

2016年9月底

楔子

楓港德隆宮外，鑼鼓聲喧天價響，圍觀的不但有大批民眾，還有電視台的衛星轉播車，把小小廟口圍得水泄不通。

寺廟內，穿著湖綠色夾克的女性總統候選人，捧著大束鮮花，向神明恭恭敬敬行禮。在幕僚及隨扈的簇擁之下，她緩緩自廟裡走出，站在廟口台階上，一臉自信，接受群眾歡呼。披著紅色布條的寺廟主委站在她身旁，高舉雙手，興奮呼喊：「五府千歲降旨，這次我們一定當選！」民眾馬上也跟著興奮高呼：「凍蒜！凍蒜！」

在震耳欲聾的鞭炮聲與響徹雲霄的歡呼聲中，女性總統候選人滿臉笑容，接過麥克風，向群眾揮手致詞。她的語氣卻是出奇平靜：「我們誓言要點亮台灣。總統競選的最後一里路，現在，自楓港，我最愛的故鄉—出—發—！」

離楓港幾十公里外的台東安朔，白髮蒼蒼卻依然壯碩挺拔的他，滿意地看著這個電視的實況轉播鏡頭，眼眶微濕。他自一大早就守著電視，終於讓他等到這一刻。去年年底，這位女性總統候選人來到屏東獅子鄉，公開向群眾及媒體宣布，她有來自獅子鄉的四分之一排灣血統，並且親筆在表格上寫下她的族別是「排灣」。從那一刻開始，他就成為她的死忠支持者。他沒想到，在他有生之年，有幸目睹這樣的鏡頭。排灣出頭了，大龜文出頭了。這個明年很可能成為總統的小女生，公開表示以擁有排灣血統為榮，他感動了。儘管只有四分之一，或是有些人說的八分之一，他已無憾。

「大龜文」或「大龜紋」①這個名稱，在荷蘭時代文獻即有記載。大龜文的祖先們經過漫長的遷徙與整合，數百年來在率芒溪以南，楓港溪以北之間的枋山溪（大龜文溪）山林與河谷，以及東部太平洋岸阿塱衛溪流域，建立了一個超級部落聯合體，稱作「大龜文十八社」或「上瑯嶠十八社」，事實上不止十八個部落，並已具有酋邦，甚至小王國的雛形。

回憶歷史，讓他痛心。因為大龜文之名在最近一百年已不復見於官方文書，也在民間消失。幾十年來，他一直自稱為「大龜文王國國王」。其實，他的真意不在國王或王國，而是為了保存「大龜文」這個祖靈留下來的寶貴稱號。

荷蘭時代，大龜文和熱蘭遮城總督的關係時好時壞。大龜文雖有時也參加荷蘭長官召開的地方會議，但大半時間相應不理。惱羞成怒的荷蘭人終於在 1661 年進攻大龜文②，結果不但未能得勝，反讓外來的鄭成功漁翁得利，順勢圍攻熱蘭遮城。鄭氏東寧時期，雖有少數閩粵移民開始進入瑯嶠，東寧部隊也在獅頭山下沿海一帶進出，但大抵兩邊相安無事。

清國自康熙至同治年間，把治台範圍自限在枋寮、加祿堂以北，因此大龜文屬於「政令不及，化外之地」。1874年牡丹社事件後，清國改弦易轍，「開山撫番」成為新政策，於是1875年爆發了台灣第一場原住民對抗清國的大戰。這是大龜文命運的轉捩點，也是所有台灣高山原住民命運的轉捩點。

到了日本據台，1914年的「南蕃事件」，更造成了大龜文諸部落的大遷徙。更不堪的是，自此「大龜文」竟被矮化成「內文」。自1945年國民政府到來，過去的大龜文溪，現在稱枋山溪的流域劃歸「屏東縣獅子鄉」；阿塱衛溪流域則成為「台東縣達仁鄉」。大龜文不但名號不見了，連地域都遭切割分屬兩個不同的縣。這令身為大龜文領導家族後人的他，更加憂心「大龜文」或將永遠走入歷史。日日念茲在茲，希望「大龜文」的榮光能夠重現台灣；他不甘心大龜文遭遺忘，於是開始自稱「大龜文國王」。

自加祿到楓港海邊，山海交接，景觀雄偉，遠望像是一群巨獅雄踞海邊，獅頭遙望大海，獅身與獅尾則成為那雲深不知處的大龜文地域。海邊的漢人墾民，稱獅頭山這一帶的部落族群為「獅頭社群」。後來的獅子鄉也因此得名。獅頭社群因為與海邊漢人移民村落非常接近，雙方常有來往。這位女總統候選人的排灣血統，聽說就是來自今之枋野，古之獅頭社

①大龜文：Tjaquvuquvulj。
②荷蘭台灣史權威學者翁佳音認為，1661年荷蘭人進攻的是力里社，不是大龜文。

一帶。雖然這只是傳聞，女總統候選人本人一直沒有出面證實。

「獅頭社……」老人不禁咧嘴笑了出來。這太有趣了。為人合稱獅頭社的外獅（Uwaljudj）及內獅（Acedas），正是當年對抗清國最英勇的部落。

在他支持這位女總統候選人之前，他對這些海邊平地人，也就是在過去二百年來一直欺凌大龜文的「白浪」③，其實相當不滿，甚至有恨意的。他們大龜文人，不，整個島嶼的原住民，因為大批白浪移民排山倒海而來，失去了祖靈留下來的大部分土地，失去了祖靈留下來的悠久傳統。所有姓名、家系、服飾、制度、習俗……，甚至語言，一切都白浪化了。他一直好痛心，好反感。諷刺的是，為了反制，他反而必須去唸白浪的大學與研究所，拿白浪的學位，比當年先人上「番學塾」還更投入。這一切，太無奈又太荒謬了。

然而，他的努力始終孤掌難鳴。一直沒有幾個白浪知道「大龜文」這個名字，連學界都不重視。一直要到這幾年，大家開始強調這個島嶼的主體性，白浪後代開始認真回顧這個島嶼的歷史，對這個島嶼的原始主人才慢慢尊重起來，也開始以自己能擁有「番仔」DNA為榮。原住民文化與藝術也開始受重視。這位女性候選人還公開表示，她如果當選，會以總統身分公開向原住民致歉。這句話讓他老淚縱橫。

終於，他的「大龜文王國」可以慢慢撥雲見日了。這個島嶼的人民已漸漸形成共識，未來的方向是島上的多元原住民族群和來自不同時代不同地方的多元移民族群，來共組彩虹般的多元文化。他很高興看到原、漢由對立霸凌而漸漸走上合作共榮的路，雖然離理想還相當遙遠。更遺憾的是，原住民社會許多失去的傳統已經回不來了。

電視上又出現這位女性總統候選人的鏡頭。

他對她的身世，當然極為好奇。由地緣關係看來，她的祖先不只是來自排灣，而且應該是來自大龜文。

依家族的口述歷史，他自己的祖先就是在 1875 年那場歷史性戰役中，率領大龜文族人與「官兵」奮勇作戰了好幾個月的大頭目。後來更獲清廷冊封為大龜文「總目」，等於是清廷所正式敕封的大龜文領導人。因為隱然已有國家或酋邦的雛形，所以才有「總目」之稱。這位女性總統候選人與他那位曾任大龜文國王的祖先可能是血脈相連。

那場 1875 年的戰爭，一直是他們大龜文的傷痛。那是一個小酋邦對一個大帝國的不對等戰爭。雖然白浪官兵摧毀了五個大龜文部落，大龜文有許多勇士犧牲了；相對的，大龜文也讓官兵付出超乎預期的慘痛代價。但是令人氣憤的是，後來白浪的文字記載讓戰爭的真相遭受扭曲了。在歷史文獻中，所謂大龜文人的「歸順」、「投降」都是漢人厚顏的片面之詞。一百四十年來，大龜文人受盡委屈。

時代巨輪不停轉動，如今大龜文終於時來運轉，進入一個新局面了。

③白浪：福佬話之「歹人」發音。原住民對漳泉移民之一貫稱呼。

在新局面中，這位女性總統候選人已經承認了她的大龜文血統。如果她真能成為這個島嶼前所未有的女總統，那麼他相信，祖靈在天，一定會感到無比欣慰。百年之前，一位女性祖靈當年勇敢地嫁入白浪社會，竟在多年以後，讓大龜文以意想不到的方式，重新在台灣找回了往日的榮光及嶄新的希望。他希望，這位未來的女總統不僅是對原住民道歉而已，他期許這位擁有大龜文DNA的準總統，除緬懷她的原住民祖先，更能協助原住民文化的再建立。

他心中滿懷感動，熱淚盈眶。這是否是一種火鳥先浴火再重生的救贖？

他舉頭望天。他在心中默問當年嫁入白浪的大龜文女性祖靈，您是否在教導我們，要與過去敵對的白浪和解攜手，才能讓大龜文之名永傳於世，讓大龜文的榮耀不再侷限於瑯嶠一隅，而名揚台灣。時代已變，百年來高高在上的白浪後人，現在不是也正有著遲來的自省與醒悟，向原民攜手。如果下任總統能以元首之尊，國家名義向原住民道歉，這將是一個新里程碑的開始。這不能只是絢麗儀式，雖然也不可能一步到位。

他突然意識到，這個島嶼，早已不是單一族群所擁有，各族群通過和解及了解，反省與寬容，互相尊重。「多元族群，多元文化，多元史觀，族群共榮」，是這個島嶼居民的未來方向，也是宿命。

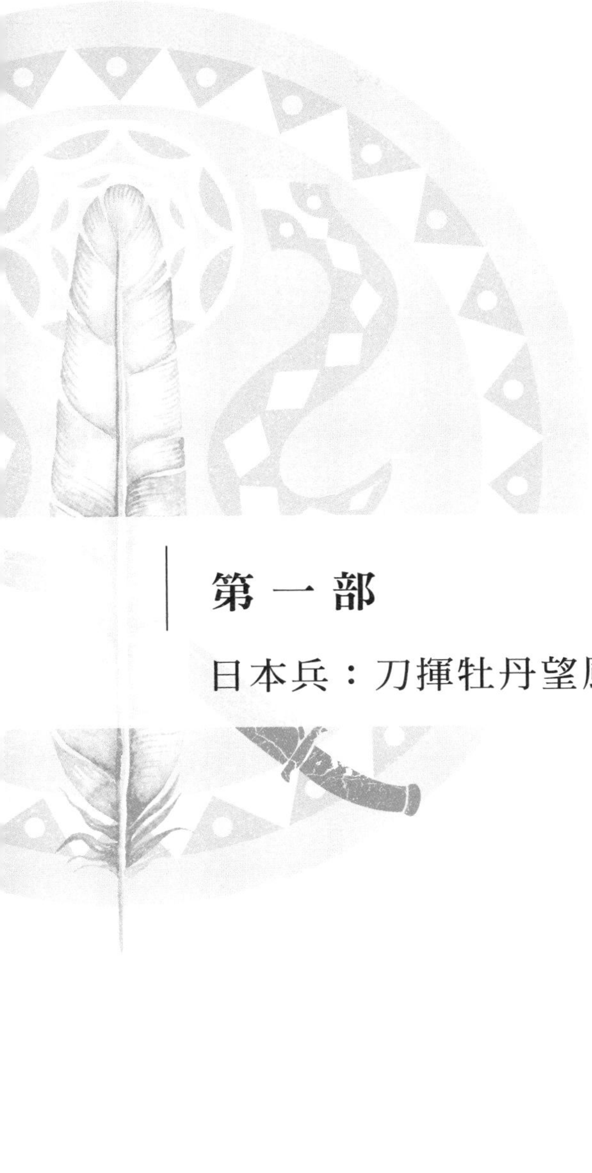

第一部

日本兵：刀揮牡丹望風港

第一章

自「媽祖生」前一天的三月二十二日開始，王媽守①和風港②的海邊居民，三不五時就抬頭望著海面，看看是否有掛著紅白太陽旗的巨大鐵殼船駛過。

他會把日子記得那麼清楚，是因為媽祖正是他的守護神。他的名字「媽守」，就是祈祐「媽祖守護」的意思。

眾人不是沒有看過這種會冒煙，會鳴笛的新式鐵殼船。這一、二年，鐵殼船慢慢多了，取代了過去的三桅大帆船。但是，像這樣頻頻出現，又幾乎沿著海岸行駛，自岸上看，船員制服清清楚楚，是從來沒有的事。這些鐵殼船冒著白煙，鳴著長笛，可以看到船舷大砲，又載著軍隊，令大家既好奇又害怕。

在德隆宮的廟口，王媽守以老大的口吻告訴風港的墾民：「一定有大事發生了。」果然馬上有消息傳來，有好幾百名日本兵在三十里外的社寮③上了岸。他們配著新式的連發槍，聽說還有大砲，開始紮營，顯然會停留一段時間。日本人以重金招募大批幫工，連柴城④、保力、後灣的居民都趨之若鶩，好多人都去賺外快。

接著，有兩位官爺也自枋寮來到風港。一位是巡檢周有基⑤，一位是千總郭占鰲。他們向民眾打聽日本人的消息，以及社寮、龜山、後灣那一帶的狀況。這些官府爺們平時都駐停在枋寮或加祿的官府衙門，很少到瑯嶠來。風港已經有七年沒有軍爺光臨了。上次台灣府總兵劉明燈大人帶著九百兵士，浩浩蕩蕩路過，又浩浩蕩蕩離去，把這一帶的人搞得雞飛狗跳，大家印象猶新。一旦被蛇咬，看到草繩都怕。大家對清國官爺都心存戒心。

王媽守說，在社寮及後灣地區陸陸續續登陸的日本兵已超過一千人，聽說是準備攻打牡丹番社。理由是牡丹社生番殺害了好幾十個琉球人漂民。

王媽守搖頭擺腦，自言自語：「奇了。那不是已經三、四年前的舊事了嗎？日本人若要來，怎麼現在才來？其中必有緣故。」

有人問：「官爺們來探聽些什麼？」

---

①當時清朝官方文書內皆作諧音之「王馬首」，後來方更正為「王媽守」（見本書第二十章）。
②今屏東楓港。
③今屏東射寮。
④今屏東車城。
⑤依《甲戌公牘鈔存》，此時枋寮巡檢為王懋功，但此後幾乎都是周有基。在本小說中為求一貫性，在此易為周有基。

王媽守回答：「那位周巡檢說，任何和日本人相關的消息都可以。特別是如果有日本人來到風港，一定要向他們報告。那位郭千總特別強調，只要訊息重要，必有賞賜。」

有人說：「要坐船去枋寮向他們報告？那可是一件麻煩事，去的時候是西南風還好，要回來可沒那麼順暢了。」

幾天後，又有消息傳來。七年前與台灣府劉總兵帶領大軍一起經過此地的那位獨眼白人，聽說現在到了日本，幫忙日本籌畫這次的出兵行動。風港人都清楚記得七年前那件事⑥。劉總兵帶著上千人馬，說是要到最南邊的龜鼻山征討生番。聽到要殺生番，風港、崩山⑦、莿桐腳的墾民都轟動了。庄民們主動幫忙清軍開路搭橋，備水獻糧，大家都希望官兵把生番打敗，因為大家都被生番欺負怕了。生番在山邊林中出沒，風港、崩山這一帶的福佬墾民每年都有人遭生番突襲。運氣不好的連頭顱都保不住，被割下帶走，死狀極慘。

沒想到，後來劉總兵與生番達成和議。還沒有打仗，官兵就撤走了。居民不但期待落空，反而因幫忙官兵而得罪生番。反而村民為了平息生番之怒，還宰豬獻糧。這件事，大家還耿耿於懷。

周有基來到風港，向王媽守等人表示，日本兵來此是為了懲罰牡丹生番濫殺漂流到東部後山的琉球漂民。

這句話聽在王媽守及風港人心中特別有感。因為就在去年，王媽守嫁到莿桐腳的姪女，丈夫就在耕作時無緣無故被山上下來的大龜文番出草殺了。風港、崩山、莿桐腳這些離大龜文較近的新開闢地區，每年都會有倒楣村民遭生番馘首。而在枋寮的官府從來不管他們的死活，推託說枋寮以南，不在有司責任範圍。居民既未向官府繳稅，也就不能要官府支援什麼。官府的說法反讓王媽守等人暗自盤算，期待日本人可能比官府會保護人民。

王媽守的王姓家族是二十多年前集體自柴城遷徙過來的。王姓在風港算是大家族。王媽守的姪女在五年前嫁到莿桐腳，夫妻兩人胼手胝足，開墾了一塊田地，每年也按規矩向大龜文繳租。但不幸幾個月前，丈夫死在崩山溪谷，屍體泡在水中，頭被割走，留下孤兒寡婦。王媽守費了一番工夫才將她安頓下來。

---

⑥指同治六年（1867）的羅妹號事件。劉總兵為台灣總兵劉明燈。獨眼白人為當時美國駐廈門總領事李仙得（李讓禮）（Charles Le Gendre），後來在1872年跳船橫濱，為日本人籌畫1874年的「牡丹社事件」。請參見作者2016年出版的《傀儡花》。

⑦今屏東枋山。

第二章

風港人還在注意社寮那邊有什麼新消息，也在猜測台灣府這次是否會再度派兵南下時，出乎意料之外的，反而是二、三十位日本兵先來到了風港。

那是日本人在社寮登陸後的第九天或第十天，周有基等離開風港以後的第四天，有一隊日本兵來到風港。令王媽守很驚訝的是，日本兵雖然語言不通，但懂得一些漢字，可以筆談。而且日本兵還帶來了一位柴城人的福佬通譯。於是風港的福佬墾民公推王媽守去和日本軍人交談。

日本兵的頭目，是一位叫橫田棄的大尉。王媽守很高興，竟然有機會見到日本兵，而且還是一位中級頭目。望著橫田棄，王媽守的兩顆小眼珠骨碌碌轉著。橫田棄雖然有些矮小，但合身的軍服與腰際的佩刀，讓他看起來甚是威風。他在心中比較著橫田棄與幾天前來過的周有基。兩人除了打扮不同外，周有基對他們一副高高在上的姿態，而橫田棄則有禮貌多了。

那一天周有基來的時候，王媽守向他訴苦，說他的妹婿被大龜文番殺了，頭顱也給取走，希望周有基為民眾出頭，至少派幾位軍爺上山去警告大龜文人，不可再濫殺民眾。周有基不但不表同情，反而有些不以為然，不耐煩地說：「這個你們自求多福吧。官府一向的原則是不介入生番的事。再說，現在又有日本人來惹是生非，官府應付日本人都來不及了。」

王媽守正在打量橫田棄腰際的佩刀時，橫田棄透過那位柴城福佬問了第一個問題：「你們風港有多少住戶啊？」

「不多，一百多戶而已。」

「這裡到牡丹人的地方，有幾里路？」

「自這裡到牡丹番社大約三十多里，山高嶺險。」

「有道路可以通嗎？」

「穿山而過，沒有道路。」

說到這裡，王媽守突然激動起來，滔滔不絕向日本人訴苦說，山中非常危險，生番橫行無忌，會埋伏在林中以箭傷人，我們來往山路都不敢一人獨行，但村民仍有多人遭害。幾年前大清官府劉總兵來，說要來剿番，徵用物資，我們也幫忙開路，後來卻不了了之，反招番怒。這次聽說日本人來懲處生番，風港人很高興，日本人若能殺滅生番，風港人千謝萬謝①。

橫田棄大喜，趕忙順勢說：「我們皇帝所以出兵生番，不獨要質問番人殺我國人之罪，也要使你全島生民長免此害。你們願意與我們同心協力攻打生番，就太好了。」王媽守說：「我們村子小，但仍可建個小營房。」

當日本人在問話及逐字做著記錄的時候，王媽守發現，日本人用的曆法和風港人不同。這一天是風港人的同治十三年四月初一，但日本人卻寫著明治七年五月十六日。

橫田棄本來只是來投石問路，聽了王媽守的一番話，大喜過望，趕緊回社寮大營向上級報告。社寮的日軍統領西鄉從道於是訂了分三路攻打牡丹社，而北路由風港出發的作戰計畫。

橫田棄離開以後，村民問王媽守，該派誰去枋寮向官府報告？誰知王媽守嘿嘿怪笑說：「枋寮的官府什麼時候顧得我們的死活了？我們為什麼要千里迢迢去向他們報訊。再說報了訊，如果他們派了官軍來此，我們不是還得伺候他們，然後他們又拍拍屁股一走了事，對我們有什麼好處？」

再隔幾天，又有消息傳來，日本兵在石門與牡丹番交手，結果牡丹社頭目父子都被日本人所殺。王媽守更是興奮：「我們壓對寶了，希望日本人也能來我們風港，大殺大龜文番，替我們出口氣。」

---

①後來日本人的〈處蕃提要〉，特別註明「原文照錄」（故應該是真的？），一字一句記載了此次橫田棄與王媽守見面的對話，非常詳細，像今日錄音機或筆錄，可見日本人之鉅細靡遺：

〔原文照錄〕（明治七年五月十六日）

風港庄人王媽守曰：我敝庄。人丁希少。每受牡丹蕃欺凌。無處可投。幸貴國大兵前來征滅。我等庄眾甚喜。

但敝庄近山迫海前年劉鎮臺亦要來征誅喚我庄人。採收路關豈知路經已他收乎。並無與牡丹蕃交戰。收兵回府致使敝庄已他致恨。今聞貴國欲往剿滅。敝庄等十分喜悅。大家聽天而已借問。貴國王敕令。欲被牡丹生蕃。須要寬柔時時謹防不用亂行。其生蕃藏在樹林內常用箭銃。亂射放傷人列位官員將軍仔細觀隍征戰。行路兩眼精光亦不怕。托天庇祐陣陣平安得勝且喜且喜。

橫田棄問：風港。人口幾何。

媽守答：不多人也。

棄：風港距牡丹地。幾許里。

守：此去牡丹有三十餘里（清國里數）山高嶺險。

棄：至牡丹。有道途乎。

守：穿山而入。並無道路。

棄：問村名。

守：此處即是蕃界之所。不好遊山玩水。恐逢生蕃觸遇者。亦不美矣。此生蕃四橫無忌甚惡無比。殺我土地之人。無計其數。他欲破伐此生蕃　盡不能伏　望爾貴國王全賢臺有才　殺滅此生蕃　他千感萬謝萬謝。

棄：王師討有罪者殺之伏之撫之你們勿以疑懼。其各安居。

今我大皇帝所以征牡丹藩人之聖意者。不獨問殺我國人之罪。要使你全島生民。及各州之行旅。長免此患害耳。你如欲此舉乃要東西一齊。同心協力。隨我軍壓征牡丹生蕃。如果然。明日同我們。到射寮本營。述你助勢之意可以。

守：貴客所謂亦是。但此處往來山路。甚驚牡丹蕃。單人不敢獨行。況列位貴客。明天若要回射寮。我等自當撥四五位人丁。持刀持銃同行方可。

棄：且問風港庄。頭人。姓名如何。

守：我風港庄。係是柴寮之所。並無什麼頭人　各事聽眾而已。

棄：你瑯嶠要來我軍營否。

守：我本庄眾頭人有議論征牡丹之事。此去牡丹社不遠。另日貴國大兵齊到。自當同心協力攻打。我風港山勢可住小營。

第三章

璦玎自部落外回來，在家門口停步。她聽到媽媽正與幾位女伴很高興地大聲聊天。她躡手躡腳，想閃進自己房間，不想背後還是傳來媽媽的大聲吆喝：「璦玎，過來！叫妳好好自己織一件漂亮衣服，妳偏又瘋到哪裡去了？妳哥哥嫁①到內文邏發尼耀家族的婚禮就要到了，妳究竟準備了什麼？」

璦玎只好轉過身來，左手縮在身後，走到媽媽身邊。媽媽把手中麻線轉給璦玎，站了起來，示意璦玎坐下，接下去編織。璦玎知道無法再隱藏，只好硬著頭皮，伸出雙手，撿起麻線，拉直纏到紡輪上。於是不可避免的，媽媽和眾阿姨馬上看到了她左手戴的白色玉環，好多驚呼聲同時響起。

所有的阿姨們都叫：「好漂亮的手環！」只有媽媽的不一樣：「哪裡來的手環？」

璦玎故作鎮定，說：「我用天牛之珠手環向牛車順仔換的。牛車順仔說，這叫和闐羊脂白玉。」

這次，所有人都叫了起來：「什麼！」

媽媽不可置信地大嚷：「妳拿了天牛之珠去換了這個白浪的東西來，妳對祖靈怎麼交代？」說著，眼眶竟濕紅起來了。

圍立的阿姨們也紛紛責怪瓈玎的不是。但是也有人說，這手環純淨潔白，晶瑩透亮，確實是前所未見的好東西，應該值得用天牛之珠去換。牛車順仔沒有欺騙瓈玎。只是天牛之珠是祖靈留下的寶貝，最好可以另找些好東西再去向牛車順仔把「天牛之珠」換回來。白浪倒也不一定就是壞人。

牛車順仔是山腳下崩山庄裡的一位老白浪，每十天半月就會拉著一牛車的白浪貨品到山上部落邊緣和大龜文人以貨易貨做生意。

瓈玎原不打算織布，早已站起。她原先不發一語，兀自把玩著她剛換來的玉鐲，這時抬起頭冷冷地說：「我相信我嫂子一定會喜歡這個玉鐲。我們除了天牛之珠，還有許多琉璃珠項鍊和手環啊。多一個不同樣式材質的手環，又這麼漂亮，不是很好嗎？牛車順仔原本還不願意換呢。他表示要兩個琉璃珠手環才能換這個玉環。我還另外添加了一小塊雲豹皮給他呢。他說這個羊脂白玉環在他們白浪也是傳家寶級的。」

---

①大龜文是母系社會，所以結婚是男方「嫁」到女方家。

一位年紀較大的阿姨帶著譴責的語氣說：「璦玎，妳知道這天牛之珠有特殊意義嗎？天牛之珠象徵謀略與智慧，鼓勵我們像天牛一樣，可以以小搏大，鑽進大樹幹，不用一刀一斧讓大樹無形枯萎而倒……」

璦玎打斷她的話：「我當然知道，但我們還有勇士之珠等，也都是象徵聰明睿智。」

媽媽一臉無奈地搖搖頭：「妳這女孩，既倔強又不受教。現在惹出這麼大的事來，我承擔不起，我向妳頭目哥哥報告去。再說，這次婚禮我原先準備選三種琉璃珠給邏發尼耀家族。本來我想選這『天牛之珠』當作給妳哥哥野崖，代表智慧；把『孔雀之珠』給新娘子，代表婚姻幸福美滿；把『結盟之珠』給邏發尼耀家族，代表兩個家族之結盟、友誼、緣分。如今天牛之珠沒了，妳這個白浪玉環又是給女性而不是給男性的。我真不知如何向野崖本人交代才好。」

媽媽說完，轉頭向姐妹淘說：「大家陪我去請示野崖頭目②吧。」

璦玎說：「野崖在他的頭目家屋與長老們開會。我方才回部落時，本來就要把玉環給野崖和阿拉擺兩位哥哥看的。我認為野崖和阿拉擺都會站在我這一邊。」說完，扮了一個鬼臉。

阿拉擺是野崖的弟弟，璦玎的哥哥，一向和璦玎很親密，也是野崖信任的好幫手。

有一位老婦人說：「今天好像有大事呢。頭目他們已經開了一早上的會，還沒結束。」

另外一位老婦人帶著羨慕語氣說：「野崖好運氣。身為芭塔果泰家族長子，本來就是內獅部落頭目③。等這次和揪谷結婚後入贅到邏發尼耀家族，揪谷將來大概是個不管事的名義大股頭④，野崖就實質上等於整個大龜文的大股頭了。」

② Ljakai，請參見前文〈作者的話〉。
③參見前文第五十五頁〈小說歷史背景變動說明〉。
④揪谷（Tjuku）是內文部落邏發尼耀家族長女，是繼任大股頭的第一人選，二股頭則由酋龍家族出任。

第四章

頭目家屋在部落最高的一塊平台上。野崖坐在中央，其他人分成左、右兩列。今天有一位丹路人遠道而來，帶來重要訊息，所以野崖召集長老，開會討論。

丹路是射不力群的一個大部落，位在風港溪北岸。射不力群是位在大龜文部落群與牡丹部落群之間的一個部落群。大龜文人與牡丹人平日雖不算敵視，但也不算友好。射不力群則溫和機伶，正好在兩者之間扮演中間人角色。丹路部落的得名就是「到牡丹之路」。

丹路人說，最近有個不尋常現象，許多牡丹人逃到射不力群來避難。這些牡丹人非常驚恐，因為部落裡發生了有祖靈記憶以來從未有的大事。有一支不知道自哪裡來的軍隊，聽說叫作「日本」，搭了無法想像的大船，在土生仔①地區的社寮登陸，然後在土生仔嚮導引領之下，沿著瑯嶠溪谷攻入牡丹。牡丹的大頭目阿祿古率領了三十幾位勇士，在石門山迎擊日本人。但日本人的槍枝非常厲害，可以連發，射程又遠。牡丹人反被殺得大敗。大頭目和頭目的兒子都當場被殺，而且連頭顱都被砍下帶走②。整個大牡丹人心惶惶，大家紛紛逃離部落。

因為南部的斯卡羅人好像決定向日本人示好，牡丹人就往東或往北逃。現在牡丹人四處流散，要靠其他部落收容。

野崖問丹路人，為什麼日本人會不遠千里，渡海來進攻牡丹？那麼多人，又如何越過大海？

丹路人說，聽說日本人搭乘了很大很大的鐵船來此。日本人給了土生仔很多錢，土生仔就幫他們建營房，當嚮導。日本人來的原因，是因為在三、四年前，他們的人無緣無故，被高士佛人殺了③，所以日本人跑來算帳。

有人問：「高士佛人不是靠近另外一邊的大海④嗎？那日本人怎麼跑到這邊大海來找牡丹人呢？」

丹路人說：「聽說那些死者的頭顱是在牡丹人手中。」

有人直接問：「與我們有什麼關係？這是日本人與牡丹人之間的事。」

---

①指當地之平埔馬卡道原住民，但在當時已多少混有漢人血統。
②楊南郡在《合歡越嶺古道》（第四十一頁）的說法則是：阿祿古和他的兒子一心只是要來與日本兵談判，在無防備之下遭佐久間左馬太下令開槍射殺。
③指1871年的琉球宮古島船難事件。高士佛，今牡丹鄉高士村。
④指太平洋。

丹路人說：「聽說一直有日本船載運兵士來此，人數愈來愈多，已超過二千人了。我們很擔心日本人是不是打算占領牡丹人土地，以後就不離開，留下來了。」

大家一陣默然。

終於，頭目野崖說話了。野崖不算高大，但頗為精壯，有個傳統大龜文的黝黑寬臉，有點戽斗的方形下巴，長髮披肩，眼神霸氣。今天他看起來特別嚴肅。他一字一字慢慢說：「這確實是一件從未有的事，大龜文要好好應付。牡丹人雖然不算我們的朋友，但終究是我們的鄰居。如果日本人以後長久占據牡丹，我們也一定會受到威脅。牡丹人如果需要我們接濟，我們義不容辭接濟他們。我們先不派人去為牡丹人打仗，但我們要保持戒備。如果日本人渡河來侵犯射不力人，那我們就要幫忙射不力人一起打日本人了。人不犯我，我不犯人。如果日本人攻打射不力人，那表示日本人也一定會來侵占我們的土地，我也會派人向內文的大股頭報告。」

大家都覺得野崖的話很有道理，紛紛點頭。

野崖開口，表明他的決定。大家紛表贊同，覺得有野崖當頭目，真是好運。有人很高興地說：「野崖真是英明睿智啊，難怪會被大股頭符嘮里烟⑤看上。」於是大家開始起鬨：「野崖，婚禮再十幾天後就要舉行了，全部落都要好好熱鬧一下。」有人說：「內獅、外獅部落那幾天大概空無一人，大家都跑到內文⑥狂歡去了！」

射不力來使尤其高興。因為這正是他來的目的。他不敢明言，如果日本人會去殺阿祿古，難保日本人不會來打射不力群。他也不敢明言要強大的大龜文支援他們，所以他不去內文而來內獅頭。一方面內獅是大龜文強大部落，再則野崖入贅到內文的邏發尼耀家後，顯然將成為大龜文的實際領導者了！

⑤《風港營所雜記》做「符嘮哩烟」；《甲戌公牘鈔存》則記為「布拉里烟耶艾」。
⑥邏發尼耀家族（Robaniyau）所居之部落，等於大龜文的統治中心。

第五章

王媽守的希望成真。果然半個月後，又有日本軍人出現在風港。橫田棄向王媽守介紹其他來者，有一位水野遵①，竟然會說相當流利的福佬話。還有一位，似乎是帶頭軍官，威風凜凜，叫樺山②少佐。另外是田中大尉與池田大尉。王媽守注意到，他們腰際間的佩刀好長。有一次樺山把佩刀拔出，真的是光亮銳利，讓王媽守不寒而慄。

後來王媽守才知道，這位樺山少佐是來台日軍中，位階排第三的。但是他卻永遠無法知道，二十一年後，樺山與水野成了這個台灣島的最高統治搭檔。

水野遵手中拿著一張地圖，用福佬話向王媽守表示，第二天還會有二百多位日本兵來到，希望王媽守安排住宿以及幫忙找可以帶領部隊入山到牡丹女乃社的嚮導。

王媽守又喜又憂。喜的是，真的有大批日本兵要來風港了；憂的是，風港不到兩百戶人家，如何安頓這麼多人。他望著烏濛濛的天空，不禁皺起眉頭。

第二天雨勢更大。王媽守和水野遵等人一直等到黃昏，日本兵隊伍才抵達。他們一大早就從柴城出發，冒著大雨長途跋涉一天，終於到達。王媽守看著他們，雖然全身皆濕，一臉疲憊，隊伍卻依然整齊，大為佩服。

風港居民費了好大工夫，才把這些日本兵安頓好。還好風港的德隆宮是大家逢年過節作醮以及放王船的大廟，還算寬敞。最讓庄民高興的是，日軍給了很豐富的酬勞，讓大家心中很受用，對日軍的好感也大增。

村民聽到要去殺山上生番，雖然路不好走，而且不無危險，也不是大家平日所痛恨的大龜文番，卻仍然踴躍入募。而日本人出的價錢確實也很誘人。

*

幾天之後，跟著日本軍出征的四位嚮導回到風港。其中有位黃文良是王媽守的鄰居，在女乃社遭番人自背後突擊，受了輕微槍傷。他一副英雄凱旋歸來的模樣，口沫橫飛地誇說著與日軍一起深入牡丹番社的三天經歷。

「我擔任先鋒，帶大家沿風港溪上溯，先後七次渡溪。溪水湍急，林木阻路，我們一路

---

①水野遵後來成為樺山資紀任台灣總督時的民政長官。

②樺山資紀後來成為日本在台灣的第一任總督。

翻山越嶺。樺山少佐、田中大尉都誇說我立功不小。有幾次，我隔溪望見山頭上有番人窺伺。大軍穿過女乃山，終抵牡丹大部落女乃社③。」

「那些番仔，平日好勇鬥狠，結果軍隊未到，就逃之夭夭，只有少數番仔躲在樹林內自背後放冷槍。還好老天保庇，只是輕傷。」

「牡丹大頭目父子，幾天前就死在石門山。女乃社也嚇得人去屋空。對了，沒想到那些番仔住得那麼好，半山上布滿石板屋，還有石板階梯，四通八達。」

「樺山大人派兵搜索附近樹林及溪澗，只抓到一個老太婆和一個跛腳女孩。」

這些嚮導說得興高采烈：「平日被欺壓久了，看著日軍焚燒番人的居處，真是痛快！」

也有人潑冷水：「那些牡丹番又和我們無冤無仇，要找就要找大龜文番算帳去。」

經過這一仗，風港人對日軍更有好感。日軍離去時，不少人表示歡迎再來。

③指1874年6月2日，日本兵分三路進攻牡丹社群。自風港到女乃部落為北路，另外中路進攻牡丹大社，南路進攻竹社。

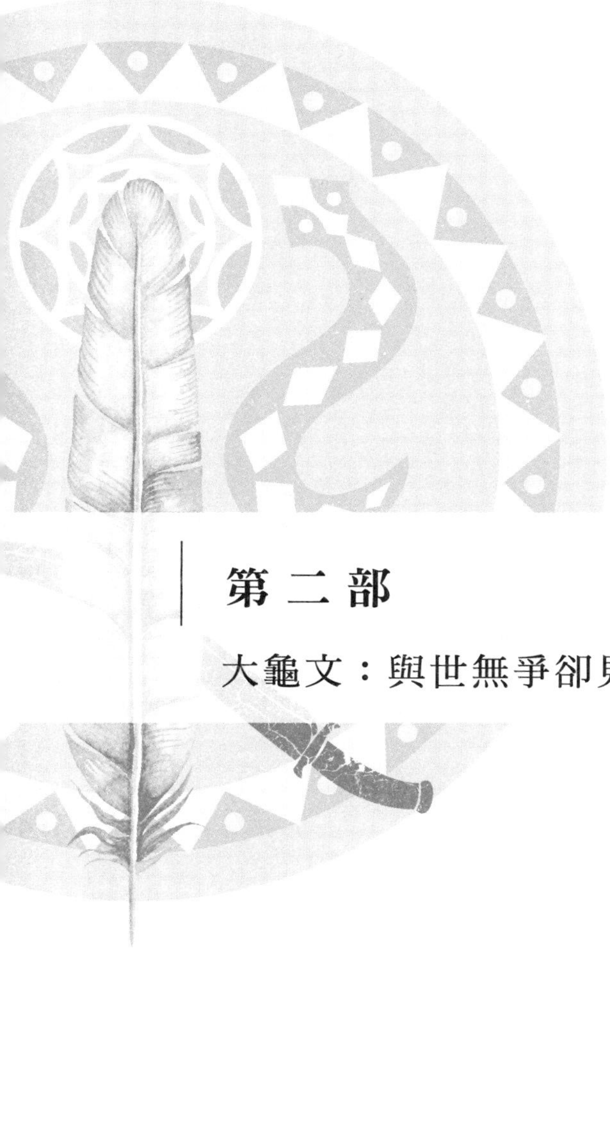

第二部

大龜文：與世無爭卻見擾

第六章

王媽守沒想到，日本人竟如此急切。日本兵遠征女乃社回去才五天，橫田棄又來了，而且帶著二百名兵士，浩浩蕩蕩，把風港人都嚇了一跳。

這次橫田棄想找地自蓋營房，顯然有長留之意。風港人喜形於色，心想，大龜文番再也不敢來亂了。王媽守現在已被日本人視為風港頭人，趾高氣揚起來。

讓王媽守驚訝的是，橫田棄才到風港的第三天，就要王媽守雇竹筏，陪他搭船到莿桐腳去找莿桐腳頭人阮有來。接著下午又到崩山，拜訪崩山頭人陳龜鰍。

橫田棄向兩位頭人說得冠冕堂皇：因為牡丹番殘害良民，所以日本人派了大軍來瑯嶠保護這一帶人民。橫田棄顯然是唸過中國古書的，用了「弔民伐罪」的詞句。

三位頭人都有些慚愧，覺得自己唸過的古書似乎還不如日本人。橫田棄接著問：「這裡的大龜文十八社，是像牡丹社那樣的兇惡，還是可以和平相處？」

三位頭人異口同聲：凡是生番，不論哪個族群，都是捉摸不定，一生氣就翻臉殺人。但頭人們也承認，雖然收成的米和番薯要繳納一些給大龜文當作田租，但「大龜文人既不會細算，更不會計較，只要大概應付一下就可以」。

橫田棄告訴他們，下瑯嶠好幾個斯卡羅族部落，如射麻里、豬勝束、蚊蟀等，雖然沒有受到日軍攻擊，頭目們已紛紛主動到社寮拜見日軍司令西鄉從道，表示歸順。橫田棄表示，希望大龜文部落眾頭目也能效法斯卡羅頭目，到風港來拜見西鄉大將。

王媽守表示，因為地緣關係，他與風港溪的射不力群較熟稔；崩山、莿桐腳的頭人則常在崩山溪出出入入，與大龜文人較熟。於是橫田棄要阮、陳兩人盡快去見大龜文頭目，請大龜文各部落頭目到風港的日本軍營來。兩人都面有難色，表示兩村落都正好在作醮，不大方便，希望晚個幾天再說。但橫田棄很堅持，兩人不得已答應了。

橫田棄表示，給兩人五天時間。希望五天後的6月19日，在風港日軍營中見到大龜文頭目們。橫田棄說，他願意退一步，如果大龜文頭目同意直接到風港日本營最好，如果大龜文頭目只肯到崩山或莿桐腳，橫田棄也願意配合，移樽就教。

王媽守想，日本人做事真是積極，心中暗暗佩服。

王媽守回到風港，把經過告訴大家。那位年紀最大，唸古書最多的師爺，聽到日軍一直往北行動，哼哼兩聲，撚著幾經花白的長鬚，喃喃自語：「這些倭人居心叵測、居心叵測。看他們的做法，應不只來懲番，也不以牡丹番為滿足。狼子野心，狼子野心啊。」又掉起書袋來：「普天之下，莫非王土，率土之濱，莫非王臣⋯呵呵，這瑯嶠地區算不算大清的王土啊⋯？」

第七章

野崖挺起胸膛，吸氣、閉氣，先持弓向天，再慢慢下移，把弓穩住，拉滿弓弦，瞄準二百步外的皮壺，手輕輕一放，羽箭破空而去，速度飛快，在空中畫出美麗弧形，擺在大石頂上的皮壺應聲而倒，壺水瀉出，足見弓箭後勁之大。

圍觀人群爆出歡呼聲，大家高聲叫著：「野崖！野崖！野崖！」震破雲霄。野崖方形黑臉露出笑容，高舉雙手接受眾人的歡呼。

歡呼聲中，大龜文總頭目邏發尼耀家族的符嘮里烟在女巫的引導下，牽著女兒揪谷走入場中站定。揪谷今天自然是盛裝而出，但最美不是彩色繽紛的衣飾，而是她汪汪如湖水的眼神及如陽光般的燦爛笑容。

總頭目把女兒的手交給了野崖，女巫也撒了表示祝福的聖水，表示兩人是夫妻了。於是，群眾又開始歡呼。

自這一刻開始，內獅部落芭塔果泰家族的野崖，正式入贅邏發尼耀家族，成為大龜文總頭目符嘮里烟的女婿。老頭目最近表示，他身子也不怎麼健朗，走不太動了。再加上去年老妻過世，他有些累了，想休息了。等野崖入贅，熟悉了一切，他決定慢慢把大頭目位置交傳給長女揪谷，再由野崖輔佐。

璦玎也在旁觀人群之中。她一身新妝，頭戴鮮花冠，胸前掛滿鮮花，貝殼以及鴨腱藤①種子編飾，手肘上則戴著用「天牛之珠」向白浪人換來的白玉手環。那天，頭目哥哥向她表示，他不是那麼介意「天牛之珠」，但也不認為邏發尼耀家族會喜歡她的白浪玉手環，乾脆就把手環給了璦玎。後來璦玎則轉贈阿拉擺，說給他未來的新娘，她自己的嫂子。阿拉擺收下了。「天牛之珠事件」就這樣不了了之。媽媽一直搖頭，說年輕人被白浪帶壞了，有些傷心。現在，璦玎和阿拉擺站在一起，為大哥野崖的精采表現喝采。

眾人圍著兩位新人與老頭目，形成一個大圈，歡樂地又歌又舞。圈子先是向內縮小，大家彎腰後大呼一聲，雙手高舉又向外擴張。然後再繞圈，又向內聚，再外張，一次又一次。雖然已近黃昏，大龜文的陽光一年到頭一般炙熱。大家不畏驕陽，又歌又舞，永不知疲倦，也永不知停止。這是全體大龜文人大喜的日子啊。

終於，老頭目有些累了，入屋內休息。兩位新人野崖和揪谷依舊在場中與大家歡呼歌

---

①鴨腱藤是台灣原始闊葉林豆科爬藤植物。排灣族認為長輩死後，靈魂沿藤木而上，與祖靈會合。

舞。

空氣開始飄逸著烤肉的香味了，大家期待著即將來臨的夜間盛宴。有些人已開始向同伴挑戰，準備拚酒了。

這時，卻有一位老頭目身邊的侍衛，匆匆穿過載歌載舞的人群，跑向野崖，向歌舞中的野崖行禮。野崖被他突如其來的舉動嚇了一跳，停住舞步。那侍衛向野崖附耳，不知說些什麼。有不少人意識到有什麼事發生了，也停下舞蹈。歌聲嘈雜，野崖皺著眉頭，似乎聽不清楚侍衛說些什麼。野崖猶豫了一下後，偕同揪谷走出歌舞圈，向頭目家屋走去。主角離場，大家都停下歌舞了。野崖看得出來有些不悅，但看到大家停下歌舞，強顏作笑，回頭向眾人大喊：「繼續跳舞！」圈圈再度圍起，但大家已經有些意興闌珊，歌聲零零落落，唱了幾下，轉頭向頭目屋子那邊回望。大家都在狐疑著：發生什麼大事了？

野崖手牽著揪谷，他滿腹疑惑，他想，到底是什麼大事會讓老頭目如此急切，要中斷婚禮的歌舞，召他商議。

沒想到，侍衛並非帶他到屋內，而是繞過頭目石屋，再自側方走了一段下坡路，這是老頭目弟弟取類的屋子。這時阿拉擺與瓔玎由後面追了過來，野崖也讓他們一起同行。

一行人進入屋內，屋中已有五個人坐著。除了老頭目符嘮里烟和弟弟取類外，卻是兩位白浪及中心崙部落的長老。顯然是這位中心崙長老帶著兩位白浪到這裡來的。另外一位平日服侍老頭目的中年女性，則站在房間角落。

野崖看到打破他婚禮歌舞的竟是他平日最厭惡的白浪，更加火大。但在自己的大婚之日，還是強抑下來，冷冷地向兩位白浪打了個招呼。

阿拉擺、瑷玎知道這種場合沒有自己的份，兩個人一起站在屋側旁聽。那位中心崙長老則直接走出屋外，不敢在場。

兩位白浪正是崩山頭人陳龜鰍與莿桐腳頭人阮有來。符嘮里烟的身側放著兩具鐵鍋。那位在老頭目妻子死後負責照顧老頭目的中年女性站在屋角，很高興在把玩著幾支閃亮的縫衣針，一副愛不釋手的樣子，顯然也是白浪帶來的見面禮。揪谷走到她身邊，看到縫衣針也面露歡喜之色。

大頭目對兩位白浪頭人說：「這是小婿野崖。你們來的目的是什麼，告訴他吧。我老了，再說我今天肚子也不太舒服。」

兩位白浪頭人站起身來，向野崖拱手為禮。野崖不耐地揮揮手，示意他們坐下，趕快進入正題。

莿桐腳頭人阮有來說：「那就由我先說了。」他看起來比另外一位年約四十許的崩山頭人年長。頭人咳了一聲，清了一下喉嚨。野崖看這老頭又老又駝背，心忖他自莿桐腳海邊跋涉至此，倒也不容易。

莿桐腳頭人首先致歉，表示來得不巧，打擾到婚禮。如果早知道，他們會多準備禮物。

莿桐腳頭人開口竟是大龜文話。雖然發音不是很標準，又有些支支吾吾，但意思倒是表達得甚為清楚。這一來，博得野崖相當的好感。

莿桐腳頭人說，其實崩山及莿桐腳也正在拜拜，他們也不願意在這種時日來大龜文。但日本人一直催促他們。說到這裡，他頓了一下，看看總頭目，又看看野崖，嘴角微微揚起，似笑非笑，臉色有些曖昧地問：「總頭目可知道日本人？」

符嘮里烟啐的一聲，吐了一口檳榔汁，帶著不以為然的口氣：「我聽說牡丹大頭目阿祿古父子都被日本人打死了。這些日本人到底是哪裡來的啊？幹麼找上牡丹社呢？那些漁民大都是高士佛的人殺的啊，與牡丹社阿祿古父子何干？」

老頭目說完，莿桐腳頭人正要回話，野崖突然站了起來，憤慨之色外露，怒聲道：「前不久，牡丹社人已經四處逃難。有不少人到了射不力的部落。我聽說日本人在你們白浪的引路之下，又燒了女乃社。搞得連風港溪以北的射不力群也都人心惶惶。我們出草殺白浪，會殺你們全村嗎？你們卻帶領日本人把牡丹好幾個部落全燒了，真是豈有此理！」說完手指著莿桐腳頭人：「日本人派你們來大龜文恐嚇我們嗎？」

莿桐腳頭人沒想到自己才起個頭，大龜文老、少兩位頭目就已如此不悅，那麼横田棄要大龜文頭目們去風港日營的事要如何說出口？兩位頭人彼此使了一下眼色。於是另一位崩山頭人陳龜鰍緩緩站起，向大龜文頭目們深深作揖：「總頭目、大頭目，請先息怒，容我慢慢解釋。」

陳龜鰍陪著笑臉說：「日本人的意思是，他們新到此處，和大龜文就算是鄰居了，總要拜會一下新鄰居。所以要我們來傳話，邀請大龜文各部落頭目去風港作客，大家彼此認識認識。日本人說，希望能招待你們，贈送你們一些見面禮，大家做個好鄰居。」他的大龜文話竟是更為流利。

野崖哼了一聲。

崩山頭人陳龜鰍望了一下野崖，繼續說：「報告頭目。日本人只對牡丹社興師問罪，對其他的部落都表示和好。所以斯卡羅的頭目們都拜訪過社寮的日本軍大營。日本人送了許多禮物給他們。日本人也一定會對大龜文送禮，表示親善，請頭目們放心。」

大龜文兩位頭目的怒氣似已漸平息，莿桐腳頭人趕緊接下去說：「是啊，聽說射麻里頭目伊沙還回請日本人幾位頭目到射麻里玩，大家一起喝酒、唱歌，非常開心。」停頓了一下，看到似乎反應不錯，開始打哈哈：「聽說還發生一件趣事。射麻里人用大木桶燒了熱水，準備煮山豬肉招待客人。那些日本人竟然以為燒熱水是用來洗澡的，當場脫了衣服跳了下去！」

全屋子的大龜文人都大笑。於是崩山頭人把握機會，說道：「那位橫田大尉要我轉告，如果您們肯到，對他們是極大的面子。日本人說，大龜文頭目們去的愈多，他們就愈有面子。他們除了準備許多禮物之外，也準備了好酒要招待你們。連我們都還沒有榮幸品嘗他們的酒呢！要託您們的面子和福氣了。」說完，有些做作地乾笑了幾聲。

果然一番話說得大龜文老頭目心頭發癢。

大龜文人最喜大家一起唱歌喝酒。此時老頭目臉上已無怒氣，反而微微一笑，說：「比起我們的小米酒更濃烈更香醇嗎？那麼我倒是想親自去嘗嘗……」

野崖則是好奇為什麼日本人這麼厲害，可以一舉殺了牡丹頭目父子。他想，有機會去看看，了解一下日本人也是好的，於是臉上也平和了下來。

陳龜鮲看到兩位頭目顯然已經心動，心中竊喜。他想，機不可失，又進一步探問：「那麼等婚禮結束，兩位頭目有可能在後天早上動身下山嗎？」

大龜文老頭目邊嚼著檳榔邊點頭，表示答應。兩位福佬頭人大喜。

莿桐腳頭人阮有來則尚有一件心事。因為行前王媽守向他拜託，是否可以向大龜文番討回上次被殺的姪女婿的頭顱，以求個完屍，這樣大家也不計較是為何被殺了。但此刻阮有來想，若再提起往日遺憾，把眼前氣氛搞糟了，反而壞事。只要大龜文人肯去見日軍，相信日軍會要求頭目們提出保證。將來若再有大龜文人殺害墾民的事，日軍自會代他們出頭興師問罪。眼前還是製造良好氣氛為要，先達成此行讓大龜文人去見日本軍的任務再說。

野崖突然問道：「如果日本人那麼好客、友善，何以對牡丹人卻那麼惡毒，連無關屠殺琉球人的女乃部落也燒了？聽說還帶走了一位老婦人，一位小女孩。這兩人什麼時候對不起日本人？」

陳龜鮲猶疑了一下，回答說：「日本人知道那些遇害漂民頭顱在牡丹人手中，當然也要追究責任，才對所有牡丹部落動手。你們大龜文又不曾殺害日本人，也沒有欠日本人什麼，有什麼好怕的？」

野崖又問：「日本兵難道只以占領牡丹為滿足嗎？聽說豬勝束的斯卡羅總股頭已經表示歸順日本人了。斯卡羅也沒有殺害過日本人啊，何以日本人要他們表態歸順？」

蒳桐腳頭人回答說：「那是因為牡丹人與斯卡羅人過去曾有過『下瑯嶠十八社』的結盟。大龜文與牡丹社又沒有關連。」

野崖又連珠砲地問：「那日本人又何以到風港來？何以要見我們？你們又如何確保我們大龜文頭目的安全無虞？」

那崩山頭人馬上回答說：「大龜文眾頭目若願意前往，那我陳龜鰍就留在這裡當人質。等所有頭目都歸來，我才回崩山去。後天由蒳桐腳頭人帶你們去風港。」

符嘮里烟乾笑兩聲：「多謝頭人義氣。那些日本人如要扣留我或殺我，會捨不得你的性命嗎？那些日本人如不會殺我或留我，何必把頭人留在這兒？」

兩位福佬頭人聽到大龜文大頭目如此豪氣，不覺對他多敬重三分，心想「我們都看扁大龜文人了」。

倒是野崖仍然覺得不妥。他向符嘮里烟說：「請老頭目再慎思。我們對日本人毫無了解，防人之心不可無。我建議由取類代表老頭目去。我當然也陪著去。」

老頭目看了看弟弟取類，取類點點頭。大龜文老頭目轉向兩位來客：「好，兩位頭人，就照野崖所說的吧。我身體不太好，大龜文由我弟弟取類帶頭。至於能有幾位部落頭目出席，我不敢說。你們運氣好，許多頭目因為婚禮而正好在此。否則大龜文地域那麼大，時間那麼緊迫，如何一一通知，還要趕來內文會合？總之，你們可以放心向日本人交差了。你們在此再歇歇。今天小女、小婿剛成親，依我們禮俗，明天還要再熱鬧一天。你們明天請先回吧。反正日本人訂下的6月19日，我們會到就是。」

野崖正色說道：「你們得向日本人說明，大龜文人去拜訪他們，就像去射不力作客，是朋友間來往。日本人遠道而來，我們去向他們打個招呼，表示禮貌。大龜文不是去向他們乞求什麼，更不是像牡丹社人或豬勝束或射麻里人一樣去向他們投降或表示歸順。如果要我們歸順日本人，聽從日本人的使喚，先打一仗吧。再說，我們打輸了也不會投降。」野崖一字一字的說：「只有死去的大龜文，沒有投降的大龜文。」

兩位頭人聽了不禁動容。陳龜鰍正色回應：「我希望你們把日本人當朋友。如果大家好好相處，將來我們也當你們是朋友。如果我們崩山有節慶辦桌，也邀請大龜文頭目家來當座上客。」

符嘮里烟聞言，把檳榔吐了，一拍大腿，站了起來：「好！我們大龜文也是人家送我們一隻山羌，我們就還送一頭水鹿。正好今天我們大龜文有喜慶，你們兩位頭人也留下來痛飲一番吧。衝著崩山有喜事會邀請大龜文頭目們這句話，我保證，後天大龜文人一定會出現在風港！」

兩位福佬頭人大喜，他們深恐夜長夢多，怕大龜文頭目變卦，趕忙說，他們希望盡快把好消息帶回去告訴日本人。於是立即匆匆告辭。

第八章

阿拉擺走出屋外，璦玎並沒有跟著出來。

阿拉擺一個人在屋外踱步，隔著屋側的小樹林，他聽到流水淙淙。陽光炙熱，他於是信步走入林中，看見有一頭小鹿在溪邊喝水。他的腳步雖然輕微，小鹿還是驚覺到了，拔腿就跑。他原本無意獵鹿，但奔跑的小鹿反而激起他的好強，於是他也在後面追。眼看距離愈來愈近，小鹿突然躍入河中，游向對岸。在同一時間，前方傳來一聲女性的驚呼聲。他本來全神貫注追著小鹿，眼中只有鹿的影子，當鹿影不見的剎那，取代小鹿的是不遠之處河中一個女子的身影。

原來女子正裸身在溪中淋浴，此刻趕忙轉身背著阿拉擺。阿拉擺驀然望見那完全裸露的背影，也大為尷尬，大叫一聲「抱歉了」，趕快閃身進了林中，不敢再看。但在那電光石火的一剎那間，女子的臉龐瞅入阿拉擺的眼中，阿拉擺心中一震，「好美麗的一張臉，好明亮的眼睛」。

雖然已經閃入林中，阿拉擺的心依然快速跳動著，他回味著那個嬌嫩欲滴的動人背影以及如受驚小鹿的美麗容顏。

晚上大餐會中，阿拉擺透過那熊熊火焰，找到了那一張令他一見永不忘的臉龐，對方的眼睛也正注視著他。在兩方眼神交會的那一剎那，她的臉又驚恐地低垂了下來，像那受驚小鹿。

這一夜，他的目光再也沒有離開她。她的一舉一動，是那麼優雅，她故作鎮靜地與身旁的女伴談笑，卻又不時回頭偷瞄著他。在多次嬌羞低頭之後，她終於大方地對著他嫣然一笑。

阿拉擺見到那個笑容後，整個人陶醉起來。於是在盛宴接近尾聲，大家紛紛起身敬酒哄鬧之時，阿拉擺吹著鼻笛，跳起舞來。他本來就是鼻笛好手，眾人都歡呼著表示讚美。他跳著跳著，到了少女的面前之後，就停在少女面前跳舞。然而，搶著在少女面前跳舞示好的勇士，竟然有好幾位。在女伴的慫恿之下，少女也起身回應。她舞姿曼妙，周旋在多位勇士之間，但是，當她和阿拉擺對跳的時候，她的笑容特別燦爛。他隱約聽到旁邊跳舞的男人叫著「烏蜜！烏蜜！」，他想這個應該是少女的名字。

當兩人對跳抬腳之時，她的腳尖輕輕觸到了阿拉擺的腳尖，那是好感的表示。其他的勇士則帶著嫉妒的眼神看著他。當天晚上，阿拉擺翻來覆去，久久不能成眠，眼前盡是少女的各類形影。少女在河中，少女的微笑，少女的嬌羞，少女的舞姿。

阿拉擺乾脆翻身而起，緩步出室外，望著皎潔月光，他不知不覺竟又走到白天遇到少女的溪旁，不禁唱出：

我思念的人啊，
我實在非常想念妳，
我問遍任何認識妳的人，
但是，沒有人告訴我妳在何處。
……

這曲子，後來永遠流傳，成為大龜文最傳誦的情歌。

也是在這個晚宴結束時，總頭目符嘮里烟向大龜文人鄭重宣布，後天由取類帶頭，野崖為副，其他每一部落原則上派二人同行。大龜文人帶兩頭豬作為禮物，到風港拜訪日本兵頭目。而且為了準時到達，決定在第二天中午就出發離開內文，先到外獅。

大龜文人紛紛探問，日本兵是哪裡冒出來的，為什麼要遠到風港去拜訪他們？那可是白浪的村落。

本來阿拉擺期待第二天能夠再見到少女——他還沒有與少女談過話呢。沒想到，野崖不但指派他一起隨行去日本人營地，而且為了先在外獅迎迓從內文來的三十多位部落頭目，野崖要他一大早就回去外獅，負責打點各項事宜。因此，他無法再見到那位少女，更不用說道別了，他甚至連烏蜜的家世都還不知道。他氣惱又不捨地離開內文。

第九章

王媽守望著窗外的濛濛細雨發呆。那天他帶了橫田棄到崩山和莿桐腳，找兩地的頭人。沒想到橫田棄非常性急，要兩位頭人馬上動身去大龜文，而且要他們五天以內把大龜文十八社的頭目都召來風港。

當時王媽守心想：這是不可能的任務啊！搞得不好，兩個頭人能不能安全歸來都成問題。王媽守當時請橫田棄多寬限幾天，但橫田棄很堅持，王媽守不敢再說些什麼。

6月16日下午，離日本人約定時間還有三天，庄民來走告，有十六位番人到了日軍軍營。王媽守大感意外。怎麼這麼快？正要出門去看看，又有消息傳來。原來不是大龜文番，竟是從更遠的東部後山來的生番，是什麼大鳥萬、矸仔舉、大織羔，都是王媽守沒聽過的。大概是因為日軍遠征高士佛社，許多牡丹社人往後山遷移，因此驚動了後山的部落。

空歡喜一場之後，王媽守又開始盤算。崩山、莿桐腳兩位頭人是6月14日拿著日軍的文書出發的。日軍訂了五天之期，那就是6月19日了。王媽守心裡毛毛的，萬一大龜文頭目不從，會不會拿福佬頭人出氣。

日本人到了，王媽守也只能以日本人的曆法來算日子。

到了17日下午，兩位頭人都回來了。他們帶來好消息，說大龜文總頭目答應可以來。但兩頭人說，大龜文地區很廣，部落分散各處，因此頭目們聚集需要一些時間。為了預留後路，兩位頭人又向橫田棄說，內文在北方離牡丹社甚遠的山中，與沿海的外人較少往來。兩位福佬頭人心中有些疑懼，擔心大龜文人會拖延些時日。

但橫田棄的嘴巴很硬，一直表示19日的黃昏是期限。

到了18日下午，王媽守忍不住了，決定親自到莿桐腳了解一下實況。他雇了船，由風港到了莿桐腳阮有來家。沒想到陳龜鰍也到了。大家都憂心忡忡，對大龜文人是否真的會到沒有信心。

第二天辰巳之交，莿桐腳人果然看到大隊番人自獅頭山麓下來，還舉著大紅旗。那紅旗正是阮有來和大龜文頭目約定的訊號。

王媽守、阮有來和陳龜鰍望著長長的隊伍自山腰走了下來，高興得彼此擊掌。番人隊伍很整齊，兩人一列，走在最前面的，正是野崖和阿拉擺兩兄弟。後面是由四人轎子扛著的取類。王媽守算了算，一共有三十五人，而且還牽著兩頭大公豬。

「天啊，莿桐腳從來沒有見過這樣的場面，竟然有三十五個大龜文大小頭目一起來到。」阮有來興奮地叫著。這也是阮有來等福佬頭人第一次看到大隊生番頭目，莿桐腳幾乎全庄大小都出來看熱鬧。

王媽守心中有數，他知道這些大龜文的頭目們一定早已算好時間，前一天就到了獅頭社，然後一早就出發了。他想，看不出番人不但守信用，而且每個細節都拿捏得很準。

這些大龜文頭目們表示不必進入莿桐腳庄內。他們沿著獅頭山的山腳，渡過崩山溪，大龜文人則稱為大龜文溪。大龜文人繼續沿著山腳走，再越過風港溪，在王媽守的帶領下到達了風港日本軍營。一路上，取類和野崖再三向王媽守、陳龜鰍及阮有來三位頭人強調，大龜文人不簽任何文件，也不會聽命於日軍。他們是來禮貌拜訪，所以帶來兩頭大豬，這是厚禮，表示誠意。大龜文人視日本人為朋友，雙方互不攻打。

一行人還未到日軍軍營，早已人群喧嘩。橫田棄竟然親自帶領士兵到路口迎接。日軍才來不到十天，大營還沒有蓋好。橫田棄為了蓋大營，正與上次6月2日當嚮導帶領日本兵到女乃社的黃文良商借土地，但條件尚未談妥。這一天，橫田棄暫借了風港人信仰中心德隆宮的廟埕作為雙方敘會場所。

橫田沒有像三天前對待後山大鳥萬社時的嚴苛詳查細問。相反的，從頭到尾盡是放低姿態的歡迎頌辭。大龜文頭目帶來兩頭豬當見面禮，王媽守則向橫田表示，這是大龜文番的「貢禮」。於是橫田棄大樂，下令殺豬備酒，邀請大家共進午宴。

住在內文的大龜文老頭目符嘮里烟以「身體不適拉肚子」為由，沒能到場，橫田棄有些失望。但他的弟弟和女婿都到了，橫田棄也覺得面子已夠。他果然如崩山與莿桐腳頭人在大龜文時所說，擺下盛宴，以高規格款待大龜文來的貴賓。兩位福佬頭人早已向橫田棄表示大龜文人喜歡喝酒，特別期待日本酒。橫田棄則要王媽守準備一些福佬人自釀的米酒充作日本酒。大龜文人還是喝得很高興。

在席中，橫田取出一張早已擬好的「告諭」出來宣讀：

諭曰：「今你們越山溪之險，不厭行路之遠，先各社速歸順，其志甚可稱。抑我　大日本出大兵所以來征者，不獨責牡丹之無道，要保護你們，使你們為善知良行之民已矣，是乃我　大皇帝之聖意，而你們亦克了解此意，速歸順，是不獨你們之供福，亦不全島之幸也？你們無疑懼。①」

等由王媽守翻譯給大龜文頭目聽時，王媽守卻把文中的「歸順」說成「日本人希望和大龜文保持友好和平關係」。

取類代表大龜文方面回答，表示「極願意與日本保持友好和平關係」。王媽守則翻譯成「願意歸順日本國」。

於是賓主盡歡。日本人對大龜文相當示好，讓王媽守不禁有些妒意。飯後，橫田棄又說，「目前都督府在龜山，風港營乃是支軍。我希望引導你們到龜山大營見西鄉都督，說明來降之意。其他南番十二社已經來降，並獲得恩賞後回社。現在你們來降，都督必定高興，而厚待你們，並且有恩賞。」王媽守的譯文當然又把「來降」的字眼改掉了。

大龜文人婉拒了，表示不擬到龜山去見西鄉。這當然是野崖的決定。王媽守等人又在翻譯上動了手腳，日本人的紀錄更是美化成「現在能保持一命就是恩賜了，豈敢奢望恩賞」。大龜文人堅持今晚就要回到部落裡，但福佬人加油添醋翻譯成「到都督府之事，容將來擇日再去」。因為去龜山日本大營是原來沒有談到的事，野崖對日本人橫生枝節，其實有些不滿意，也懷疑是否崩山和莿桐腳兩位頭人故意隱匿不說。最後連橫田棄都看出大龜文人已有不悅之色，也不敢勉強，讓他們在宴罷即告辭。

大龜文諸頭目離去之前，橫田棄又向雙方強調，以後雙方和平相處。雙方都點點頭。橫田棄很滿意。他在軍營日記中這樣寫著：「雖再三諭示，他們更加恐懼，只是乞求趕快回去。若強邀時，僅會引起他們的疑懼心，不僅他們從此不會再來，且恐怕會斷絕其他生番來降之意。故盡力與其約定日後見面之期，而讓其回社。以上為北蕃社來降的經過情形。②」

取類和野崖回到內文向老頭目符嘮里烟報告風港行的經過，表示日軍確實執禮甚殷，並且邀大龜文的各級頭目以後到龜山大營去參觀。老頭目也表示滿意，對野崖大為稱許。老頭

①錄自《風港營所雜記》。
②錄自《風港營所雜記》。

目問起日本人的軍容裝配，野崖和取類表示，雖然看到不少日軍，但日軍並沒有請他們去軍營參觀，他們也沒有看到軍營。倒是他們看到日軍所持的槍又新又亮又輕，很是羨慕。日軍還做了槍枝火力展示，確實驚人。他們也不知道日軍只是暫時來，還是會長久停留。阿拉擺則說，他更愛的是日本人的佩刀，又長又好看，又銳利。他反覆說，如果自己也能得到一把該有多好。

而橫田棄則向龜山大營報告，北番已來風港表示願與日軍和平相處。西鄉見了報告後很高興。因為只要穩住北番，將來一旦日軍與清軍發生衝突時，可以不必有被北番自後突襲的後顧之憂。日本人稱大龜文為北番，稱牡丹社以南為南番。於是西鄉決定將日軍勢力逐步北移。而第一步就是在風港建立較具規模的橋頭堡。幾天後，橫田接到指令，趕快向風港的住民租地，建立一個可容納二百多人的軍營。但西鄉給橫田的經費卻少得可憐。

這塊土地必須面海，以利補給。橫田棄看上的土地，擁有者是在出征女乃社時為日軍做嚮導而負了傷的黃文良。黃文良知道日軍的意圖，於是這位機伶的福佬人向日本人獅子大開口。

風港人並未把日本人視為「官府」。相反的，是把日本人視為做生意的對象，能趁機敲一筆意外之財的肥羊。不只黃文良如此，連王媽守也如此，與日本人討價還價。讓日本人對這些貪厭不知足的福佬相當不滿[3]。

同一時間，王媽守被日本人延攬為會計，卻上下其手，又圖圓謊，哄抬價格，以少報多，結果既得罪朋友，又得罪日本小官，竟然氣得日本小官要殺王媽守以洩怒[4]。

其實，日軍在台灣並不好過。就在6月14日，日本兵在牡丹溪中洗浴，有三人給埋伏在林中的牡丹社人開槍打死，還取去首級一顆。第二天6月15日，日軍再進剿牡丹社，反遭暗槍殺死一人。6月17日又有兩名日軍在雙溪口被牡丹勇士槍殺。

西鄉知道，牡丹番已經改變戰術了，現在是敵暗我明。再加上日軍補給困難，再拖下去對日軍顯然不利，必須尋求突破。日本人了解，既已經大破牡丹社、高士佛社和女乃社，斯卡羅人也已經歸順，第一階段算是圓滿完成。再來必須盡速讓牡丹社人正式投降，然後日本兵才能專心對付清國。這是他們出發前就與上級商議好的第二階段。

於是在6月底，日本陸相山縣有朋公開建議，以三萬兵攻打清國，占領台灣。

連中級軍官的橫田都知道，日本真正的出兵對象其實是清國軍隊，而不是牡丹番民。在

---

③日本的《風港營所雜記》文獻中，在7月23日留下一段有趣的文字：〈為築營擬向風港庄人黃文良借用園地　惟該人以狹小荒園卻要求巨額金錢因而回覆之文件〉，大罵風港人忘恩負義，若翻譯成白話文是：「我日本在此保護你們風港人民，我以為既然對你們好，你們也對我們好。豈料你乘我急，貪我利，卻又妨我事。就表示你們不但不支持我，還認為我是仇讎。那你們和牡丹、女乃等敵人何異？」

④《風港營所雜記》：〈工兵部附屬小牧欽次郎闖入風港庄人王文秀家中始末〉。

「日本人為了建軍營而收購茅草。王媽守收購了三千三百四十把，但報價過高，日本人不予購買。於是王媽守降價。日本人買了之後，發現只有三千零四十把。王媽守以少報多，而錢已付了，於是日本小官拿刀要與王媽守算帳。」

從這些文獻，我們可以看到這些福佬移民的地痞行為，唯利是圖，連日軍都敢騙，對原住民更不用說了。但這也是台灣移民在艱難環境下的生存之道。這是移民的悲哀，歷史的無奈。

7、8月中，橫田棄時常派細作由風港到加祿、北勢寮等地，暗訪密察。他上書龜山總部，要求把握時機，趁著清國的援軍尚未自大陸渡海來到台灣，目前枋寮以北防務空虛，而枋寮以南，民心倒向日本。他建議上級，應該把握良機，趕快揮軍北上。

他們在7月28日寫給西鄉的「枋寮事務探索書」，大意大約是「⋯現觀察清人屯兵，不見一藏糧之倉⋯不見一貯彈藥之庫⋯（兵士）只有一衫一褲。觀察其軍械，則無一物齊全，又何以作戰？由此觀之，清兵絕無求戰之心。⋯竊等所觀察之清軍狀況如此，北勢寮以南民情大致苦於支那之苛酷而多半歸心之我方者⋯以上為探訪之大概情形。」

第十章

大約就在橫田棄與風港日軍催促龜山大營的上司盡速揮兵北上的二十天後，在台灣府城的台灣鎮總兵署內，一個來自打狗旗後①的消息，讓平日老成持重的大清欽差大臣沈葆楨也高興得激動叫好。

這消息是：七月十二日，七艘裝運淮軍的輪船，都已抵達澎湖，將陸續用小輪船運往旗後登岸。

淮軍終於到了，可以和日軍分庭抗禮了，鳳山防務不再空虛了。沈葆楨心中一塊石頭落了地。

這六千五百名淮軍，是他費盡心力向北洋大臣李鴻章苦求而來的。

①今高雄旗津。

他在五月初甫到台灣，就一面與龜山的日本軍展開談判，一面緊急上奏朝廷，希望盡速向北洋大臣借撥久練洋槍隊三千，向南洋大臣借撥久練洋槍隊二千，而且約定「北洋畿輔重地，所借洋槍隊，倭兵退後，即令歸防」。也幸而北洋大臣李鴻章睿智，沒有多問，就慨然自徐州撥了唐定奎的洋槍隊十三營六千五百人。一次要運輸這麼多兵員是空前之事，朝廷還特別撥款買了新輪船，也買了新洋槍，真的是軍容鼎盛。

唐定奎是劉銘傳手下大將，這十三營銘軍是武毅親軍正、副營，武毅左軍正、左、右營，武毅右軍正、左、右前後營，銘字中軍左、副、前營。按照淮軍的編制，「營」是獨立作戰單位，有五百零四名士兵及一百八十名長夫，由一名營官及四名哨兵率領。唐定奎自己親率親軍正營，其他的十二營官，有三人擔任統帶，相當於副統領，分別是章高元、周志本、劉朝林。

唐定奎行動很快，到了八月中旬，所有淮軍均已布署在鳳山至枋寮之間，號稱十萬。不但如此，沈葆楨還令唐定奎在安平與旗後增設了砲台。全台防務大為增強。

沈葆楨終於有了信心，對南疆的日本大軍，現在可攻可守了。他要開始另外一項大事：開路。他要打開後山這塊康熙以來的禁地。

他早已命台灣鎮總兵張其光負責開闢南路到後山卑南，又調來福建提督羅大春負責開通北路自噶瑪蘭到奇萊。等南澳總兵吳光亮的二千廣東「飛虎軍」一到，那麼最後的中路，貫通台灣中部的山路，就可以開工。他下令，一年之內，這北、中、南三路均要完成。

他很高興，朝廷很信任他，他提的各種大小新方案，幾乎都採納了，而且快速決行。在他心中，尚有一些新對策在醞釀之中。沈葆楨想，他有信心逼退日本人，也有信心讓台灣在幾年之中改頭換面。

第 三 部

清國兵：雄師渡海拒倭軍

第十一章

郭均雖然一大早就醒來，但一直懶洋洋賴在床上。直到巳時中了，他才長嘆一口氣，緩緩下床，打開店門。妻子和兒子都過世後，他心情沮喪，做什麼都沒勁。郭家歷代為醫，他從小跟著漢醫的父親學習醫理，雖然現在年方二十五，但已經算是頗通岐黃之術，小有名氣，連英德縣城都有病家專程來拜訪「蓮塘坪七星橋頭的郭大夫」。

而「七星橋」所以有名，其實倒不是因為郭均，而是郭均近鄰與世交吳家。吳家及郭家已是好幾代交情，吳家的小兒子吳光忠①是郭均小時的玩伴。吳家世代經商，到這一代卻出了個武將。吳光忠的一位大哥吳光亮，從小就孔武有力，舞拳弄棒，於是十五、六歲就投軍去，攻打太平天國。二十年下來，吳光亮表現神勇，累積戰功，由千總、守備、都司、游擊而參將、副將，一路擢升。同治九年，吳光亮更是正式到任「閩粵南澳鎮總兵」。因實任總兵已是二品大員，因此朝廷封贈吳父以上三代為官。曾祖父、祖父、父親都誥贈將軍名銜，曾祖母、祖母、母親則誥贈二品夫人。這當然是英德縣裡的大盛事。吳家賀客盈門，吳光亮衣錦還鄉。郭均迄今仍然記得當時的熱鬧情形。

兩年多前，吳光亮的父親病逝了，於是吳光亮依制回鄉守喪二十七個月，到今年同治十三年（1874）為止。在這段期間，郭均得以和吳總兵常有往來。吳光亮身體不適時就請郭均過去吳府把脈、煎藥。郭均的醫術也獲得吳光亮的激賞。

然而，郭均醫治吳光亮得心應手，醫治自己的家人反而大不如意。先是郭均的父親過世了，然後郭均的妻子又在生頭胎時難產，母子遽逝。郭均是小妾所生，而生母早逝。郭均沒有其他親兄弟姐妹，與其他長房兄姐並無深厚感情，早已分家。如今老父仙逝，妻兒皆歿，他成了孑然一身，覺得萬念俱灰。

英德是個以客家人為主的市鎮，而客家人一向以團結著稱。幾年前，吳光亮就回來召募鄉人為兵，因為是廣東軍，故號「廣勇」。吳光亮則自稱為「飛虎軍」。飛虎軍這支客家軍屢立戰功，闖出名號，朝廷因此而注意到吳光亮。就在守喪將畢之際，吳光亮收到朝廷「募廣勇，調台灣」的任命。

這一天，郭均正在家中對著父親和妻子的遺像發呆，有人來敲門。讓他大吃一驚的是，

①吳光忠自光緒元年（1875）隨吳光亮來到台灣後，直到日本人據台之前，絕大部分時間在台灣。光緒二十一年（1895），胡傳在台東縣令及鎮海後營統領任上辭官時，推薦的繼任人就是吳光忠。

來訪的竟然是官拜二品的前南澳總兵吳光亮。

四十歲的吳光亮在弟弟吳光忠與衛士的簇擁之下，進入郭家。郭均左支右絀，忙著招待將軍大人，吳光亮卻豪邁一笑，向郭均說：「免禮免禮，請坐下來，我有事說。」

吳光亮坐定，向郭均說：「我這就開門見山。我奉命調到台灣，而且須募廣勇二千人。你是否願意與我前往？一則你近年不甚順遂，與我到台灣，也許能闖出個新局；再則，我也可以有個好醫者伴我身旁。台灣瘴癘之地，你的醫術我信得過。有你在身邊，我就放心了。而你在我麾下，更不用害怕沒人照應。」

郭均對台灣毫無概念。但吳光亮紆尊降貴，親自來訪，而又剖析懇切，表示郭均不需上陣廝殺，只要在他身邊照顧好總兵大人的健康即可。於是幾乎不考慮就答應了。

吳光亮非常高興。他表示，因為募兵非常順利，事實上人數早超出預期。他將新募之兵分編為「飛虎左營」與「飛虎右營」。待他將這些新兵稍加操練，一個月後就將移師省城。然後這支二千多人的「飛虎軍」，就要搭乘大火輪到台灣去了。

台灣是極度陌生之地，郭均有些忐忑不安。但他一向性情開朗，隨即專心準備。打點既畢，他向親戚朋友道別。吳光亮告訴他，只要日本人離開台灣，飛虎軍應該就可以班師回廣東。到時候郭均要回英德故里繼續行醫救人，還是要追隨他駐在官所，就隨自己意了。郭均心想，也許一年半載就可以回到故里，此番只當遊歷，去外面天下看一看。反正孑然一身，也沒有太多牽掛。

他和吳光亮都沒有想到，命運的安排，這一去，兩人都和台灣結了不解之緣。而他們到了台灣後，並沒有與日本人交戰，甚至連日本兵也沒遇上一位，但卻另有驚濤駭浪，意想不到的遭遇。吳光亮後來大起大落。而他郭均，竟永遠留在台灣了。

第十二章

「郭均，起來！起來！台灣到了，旗後到了，該下船了！」

一路上暈船吐得七葷八素，昏昏沉沉的郭均，蜷曲在船艙地板上，被同伴大力搖醒。

郭均勉強撐起上身，但卻站不起來。同伴幫他撐起，另一位代他背著行囊。郭均在撐扶之下，搖搖晃晃出了艙門。刺眼的陽光迎面而來，他霎時眼前一片金光茫茫。同伴一鬆手，他再度軟下身子，蹲了下去。

郭均在六月投軍，七月中隨飛虎軍到了廣東省城。經過一番集訓之後，八月十四日開舟，十七日辰時才到旗後。郭均在海上三天，正巧遇上大風浪，讓他經歷了一生最難過的中秋節。郭均不知道的是，他已經很幸運。這次颱風，清國在台灣有兩艘大船受到重創，安瀾輪在打狗觸礁，大雅輪更在安平傾覆。害得剛到台灣三個月的欽差大臣沈葆楨得上表自請處分。

郭均因為常與吳光亮見面，比一般軍伍更了解一些軍情。例如這次為什麼大軍要開拔到台灣。吳大人說，因為朝廷認為台灣發生了自咸豐十年（1860）英法聯軍火燒圓明園以來最嚴重的國際事件。大家平日不太看得起的日本倭兵，這回竟然打著為琉球人討公道的旗號，出動大鐵殼船，出兵台灣。二千多日本兵在台灣南端的社寮和龜山紮營，攻打瑯嶠的番社。朝廷極為震驚，同治皇帝派了在福州馬尾負責船政的沈葆楨擔任欽差大臣，急赴台灣，負責應變。但即使如此，當沈葆楨到達台灣時，日本兵已經大破牡丹社。更嚴峻的是，日軍是否會轉而北上，令人憂心。

吳光亮稱讚沈葆楨處理明快：「沈葆楨大人在五月四日，西曆6月17日到達台灣。他人還沒到台灣，就已先派副手潘霨坐船到柴城和西鄉談判，防止日軍再度輕舉妄動。一到台灣，馬上上書朝廷要求派全國最精銳的淮軍到台灣支援，以防止日軍蠢動北上入侵鳳山。」

說到這裡，吳光亮很得意地說：「台灣鎮總兵張其光軍門①則向沈大人建議，除了六千五百名淮軍外，再增派二千廣勇，以增聲勢。張軍門特別推薦我到台灣。這是我們『飛虎營』揚名立萬之機會。」後來郭均才知道，張其光總兵也是廣東客家人，出身新會。

八月初，大軍到了廣東省城集訓，臨渡海前，吳光亮召集將領會議，告以最新局勢。吳光亮憂心忡忡：「日軍號稱懲番，其實只是藉口。牡丹社與高士佛社早已在五月十八日（7

①軍門：對武將之尊稱。

月1日）已經向日本投降。惟日軍不但不撤離，反而開始在北邊的風港建營房，並增加駐軍三百人之多。在七月三日（8月16日），這些風港日本駐軍竟到我大清在台灣最南關卡的加祿，開槍攻擊，還連開數排洋砲。數日後，又派人至北勢寮窺伺我軍營房。北勢寮與我大清在台灣最南端的枋寮官府已經近在咫尺。最近日本政府甚至向全國人民公布日本與朝廷在北京及天津的和談經過，宣布萬一和談不成，日本將不惜一戰！」

吳光亮說到這裡，哼了一聲：「什麼不惜一戰，這根本是得隴望蜀，意圖製造爭端以入侵南台灣。倭人司馬昭之心，豈能騙得了我大清！」

有將領問吳光亮：「飛虎營到了台灣，是否就擔任對日本倭軍的第一線防務？」

吳光亮說：「我還沒有接到朝廷指令。日軍是在台灣的最南端。沈大人目前調派的主力是徐州的淮軍洋槍隊十三營，共六千五百人，由唐定奎率領。唐軍門受命為總統淮軍提督。我們應該是第二線的支援。另外沈大人也指派人在福州的福建陸路提督羅大春通籌防務，以防日軍轉往福建。特別是日軍船艦屢屢到廈門的鼓浪嶼租界先做補給，而後再開往龜山。朝廷深恐日軍乘隙突擊福建沿海，因此很早就下令閩浙提督李鶴年及陸路提督羅大春加強海防。

「另外，羅大春的部屬兼親家，原駐守泉州的游擊王開俊，早在四月底就帶著福靖營，先行赴台灣。王開俊本來派駐在東港，到了六月十三日（7月26日）又調派到更前線的枋寮，與風港的日軍直接對峙。這是有史以來，朝廷在枋寮最多的駐軍了。」

吳光亮環視了在座將領，接下去說：「最近連羅大春也調到台灣了。他早已是福建陸路提督，兵階在總兵之上，地位崇高，沈葆楨卻把他調到台灣北邊噶瑪蘭的南澳去負責開路。羅大春嚥不下這口氣，遲遲不肯上任。後來才因為面臨處分，勉強在六月二十二日（8月4日）到了台灣。

「最近的消息是唐軍門已帶十三營淮軍，自江蘇瓜洲口乘輪船東渡。將分三批渡台。第一批在七月中旬已經抵達了旗後。

「現在朝廷對台灣很積極。沈葆楨對台灣的規劃防台三策『理諭、設防、開禁』②是全面的，也是長期的政策。這是朝廷對台灣政策的大改變。例如羅大春以提督之尊，一接了北台灣防務，不久就到蘇澳開路去了。

「至於我們飛虎軍，大約再半個月，也就是中秋前後，就會出發，將在打狗的旗後港上岸。現在還不知道上級要發配我們什麼工作，很可能是到中部或南部。朝廷新派到台灣的兵，淮軍六千五百人，我們飛虎軍二千人，羅大春一千多人，加起來已經上萬。再加上原來在台灣的常設軍力二萬人左右，一共近三萬了。飛虎軍要好好表現。任務也許艱鉅，但絕對是我們的機會。」

②對日本諭以道理，大清本身增兵設防，開放海禁，以移民開發後山。

就這樣，郭均隨著吳光亮的二千多人飛虎營，搭了鐵殼船，搖搖晃晃到了台灣。這是同治十三年八月十七日，西曆1874年9月27日。

郭均這一路暈船暈得厲害。先是暈眩，後來竟大吐特吐，全身無力。吳光亮的部隊在旗後休息了整整三天後，準備開拔到台灣府。但郭均卻接著發燒了，可能是吹了海風，得了風寒，根本站不起來。

吳光亮搖搖頭，說：「算了，你就在這打狗休養一陣子吧。飛虎營到了台灣府之後，還要繼續北上到林圯埔③，然後翻山越嶺開路到璞石閣。我們無法繼續等你，而看起來你這儒醫也不堪和我們奔波吃苦。我把你的軍籍轉給台灣鎮總兵張其光張軍門去管理。你的所長是醫術。旗後這裡會陸續有軍隊在此登岸，暈船待醫的一定不少。你就在此邊養身子，邊幫忙像你這樣嚴重暈船的兵士。久病成良醫，你自己暈船過，有此經驗，反而適任。萬一我身體有恙，再找你不遲。就此先別過了。」於是郭均繼續在打狗休養。

③林圯埔：今南投竹山。璞石閣：今花蓮玉里。吳光亮負責開通的這條路就是「八通關古道」。

第十三章

王媽守在苦惱中。

他夾在清國與日本之間，左右為難。

他讓日本軍來駐紮風港，以取得風港、崩山、莿桐腳這一帶鄉民的安全保障。他又促成了6月19日大龜文頭目到風港與橫田見面。他以為，這樣應該可以確保風港一帶長期安定，讓大龜文番不要再來滋擾。

然而，他順了姑情，卻逆了嫂意，因此而得罪了清國官爺。清國駐枋寮的巡檢兼候補縣令周有基，在8月20日自牡丹社回到枋寮。船由柴城過風港，遙望到此地的日本軍營，極為憤怒，向上級反映，痛罵「土棍王馬首」是奸民，竟然為了私利引倭軍到風港駐紮①。在枋寮

---

①《甲戌公牘鈔存》（同治十三年七月）：「營官王開俊稟報……據瑯嶠哨弁張鴻謨稟稱：初二日，來倭輪船一號，載來兵丁約三、四百人，洋槍六百餘桿。聞楓港之紮，非該倭本謀，實土棍王馬首圖利引誘，即驚嘉鹿，亦皆出自彼心。……」

官府的文書中，王媽守一直被稱為「王馬首」，因為漳泉話發音相同。

周有基在日軍初抵龜山時，曾經來到風港詢問過日軍的軍情。王媽守身為風港頭人，自然是他所重視的消息來源。王媽守對周有基的印象是此人精明能幹，但官架子也大。後來橫田棄來到風港，王媽守認為橫田和日本人反較符合他的利益，因此並沒有去枋寮向官府報告。周有基當時也不在枋寮，而在前線的柴城一帶刺探日軍軍情。等後來6月22日，農曆五月初，沈葆楨的副手潘霨到龜山與日軍談判，周有基是隨行人員，並且趁機進入土番部落內。其後周有基在下瑯嶠部落之間奔走了兩個月，希望能破壞日本軍與部落番社的關係，可惜無功而返，因此最近才又回到枋寮。

周有基確實非常努力。他到各部落去送禮，拉攏番人頭目。他的目標是牽制這些原已向日軍歸順的土番不要過度倒向日本。皇天不負苦心人，他探聽到一個重大情報，讓他竟然比社寮日軍更早尋訪到那日本人夢寐以求的死難琉球人的頭顱下落。原本有五十四位死者，但目前只剩四十四個頭顱，有十個已不見了。

七年前，美國人李讓禮和幾位英國人為了搜索十二個船員的遺骸骸骨，就踏遍整個下瑯嶠，差點引發戰爭。四十四顆琉球人頭顱自然更是奇貨可居！他大喜過望，知道這會是與日本人談判的好籌碼，於是花了整整一個月的時間在部落間穿梭奔走。周有基單槍匹馬，努力不懈，眼看這個不可能的任務就要成功，只剩臨門一腳！

周有基來到和牡丹社一向友好的加芝來，千方百計巴結頭目溫朱雷。他大手筆給溫朱雷火藥七十包、布二疋、豬二隻、酒五百瓶及其他日常用品，託溫朱雷去慫恿牡丹社及高士佛把琉球人頭顱轉讓給他。牡丹社新任頭目姑柳同意這筆交易。姑柳收下重禮，然後將頭顱交溫朱雷扛回加芝來社，準備交給周有基。

8月17日周有基興沖沖地帶了挑夫到加芝來部落頭目溫朱雷的家，擬取走首級。可惜就在最後一刻，保力客家頭人林阿九帶著一批客家人趕來阻擋，並聲稱奉日本人之命要保護首級，任何人不得違抗命令。周有基見到阻撓他的竟然是同文同種的瑯嶠居民，大為震怒，反駁說：「我乃奉大清欽差之命討取這些首級。大家各為其主，各行其是。我拿的是大清俸祿，不是日本俸祿，哪有聽從日本人命令的道理！」

原來是保密工作不夠好，消息傳到了保力與統領埔的客家頭人，林阿九與楊阿河。由於兩位頭人曾協助埋葬琉球人遺體，並答應日本人代為管理墓地，因此一聽到這消息，馬上前來阻擋溫朱雷將首級交給周有基，並向龜山日本軍營陳報此事。日本人接報，火速指派水野遵，由當地客家土民賴加禮、楊阿二、陳阿三帶路，趕到加芝來和周有基爭奪這四十四個琉球人頭顱。

周有基知道日本人馬上會到，匆忙離開生番地域。周有基努力了二個月，功虧一簣，非常懊惱。他匆匆趕回枋寮，並向枋寮千總郭占鰲請求支援。郭占鰲也是客家人，與林阿九算是客家舊識。郭占鰲立刻派了差人送信給林阿九，表示不可將琉球船民頭顱交給日本人，要等欽差沈葆楨或副手潘霨來此地，屆時將出資五百元購買。

林阿九接信大懼，怕清官追究治罪，趕緊向日軍報告，請求保護。

在這些移民者想法，他們離鄉背井，冒著「六死三留一回頭」之生命危險橫渡黑水溝，來到「化外之地」瑯嶠建立家園，一則要找一塊容易謀生之地，二則要擺脫官府欺壓。他們心中對大清官府本就沒有什麼敬意。再說，形勢比人強，這些新墾民只能西瓜偎大邊。

但在周有基心中，頭顱爭奪戰功敗垂成的關鍵竟然是客家移民的作梗，讓他很不能接受。後來他得知這幾位客家土民後來向日本領了巨額賞金，更是氣憤難平②。清國統治台灣一百多年的歷史中，作亂的都是漳泉人士，而客家人一向都和朝廷站在同一邊。因此在朝廷眼中，客家是義民。周有基沒有意識到瑯嶠地位曖昧不清，他在這裡既得不到漳泉人士的支持，也得不到客家的外援，灰心之餘，把帳記在「王馬首」、林阿九等村落頭人頭上。這消息傳到風港，王媽守大懼。

另外一件讓王媽守頭痛的是，8月開始，大龜文番又開始叨擾莿桐腳和崩山了。好不容易經由日本人在6月19日所營造的平地居民與大龜文人的和平氣氛，維持不到兩個月，在8月24日又宣告破裂，而且事情鬧得很大，民、番雙方皆忿忿不平。

---

②《甲戌公牘鈔存》八月：委員鄭秉機探報：后灣倭營，於初四日晚給粵莊民人賴加禮、林阿九、楊阿二、陳阿三等，每人銀一百元，又給阿九等數人銀三百餘元，以酬招和生番及截取琉球人首級之煩勞。

第四部

莿桐腳：是非爭議總難評

第十四章①

這一天七月初八，璦玎和十二位同齡的玩伴，來到外獅部落玩。今天天氣晴朗，由外獅部落的半山望去，自海邊到山腳，一望無際，且景色甚有層次，美麗極了。

遠處是大海。然後，是白浪移民開墾出來的稻田，綠野平疇，稻浪揚波。左邊則是大龜文溪，大龜文溪在冬天與春天水量甚小，露出溪底大小石頭，在夏秋兩季，則河面廣闊，水量充沛。

璦玎望見，遠處莿桐腳的街道，今天似乎擠滿了人。雖然距離甚遠，但敲鑼打鼓的喧譁聲聲隱約可聞，可以想見非常熱鬧。

璦玎對山下的景色與生活，充滿了好奇。從這裡望去，大海非常吸引著她。大海對她是可望不可即。她多麼想把雙足浸在滾動的海浪之中。但是長輩告訴她，山下的白浪都是壞人。為什麼都是壞人，她不了解。她遇到過拉著牛車上山來與部落交換東西的白浪。她覺得他們都很和藹親切。這些白浪生意人有時還會送給山上小孩一些白浪人的糕餅或點心。倒是有一次，她目睹一位部落裡的人帶了一顆白浪的人頭上山，讓她覺得很不忍。

她喜愛白浪的東西，因為比較細緻精美。而一位大家稱為「牛車順」的老白浪常常會帶讓她好喜歡的白浪飾品上山。例如上次的白玉手環，就是向牛車順換來的。其實牛車順年紀並非太大，但頭髮、鬍子都已花白，背也有些駝了。有時牛車拉到山上，他已是上氣不接下氣。有一次，她問牛車順，為什麼大龜文話說得那麼好。牛車順笑笑說，做生意需要啊，久了就會。他把白浪的生活用品運到山上，回去時，把山上大龜文土產運回平地。他的大龜文話流暢，做生意又公平，因此大龜文人對他甚是信任。最近，他也常常帶著十六、七歲的兒子上山。牛車順說，他的兒子不是純白浪，是土生仔，因為老頭的牽手是山下的熟番。老頭說，二十多年前，他在北部的東港娶了這位放索馬卡道女人之後，就遷徙到這裡開墾，一晃二十多年了。

這位白浪生意人通常到外獅，偶爾才到內獅。她後來知道牛車順仔大致有一定的日子到外獅部落，就是白浪的初二與十六日或前後一天。她就常常在這兩天跑到外獅來等著。等不到時，會若有所失。許多女孩都被禁止和白浪生意人接觸，因為長輩說，白浪都很會騙人，

①本章綜合下列文獻史料寫成：1.沈葆楨致吳大廷書（《沈文肅公牘》頁二七八，台灣省文獻委員會出版），2.《風港營所雜記》：8月24日，3.故宮檔案：《忠義王開俊傳》。（見本書第七頁照片文字）

會把山上的女孩騙到山下去賣，當奴婢。璦玎的媽媽也下了禁令，但璦玎就是有辦法照樣在初二、十六跑到外獅來和牛車順見面。有時也拿一些獸皮、雕刻來和牛車順仔交換。她自十歲出頭就開始常常和牛車順開講。小孩子學語言容易，幾年下來，她竟然聽得懂大半白浪方言，也多少會說一些。

最近大龜文部落與白浪的關係似乎有些改善。日本人渡海來攻打牡丹部落，所有大龜文部落都已知道那是因為幾年前牡丹部落殺了日本人，所以日本人來報復。日本人託白浪頭人上山，邀請大龜文部落頭目去他們的營房。她有一次聽哥哥阿拉擺說，白浪頭人竟然在部落中向哥哥及大龜文老頭目表示，以後希望兩方好好相處，還公開說，以後如果白浪村庄有拜拜，要邀請大龜文人去當賓客。阿拉擺哥哥在轉述這些話的時候，表情似乎不太相信，認為白浪只是講講漂亮話。但璦玎卻牢牢記在心中。她自牛車順仔得來的印象是，白浪也有說話算話的好人。

她癡癡望著山下的大海與莿桐腳街道的景色，充滿了好奇。她好希望能橫過這段短短的距離去體驗一下大海，把腳浸在海裡。部落裡的長老說，本來這地域一直到海邊，也算是祖靈留下來的土地，但是大約自爸爸的祖父時代，被白浪人占據了。雖然白浪人付了一些他們的耕作產物當作租賃費用。因為大龜文人習於山居生活，不常到水邊，所以起初並不太在意，但後來白浪得寸進尺，逐漸往山邊擴充，也因此造成雙方關係的長期緊張。

土地不能收回了，但如果能過去白浪的村莊看看也是快樂的事，至少可以滿足她的好奇心。今天正好是白浪舉行慶典，如果能去，會很有趣。希望崩山頭人說話當真，那可是哥哥親口說的。她心念一動，今天不正是一個很好的嘗試機會嗎?!

她環視了一下周圍的同伴。連她一共十三個人，都是十五、六歲，半大不小的少年。除了她，還有另外二位少女。這裡面年紀最大的，是外獅頭目的大兒子，雖才十六歲，已經長得像大人了。

她想，我們這些少年家，怎麼看也不像「凶番」吧?!部落長輩說單獨下山會被白浪綁走，現在我們有十三個人，應該沒事吧?何況，崩山頭人已經表示過善意了。於是，她向大家建議一齊到莿桐腳庄裡去看熱鬧，最好能到海邊去玩。瓊玎又說，莿桐腳和風港不同，莿桐腳沒有日本軍，應該不會有事。人一多，膽子就大起來。外獅頭目之子有些猶疑，但至少有八、九人都附和瓊玎的意見。大家都很好奇，而且都覺得既然有內獅頭目的妹妹和外獅頭目的兒子在，回去部落應該不會挨罵。

外獅頭目的兒子依然不願意下山，結果受到譏笑：三個女生都敢，怎麼反而男生不敢，太丟臉了。這位少年被激將了，終於大聲反駁：「誰害怕啊!我來帶隊!」

於是十三位大龜文少男少女攜手越過白浪開墾出來的稻田，向莿桐腳走去。

他們先遇到一個農婦。農婦遠遠看到他們，一臉訝異。這些青少年竟向她笑著揮手。農婦先是一怔，而後，也笑著向他們揮手。

雙方走近之後，農婦見是一群番人少年男女，向他們打量了一下，指著他們的佩刀。大龜文少年一直拚命搖手，微笑以對，表示善意。農婦知道番人平時都帶刀的，說完也就算了。農婦和他們比手畫腳了一陣。璦玎指著市街，農婦似乎不懂得璦玎的意思。這時，璦玎猛然想起那位拉牛車上山的「牛車順」，農婦卻臉色黯然，指著天上。璦玎明白，牛車順過世了，不禁也傷感了一陣。璦玎好不容易想出了頭人「阮有來」的名字。農婦先是有些吃驚，後來想起阮有來確實懂得大龜文語言，於是很高興點了好幾個頭，表示了解，揮手示意請這些大龜文少年少女跟著她走。

於是他們跟隨著農婦，進入莿桐腳庄頭。

莿桐腳僅有的一條大街中央擺著好幾座長桌，桌上全是普渡祭品，有全豬、全雞、全鴨、豬肝豬肚、全魚、大蝦、雞捲、紅燒肉、各色水果等，看得大龜文少年們口水都快流下來了。但他們也知道這是祭品，不能亂拿。農婦點了香，交給少年少女們。少年少女也模仿平地人，拜了幾下。璦玎覺得一切新奇極了。原來這天是農曆七月八日，莿桐腳的庄民自這一天開始要做中元普渡，還有法會以及各種迎神活動，要熱鬧好幾天。

莿桐腳街頭的普渡，竟出現了一大群大龜文少男少女，還舉香跟拜，這也是這庄頭從來沒有出現的場景，眾人議論紛紛。這時，有二位白浪小孩童看著有趣，手裡拿著糖人偶，歪歪斜斜走了過來，似乎想和他們玩。也有人說，看不出來這三位番女長得還滿秀氣。

璦玎看到小小孩，彎腰下來和他們打招呼。沒想到大人急急跑了出來，一把將小孩抱了回去，讓璦玎覺得好沒趣。

這時農婦已找到頭人阮有來。阮有來看到他們，似乎有些無可奈何，但還是過來招呼，帶他們四處走走。瑷玎想去海邊，阮有來也真的帶著他們去了。但是今天風浪不小，等真正看到了海，稍微玩了一下，海水開始漲潮，這些高山少年開始心生怯意，於是又回到庄內。阮有來心中有送客之意，但瑷玎等一則貪玩，二則好奇，竟無告辭之意，阮有來心中暗急。

這時，日頭已經偏西。莿桐腳民眾拉起布帆，在庄內鳳安宮的廟埕擺了好幾桌酒席。這布帆防曬也防雨。在帳棚外，總鋪師立起長桌，生起爐火。幾位大廚把普渡桌上的豬、鴨、雞、魚迅速處理成一盤盤佳餚美食。這些大龜文少年好奇地看總鋪師辦桌，刀藝嫻熟，切菜飛快又整齊畫一，不禁嘆服。而道道美食莫不色香味兼備，他們每人露出垂涎之色，互相望著，也望著阮有來。

瑷玎笑盈盈地向阮有來說：「阮頭人，上次頭人向我哥說，以後大家和睦相處，你們庄裡有慶典，逐熱鬧，也會請我們來當客人。所以我們就來了，想參加你們的盛宴。我們坐哪兒好呢？」

阮有來正在思索如何把這幾位不速之客引出宴會場，不料瑷玎先開口要留下來，只好勉強笑說：「這麼晚了，你們還不回去，部落的人會擔心的。」

瑷玎天真地回答：「不會啦，我們晚一些回去沒關係啦，晚上還是能認得路回去。」

這時，已有各家居民扶老攜幼，紛紛上座。

阮有來只好把他們安排到後面的餐桌。十三個人一桌擠不下，有幾位必須與其他賓客併桌。原來這次莿桐腳作醮，有不少附近如加祿、崩山、南勢湖的賓客也受邀而來。許多桌子都幾乎已坐滿，只剩一桌的空位較多。這桌子本來已坐有三、四人，一見好幾位大龜文男女走來，有一對夫婦不聲不響站了起來，改坐到其他桌去了。一位年紀較大的男子衝著阮有來說：「是誰允許這些番仔來喫桌的？」另一位中年漢子色迷迷地盯著三位大龜文少女說：「這些番女倒是長得好看，還黑甜黑甜啊！來來來，來跟大爺斟酒，若是大爺高興了，這個賞給妳。」說著，自腰中掏出一個佛銀，啪的一起放在酒杯旁。

幾個大龜文少年雖然聽不懂，但當然知道是輕蔑侮辱之詞。外獅部落頭目之子怒目以對，握緊拳頭。站在他旁邊的瓊玎趕緊握住他的手，制止他妄動。

阮有來臉色鐵青，向大龜文少年說：「走，你們到我家裡去吃吧。」

不料才一轉身，那中年漢子竟然也站了起來，自後拉住瓊玎背衣：「來啊，來陪大爺喝酒。」然後一張豬哥臉自後向瓊玎臉頰貼了過來。

外獅頭目之子是部落摔角好手。他馬上一個迴旋，抓住中年漢子拉著瓊玎的手，一拉一扯，接著大腳往對方肚子一踢。那男子往後就倒，摀著肚子爬不起來。

但是，外獅頭目兒子這麼一出手，其他村民不分青紅皂白，一擁而至，仗著人多，也立刻把他壓倒在地。更有人亂中出拳，亂打一頓。頭目兒子一倒地，有位大龜文少年反應好快，馬上左手掀翻桌子，右手拔出佩刀。於是一陣唏哩嘩啦，杯碗盡碎。有村民大罵：「番仔竟然敢來鬧場！」馬上一堆人蜂擁而至，兩人俱被壓倒在地。

其他大龜文男女也都迅速拔出工作刀自衛。大龜文人一般都是隨身攜帶稍帶彎度的佩刀，目的不在殺人獵物，而是工作。例如走山路砍掉樹枝，或隨手製造工具，或當作自衛之用，男女皆然。

莿桐腳人見狀，有不少人也跑去總鋪師燒菜處拿了幾把菜刀過來。雙方對峙，劍拔弩張。

阮有來大為驚慌：「大家冷靜，大家冷靜！」

二位外獅少年此時已被眾人制服，雙手反綁於後。兩人嘴角都流著血。

瑷玎向其他同伴使了眼色，大家一起把刀尖向下，表示無惡意。瑷玎走到阮有來旁邊，要求阮有來請眾人放了大龜文人。

阮有來向大家說：「請大家息怒，當初我和崩山陳龜鰍到內文社，邀約大龜文人下山到日本軍營時，陳龜鰍確實表示，為了兩族和好，承諾崩山有喜慶時，會邀請大龜文人來逗熱鬧。請看在我的面子上，把這兩位小哥放了吧！」

阮有來終究是頭人，說話有些分量，雖仍有不少人大聲喝道：「不放！」但兩人終於還是被放開，站了起來。

大龜文少年們隨即把工作刀插回腰際，大家走向外獅頭目之子及另一位少年。

不料，卻有一群漢子突然自一旁衝出，自後把一群大龜文少年盡皆抱住或壓住。大龜文少年沒有提防，一一被綁。但是有一位迅速掙脫，一閃一跳，一溜煙很快跑出庄外。有二、三位漢子隨後追去。

在宴會場，阮有來臉色鐵青，叫道：「肖狗[2]，你在幹什麼？」

「肖狗」顯然是這一群人的頭頭，是個彪形大漢。他歪著頭，指著阮有來：「你這老糊塗，到山上去向這些番仔低頭，回來也沒有向村民老實報告。你怎麼可以做這樣的承諾！此例一開，將來所有莿桐腳的婚宴喜慶，大龜文番說來就來，這像什麼話？」

有人也附和著：「是啊，我們今天又沒有去邀請他們。番仔怎可不請自來？」

阮有來臉色鐵青：「這些大龜文都是十幾歲小孩，他們只是囝仔性好玩，我們大方一些又如何？快別惹是生非了。」

在場的人有百多人，除了莿桐腳的大人、小孩，還有外地賓客，但大部分都不表示意見，好像在看熱鬧。大家肚子也都餓了，有些人直嚷著：「腹肚飫啊，呷飯呷飯！上菜上菜！」

這時，大龜文少年已被人抬出宴會場外。於是一盤一盤的菜也真的都端了上來，大夥兒高高興興吃了起來，竟好像沒有發生什麼似的。

阮有來有些孤單，他氣急敗壞問道：「好吧，你們現在不放，那麼要抓到何時才放？你這肖狗，既不讓他們吃飯，也不放他們走，你是打算怎樣？」

倒是有一位來自加祿的鄉勇，也看不下去，走出來勸肖狗放人。肖狗瞪著他大叫一聲：「你們外人管什麼閒事？」

這時去追那位大龜文少年的幾位壯漢回來了，看他們滿頭大汗卻垂頭喪氣，知道他們未能追上。

璦玎這時勉力站了起來。她從未受過這般待遇，流下委屈的淚，大聲用大龜文話喊道：「我們也不想吃你們的飯了。放我們走吧，否則我們部落的大人很快就會來找你們要人了！」

阮有來趕忙把璦玎的意思告訴眾人。眾人有若突然驚覺，既然那少年逃了回去，當然就會告知部落的大人。眾人你一言，我一語。大家爭吵的，不是要不要放人，而是爭論大龜文番會不會跑到村庄裡來要人。如果這樣，那就代誌大條了！

阮有來大聲說：「從獅頭山上到這裡，是下坡路，以番仔的速度，不到一個時辰就到了！」

於是有人說：「我們趕快把飯吃完，也快快餵飽他們，快快送走他們！」有人插嘴說：「他們不會吃的。」

反而阮有來現在有些猶疑了：「天色已暗，我們現在放了人，萬一來找人的番仔與他們彼此岔開了路，來到村裡要人，我們口說無憑，那可就百口莫辯。我們只能把他們留下來，

---

②福佬話「瘋狗」。

等大人來。」

有人說：「番仔自有一套信號系統，他們彼此會找到的。」

阮有來說：「太慢了，我可不敢冒這個險！我寧可親手交人。」

這時，竟然開始下起雨來了。「下雨了。大家趕快把菜吃了，回家睡覺去。」

有人說：「那麼晚了，又下起雨來，番仔明天才會來吧。」

有人回答：「大龜文番一下子不見了十二個人，一定今晚就會來的，而且來的番仔不知會有多少人？」

肖狗沒想到會惹出這大禍來，這一陣子反而悶聲不響。於是阮有來做了主張：「大家趕快把菜吃完回家。我與廟祝留在鳳安宮裡，把十二名大龜文人先安置在廟裡，也請幾位留下來幫忙。今晚我們就守在這廟裡等大龜文的人來吧！」然後走向被繩子綁著的瓔玎：「對不起，就委屈你們了。你們先飽吃一頓吧，然後我們在這廟裡等候你們部落的大人來。」

來自外地的賓客一聽，紛紛站起，準備打道回府。那位北勢寮鄉勇長嘆一聲說：「我最好到枋寮官府一趟，將這事報告枋寮巡檢。」

肖狗這時氣勢也弱了，並不回話。倒是有人在旁澆冷水：「枋寮官府知道了又怎麼樣，他們有可能派官兵來保護我們嗎？還不是說幾句好聽話應付應付。」另外有一人說：「聽說現在官府為了對付日本人，還千方百計籠絡牡丹番人呢。」

阮有來帶著十二位大龜文少年進了廟裡後，他像突然想到什麼，很快又跑出廟宇，向眾人高聲喊著：「大家再聽我一句話。番仔若來，絕對不要先出手傷了他們。這件事，道理不在我們這邊。」

*

外獅頭目聽著族人報告說，有十三名青少年不見了。外獅七人，包括頭目的大兒子，還有內獅部落來玩的五人，其中一位是野崖和阿拉擺的妹妹。

頭目起初並不以為意。部落裡的人因為追逐獸類或好玩而晚歸的情形太多了，有時甚至徹夜未歸。而且十多位少男少女在一起，大家也不擔心。反正最慢到第二天早上就會平平安安的回到家。

但是，快天黑時，一位內獅少年在半山上被發現。他全力狂奔許久，幾乎走不動了，於是他以鳥聲做訊號。部落的人才知道真的出事了。

整個部落都震動了。外獅五、六十位勇士與獵人傾巢而出，由頭目帶頭趕下山，同時派人告知內獅。

消息很快傳遍了內獅及外獅。大家立刻拿刀拿槍，飛奔下山。

雖然天已黑又下著雨，但下山的人愈來愈多，自動集結的隊伍也愈來愈長，已超過百人。

*

莿桐腳民眾聽到有嘈雜呼叫聲自遠處的山邊傳來，好像是大群野獸向莿桐腳奔跑而來，有時還夾雜著幾聲呼嘯聲。

大家都驚駭了，不知道有多少番人來襲。家家戶戶都把門窗關了，卻又忍不住好奇心，自門窗裡偷窺出去。昏暗的雨夜中，嘩啦啦的雨聲夾雜著番人的跑步聲、嚎叫聲，向村中這裡逼近。黑暗中有熊熊火把，搖曳而來，有如鬼火，令人驚心動魄。

於是家家戶戶除了把門窗關緊，也忙著用桌椅把門窗堵住了。然後，把燈火都滅了，甚至把槍枝都拿了出來。

阮有來聽到大龜文人奔跑而來的聲音愈來愈近，他和廟祝及其他十多位漢子，帶著十二位大龜文少年走到庄頭。阮有來先向各少年致歉，同時為他們鬆綁。雨勢已然不小，十二個少年臉上都是淚水交雜雨水，飛奔迎向來接他們的族人。

少年安全返回，阮有來等鬆了一口氣。他們想，應該沒事了，番人應該會退回山上了。

*

出乎莿桐腳人預料之外，奔跑而來的隊伍，只停頓了片刻，又向村落奔來。由窗縫偷窺的人發現，有少數火把轉回山上去了，但是大半的大龜文人依然向村裡跑來。番人怪叫的聲音，攙雜著重重的腳步聲與雨聲，莿桐腳人的心都快跳出來了。不少小孩嚇得蒙著棉被大哭。村民在屋內紛紛默禱，請求神明讓番民退兵。

這時風勢雨勢驟然變大，但仍有大批番人跑進庄內，奔跑吆喝，他們或對空放槍，或執刀亂舞。番人並沒有衝入民宅，顯然是示威及鬧事的成分較大。莿桐腳人雖然也有刀槍在手，但全都不敢妄動。大家都知道，一旦有人開了第一槍，造成雙方短兵相接，這莿桐腳就要血流成河了。

天可憐見。這時突然一陣閃電夾雜著轟隆雷聲而至，番人的吆喝聲也隨之而寂。接著又是多次閃電與雷鳴。

大雷雨終於也澆熄了大龜文人的怒火。他們開始撤退了。人聲漸去漸遠，也不復聽到狂奔的腳步聲。偶然的一兩次閃電帶來的光亮，讓村民看到番人零零散散往山邊回去了。

莿桐腳人驚魂甫定，大家額手稱慶。有人說是鳳安宮裡的廣澤天王救了大家，有人說是昨天的普渡感動了好兄弟與祖先顯靈，也有人說是各家分別祈禱的眾神明發威，才適時下了大雨，而且還伴隨著閃電。

第十五章

璦玎等十二人在半途，遇到了由阿拉擺哥哥所帶領的內獅族人，於是大家打算一起回到內獅。但阿拉擺說，外獅頭目還在山下，內獅的人不能丟著外獅不管，於是又有一群內獅勇士繼續往山下跑去。

璦玎回到部落，全身又濕又餓，疲累地倒在地上就睡。等她醒來，已經是第二天近中午。她向哥哥道歉，自責自己太天真，輕舉妄動。

阿拉擺哥哥說，不是她的錯，是白浪言而無信。阿拉擺又說：「白浪竟然敢拘留你們十三個人，真是好大的膽子。」

阿拉擺又說：「白浪現在的那些土地，都是祖靈留下來給我們的。我們好心租給他們開墾……」阿拉擺吐了一口檳榔，抹了抹嘴角：「白浪把土地占了不說，竟然還一直看不起我們，真是得了便宜還賣乖，非給他們一些教訓不可。」

阿拉擺說：「妳睡著的時候，我和外獅頭目已達成決議。這幾天，內獅和外獅要共同出草，割白浪幾個人頭上來。」

經過一場恐怖之夜的莿桐腳當然也有防範。但是在幾天之後，依然有兩個墾民被殺，陳屍在山下距離農田不遠的林中。兩人的頭顱都被割走。

阮有來和陳龜鰍都受到鄉人的責難。於是他們提出建議，大家到風港向日本軍人控訴大龜文人的暴行，正式請求日本人保護，最好能請日本人出兵威嚇大龜文人。大家都表示贊成。

阮有來請莿桐腳村裡飽讀詩書的老學究，寫了一篇文情並茂的文書①，帶給日本人。莿桐腳師爺的信洋洋灑灑，還對清國官府多所控訴。莿桐腳的人認為過去清官安民心的話華而不實，最近又懷柔土番，長了他人志氣。故土番突然猖熾，屢次圍庄截殺庄人，因此他們被迫來向日本兵求援。

只是，這封信只提到庄民被殺，以及大批大龜文人曾下山威嚇，但卻不提事件的開端是因為莿桐腳人隨意扣押大龜文人，而把責任歸諸大龜文人。他們推諉，大龜文人所以最近特別囂張不馴，是因為官府為了與日本人對抗，而多方巴結生番。

幾天之後，崩山頭人也送了文書要求日軍保護。

於是日軍先把大砲拉到接近獅頭社的山邊，擺擺樣子。橫田棄又派人到崩山一帶勘察地形，表示也要建營駐兵，以保護崩山和莿桐腳居民，也利於對大龜文用兵。最後，橫山棄又命崩山耆老再去大龜文走一趟，請大龜文頭目再來一次風港營區。崩山老頭人來邀請王媽守一齊去。王媽守猶疑了一下，以身體不適為由婉拒了。

莿桐腳和崩山來請求風港日本兵保護的事，傳到枋寮的清國官府。枋寮的清官把這事件歸咎於莿桐腳庄民與大龜文的私怨，以及風港王媽守的穿針引線。

「委員鄭秉機稟報

（七月）二十三日巳刻，據枋山莊民並大小龜紋社眾等公稟：刺桐腳莊民張天扶等與大龜紋諸社，因私仇勾引日本發兵駐紮莿桐腳，即要加兵，稟請保護。②」

「營官王開俊稟報

（七月）十九日戌刻，據瑯嶠哨弁張鴻謨面稟：日兵現有一百餘名前去莿桐腳駐紮，聞係該處自請來的，據云要打生番。③」

枋寮方面甚至有傳言說，將來王媽守要跟著日本兵到日本去。

有人抄了一份公函回來給王媽守：「委員鄭秉機探報　初十日，莿桐腳倭人數名，至枋山莊外土名檳榔子埔地方，勘定營地。聞將（在）此月半動工起蓋。后灣倭營，逐日死亡相繼。又其營內傳揚，楓港莊民王馬首不日將投倭營，隨同回國。④」

王媽守看到了公文，心中開始七上八下。是啊，日本兵久留的機會看來不大，而等到日軍撤退，清國一定會找他興師問罪。搞不好連大龜文番也會把日本人對大龜文施壓的帳算在他頭上。

壞消息不斷。王媽守開始憂心忡忡了。他開始擔心未來。他也聽說龜山大營那邊癘疫肆

①陳情書之全文：

茲持修書拜稟

大日本大人尊前鑒察垂盼，竊吾莿桐腳庄民居住此地已久，由於受到土番管轄，而年年繳納公課，皆是由於居住在他管轄地界所致。且經常受其欺辱哄殺，這也是由於庄小人寡所致。及至今年貴國興兵來台征伐，土番牡丹社經此一戰而請降，其餘各社望風歸順，少有蕃人膽敢抗拒。只因大龜文、蟀虻等社恐懼受到討伐，而委託敝庄為媒介求和，但其並非真心歸降，頭目尚未會面。一直到今日，清官派人連絡並招服頂社土番，賞給他布疋、物件。他以為有泰山之勢可以倚靠，而聲音不再畏懼，頓時生出異心，經常出沒並埋伏於荒山僻野，窺伺殺人，除了官兵不殺以外，其餘不論敝庄或各處人民等，都想要趕盡殺絕。像這種蠻橫行為，將來山邊之路，實在難以通行。然而土番突然如此猖熾，都是因為清官長他人志氣的緣故。而敝庄人稀，難以擋他。

番人曾聚集百名，各執槍械，黑夜圍庄襲殺，幸虧天神庇祐，而未被傷害。竊見　貴國興師來征仇番，台地南北庄民皆欽服，風化良規，均欲仰慕威名，所到地方，沾惠多矣。無奈此社土番，不知死活，因清官唆使而志得意滿，便想要逞其威風，下山伺殺人民。敝處聞知而防備他來襲，但由於恐怕過路閒人不知情形，而發生被伏殺之事，如此未免令人目擊心傷。但即使我等想要救助，奈何力不從心，不得如願。速稟　大人知悉，俯憐君子有好生之德，祈請宏裁，設法施行，以保小民路途行走無虞也。台民幸甚幸甚，仰奉

福祉日升

台亮弗宣

甲戌　七月十三日　莿桐腳庄眾人　同叩

作者感評：在這封信中，對番人百般控訴，對日本人卑躬阿諛，對清廷貶抑，而對自己則文飾己過，僅以「番人曾聚集百名，各執槍械，黑夜圍庄襲殺，幸虧天神庇祐，而未被傷害」一語帶過。既不言其實是己方理虧在先（沈葆楨文：番直而民曲），先扣押了包括頭目之子（沈葆楨文）的十三名番人（故宮檔案：《忠義王開俊傳》）。這暴露了漢人文飾己非的陋習。當然番人憤恨不平，也是積怨已久，也是番人稱平地人為白浪（歹人）之因。再視之《風港營所雜記》，王媽守、黃文良的地痞作風，這些平地移民被罵為「歹人」，實非冤枉。

②錄自《甲戌公牘鈔存》。

③錄自《甲戌公牘鈔存》。

④錄自《甲戌公牘鈔存》。

虐。前幾天，水野遵乘船自風港返回龜山，在快到後灣時，見到山上木標林立，覺得奇怪而詢問船夫。船夫說，那些是日本兵的墳墓，水野遵驚訝得說不出話來。王媽守聽說，因為疫情嚴重，日軍軍心開始潰散。日本人正面臨抉擇：撤軍回國或引軍向北，與清軍一戰。

王媽守的心裡還有一件掛心事。在彰化被官府視為叛匪的廖生富餘眾，竟然特別到風港來找他幫忙，想拜託他幫忙和日軍搭上線，當作奧援⑤。這讓他又喜又憂，喜的是他已經「頂港有名聲，下港有出名」；憂的是，在官府的罪名簿上，他可能又會多添上一條。

---

⑤錄自《甲戌公牘鈔存》：據楓港民人林發來函稟稱：查有彰化廖生富之叔名廖供，寓本莊民人王馬首處，往倭營誓約為內應。倭人給以利刃為符信。廖供當即領旗六面，並許送細茶四百擔、樟腦四千斤，已於二十三夜仍回彰化矣。

第十六章

在內文，老頭目符嘮里烟召集了各部落頭目來商議。

崩山頭人陳龜鰍又上山來說，日本人希望眾頭目再去風港一趟，同時也說明原因：因為最近外獅部落去莿桐腳先騷擾，後殺人，日本人很不高興。風港日本人認為大龜文的人沒有遵守上次的諾言，於是要大股頭親自去說明。而且大股頭上次未親自到，所以日本人特別在意。

外獅頭目在大股頭符嘮里烟的開場白才一說完，外獅頭目馬上舉手要求發言。他非常激動：「這就是白浪可惡的地方，明明是莿桐腳人不對！他們吃了野豬雲豹膽，竟敢拘禁我們十三個人，我們內、外獅部落才下去莿桐腳庄內找人，也示威一下。沒想到白浪沒有向我們道歉，還惡人先告狀，向日本人數落我們的不是！」

符嘮里烟反倒心平氣和。他向外獅頭目說：「你的兒子被白浪扣押，是白浪的不對。不過瓊玎也表示，莿桐腳頭人阮有來其實也相當護著我們。還有，就像今天崩山頭人說的，莿桐腳是有錯在先沒錯。但後來他們既然已經放了你兒子和璦玎等人，你們就不應該再進入莿桐腳鳴槍示威。有些白浪小孩子飽受驚嚇，後來天黑以後都不敢睡覺，也是真的。還有，這次是莿桐腳生事，但聽說後來連崩山居民都說他們也受到追殺。還好他們逃得快，所以才沒有死。但是兩地都有人被殺或死或傷。」

其後發言的各部落頭目，也紛紛大吐苦水，訴說白浪平日的種種惡行。

「他們的田地是向我們租的，他們年年向我們繳租。前兩年，我隨大頭目去出巡，大頭目坐在八人共抬的轎子，那些白浪見了大頭目，不是也都伏身下去表示恭敬嗎？換句話說，他們應該是我們大龜文管的，應該聽我們大龜文的話，怎麼可以去找日本人來對我們施壓，反要我們聽日本人的話？」麻里巴的頭目也表示不滿。

離率芒溪較近的幾個部落痛罵白浪，常常耍詐騙人，又不時調戲部落婦女。

「總之，那些白浪不是騙子就是色鬼，非給他們一些教訓不可。」一位頭目憤怒控訴。

「請大家注意，我們現在要應付的對手不是白浪，是日本軍隊。」野崖站起來發言：「白浪可惡的是，他們竟然向日本人隱瞞了上次扣押我們的少年。所以……」他語氣一轉：「再重複一次，這次會議的重點，是日本人要我們再去風港，我們該如何應付是好？同意？還是不同意？大家都聽說了嗎？牡丹、射麻里、豬勝束等，好多部落都已經向日本人表示歸順。」

這時有一些頭目發言譴責下瑯嶠十八社的潘文杰和伊沙太軟弱，不該背叛牡丹，而去向日本人示好。何況他們號稱「下瑯嶠十八社」的共主。但只有一些稀稀落落的附和聲，顯然並沒有引起共鳴。大家知道，潘文杰其實也是情非得已。

野崖繼續說：「我們在內、外獅和竹坑都看到了，日本兵已經把戰砲堆上了半山。我不願看到我們大龜文步上牡丹和女乃的後塵。各位知道，我一向很堅定，不輕言退讓。我上次去過風港，和日本兵的頭人橫田見過面。日本人的軍力自然很強，但我的感覺是日本人也比白浪有信用。」

野崖面色凝重，說：「我的看法是，日本人並沒有向我們要求什麼物件，也沒有要我們的土地。我們也沒有殺害日本人。去和他們見個面，有什麼關係呢？」

一番話說完，大家都點點頭，不再有人發言。老頭目符嘮里烟說：「好吧，這一次我就出馬走一趟風港。聽說日本人的軍營已經建好了，我也去看一看他們的營區，看看他們的槍與刀。但這一次我們不再帶豬去當見面禮了。」

沒想到野崖卻又出面反對：「大頭目，謹慎為宜。這次日本人是來興師問罪的，再加上白浪在中間搞鬼，我們還是小心一些的好。上次老頭目的弟弟取類已經去了，我們這次就再加上老頭目的另一個弟弟溫朱雷。老頭目這幾天不是正好腳跟扭到了？這是個好理由。我們做副手的先打頭陣，如果日本人確實表現對我們的尊重，老頭目下次再去不遲。」

大家都很贊成，認為這樣不卑不亢。

8月31日，崩山陳龜鍬回來向橫田回報：「前日奉日本大人之命，前往通知大龜文頭目。頭目表示遵命，但因身體仍不舒服，不能親自前來，請將約期挪後五日，先派小弟取類和溫朱雷兩人前來向日本大人投降。大頭目所言如此，大人如何裁奪？」

橫田問道：「你看大頭目的樣子是真有病？還是藉口有病？」

崩山耆老說：「我看他確實腳有些怪怪的。」

橫田說：「那麼就延後五日，等取類來此之後再商議吧。」

9月4日，野崖、溫朱雷和取類果然依約到了。福佬墾民再度玩弄兩面手法，讓橫田認為這些大龜文頭目是來認錯投降的。於是日本人義正詞嚴，曉以大義一番：「所謂熊羆豺狼虎豹之類，出則殺掠，入則伏匿。異類相殘，同物相害。而人所以異於禽獸者，豈有他哉？應接有禮，交際有義，老者養之，幼者恤之，並無相殘相害之事。」

然後又責怪大龜文人的濫殺福佬人民：「如此之徒，天地之所不容，王法之所不許，我豈輕縱之？然我想你們久居此深山與幽谷之中，目未曾見王政，耳未曾聞王法，所以有此凶虐殘暴之事。」先罵得很重，最後輕輕放下，表示如果這是大龜文人風俗習慣使然，故既往之事，不擬苛責。但以後，則牡丹、女乃、高士佛，會是部落人士的警戒。

三位頭目野崖、溫朱雷及取類則向日本人控訴莿桐腳事件是白浪先扣押大龜文人。他們認為日本人有聽了進去，因此答應以後不再殺害白浪。最後收了號旗及印章而去，並保證老頭目符嘮里烟改天會下山見日本人①。

*

半個月後9月20日，野崖這次帶了符嘮里烟的小兒子籠仔人及八位大小頭目來交差。日本人雖然不滿大頭目還是沒來，而且十八位頭目只來了八個，但也只能再訓諭一番，草草了事，然後給了八小社頭目日本號旗及都督府印章。在日本人眼中，野崖為外龜文頭目，籠仔人則代表內龜文頭目，分別賜以一把日本武士刀。其餘大小頭目每人均有紅帛、紅布、白布各一條。最後大宴諸頭目，再表演火力示範，讓日本兵士打靶給頭目們看。

在日本人而言，這是歸順儀式加上武力展示。橫田棄認為，大龜文人領了日本旗及西鄉印章，就是表示臣服之意。這一招日本人在下瑯嶠也曾向射麻里的伊沙，豬勝束的潘文杰⋯⋯等玩過。橫田棄臨別還向大龜文的人說，以後他們不可以再聽清國的話，而要聽日本人的指令。

---

①但在清廷方面的記載，卻有不同。清廷的情報是大股頭符嘮里烟出席了，而他及兩位弟弟取類、朱雷為「三頭目」。然後並詳細記載日方送給大龜文人的種種物品：

《甲戌公牘鈔存》這樣記載：「十一日酉刻，大龜文總社長布拉里煙耶艾，並內外文，忠心崙各社頭人取類、死辣等，統帶社番五十餘名，到楓港倭營約和。倭人共給白旂四面、倭刀四枝、嗶吱四匹、白布八匹。其帶領生番出和者，皆楓港、刺桐腳兩處無賴莊民。

十三日未刻，又有麻里巴、竹坑社、內獅仔頭、外獅仔頭等四社番丁共三十餘名，到楓港倭營約和。倭人共給倭刀四枝、紅旂四面、嗶吱、白布各四匹、另送民人帶番出和者紅白共二十五疋。」

但大龜文的人認知不同。儘管是半被逼迫而去風港，但在天真的大龜文頭目的想法，這是他們遠道去見日本人，對方本來就應該表示的禮貌、謝意及餘興節目。而且他們認為這地方是祖先留下來的，亙古以來他們從來不必去聽誰的話。他們甚至瞧不起清國官吏。過去既然沒有聽過清國人的話，自然現在或將來也無須聽日本人的指令。

雖然大龜文人知道日本人要他們不要再殺人是認真的，但認為日本人是「要求」他們，不是「命令」他們。而此行是去與日本人彼此見面溝通，當然不是去投降。何況野崖心中也有數：自牡丹社那邊有消息傳來，日本人在龜山每天都有人病死。軍營後側堆滿了死屍。有時整船的屍體運回日本，有些則已因屍臭而埋在龜山。因此他無法想像大龜文必須向一個不可能久留的軍隊投降。

橫田自己憂心忡忡，怕風港的日軍營也發生同樣的瘟疫，因此他也入鄉隨俗，到風港的德隆宮向五府千歲祈禱，請神明庇祐。五府千歲本來就是「驅逐瘟疫」的神祇。通常渡海來台灣的移民，首先會希望媽祖庇祐渡海安全，所以拜媽祖，建媽祖廟。等上了岸，就希望健康長壽，不要被可怕的瘟疫擊倒。在這樣背景下，五府千歲成了「代天巡狩　驅離瘟疫」的特殊南台灣神祇。多年前風港的第一批移民就建立了「德隆宮」。起初是小草廟，後來由木造而磚造，雖不算金碧輝煌，已是風港最氣派的建築。這裡是風港人信仰重心，每年在此有「燒王船」的儀式，表示把瘟疫送出海外，以保境內平安。

這一天，橫田棄在送走大龜文的眾頭目之後，就來到了德隆宮。他入鄉隨俗，也燒香向這裡的吳、范、池、溫、李，五府元帥祈求，希望瘟疫不要出現在風港，也希望龜山日本軍營瘟疫趕快過去。當他離開德隆宮時，卻與正要進入的王媽守碰個正著，兩個人都怔了一下。王媽守趕快向橫田棄行了大禮，但心中卻很訝異，今天並非初一或十五，日本人的橫田棄竟然也來拜福佬人的神。王媽守自己則是來向王爺祈願，他希望王爺保佑他平安吉祥。他怕日本人不能久留，等日本人走了，清廷官府找他算帳。

他在這半年來，靠著和日本人的關係，在風港這一帶走路有風。然而王媽守知道，從二個月前的七月二十六日，清國的駐軍已經自東港移到枋寮。聽說這位有史以來駐紮到台灣最南方的清國將領的王將軍，是位猛將。風港有不少人正在互相打賭，日本兵究竟是會和清國兵打一仗，還是日本軍會撤走。王媽守心中當然希望日本兵打敗清國兵。因為清國兵不能保護他們，而看起來日本軍隊對大龜文番比較有辦法。最重要的，他與日本人的關係也遠比和清國官吏的關係好。聽說那個枋寮巡檢周有基每次向人提起他的名字，就咬牙切齒。

第十七章

在內獅，阿拉擺興沖沖地回到部落。原來他自他安置的陷阱中抓到一隻小雲豹。小雲豹的腳被陷阱夾傷了，相當嚴重，阿拉擺把小雲豹交給瑷玎去照顧。因為雲豹現在已經非常少見，瑷玎大喜。

瑷玎負責為小雲豹療傷，但她沒有經驗，於是想去請教媽媽。媽媽正在織布。瑷玎問：「媽媽在為小孫子織衣服了嗎？」媽媽抬起頭來笑了一笑，原來是野崖的新娘子已經懷孕了。

現在阿拉擺已是內獅頭目了。而哥哥野崖，自從入贅內文邏發尼耀家族之後，忙著幫忙老頭目處理整個大龜文的事，很少回到內獅來。這次總算趁著帶領其他頭目到風港日本人軍營，回程中先回到內獅停留幾天。只是野崖雖然回到老家，卻還是悶悶不樂。他以前很豪邁，不是在野外狩獵，就是偕族人摔角、喝酒。這次卻一反常態，除了前天回家的晚上和族人交陪了一下，昨天也只在吃飯時露了一下臉。幾位過去常一起喝酒的友好偕他喝酒，他都笑笑拒絕了。而今天早上更是到現在已經快中午了，還不見人影。

野崖的妻子揪谷也到了內獅。阿拉擺見到嫂子，非常高興。這三個月來，他幾乎每天都會想起那天的小鹿與少女，他甚至還不能確定少女是否叫作烏蜜，但又一直找不到機會再去一趟內文，他好希望再見到她。現在，嫂子來了，於是他向嫂子表示，他喜歡上了一位內文少女。嫂子聽了他的描述，笑著說：「你好眼光。烏蜜既漂亮又好性情，又能幹，是內文貴族家每個勇士都想追求的對象。」嫂子又說：「烏蜜是大龜文二股頭酋龍家族①人士。酋龍家族是大龜文家族僅次於大股頭邏發尼耀家族的人，烏蜜的父親，是二股頭的弟弟，眼光高得很，看一些小夥子都看不上眼。」嫂子笑著說：「我去為你向她父親提親。不過，在之前，你最好跑幾次內文，讓烏蜜更熟悉你，更喜歡你。」阿拉擺大樂，趕忙向嫂子稱謝。然後，他問起哥哥野崖：「嫂子，哥哥還未起身嗎？」

揪谷苦笑說：「唉，你哥哥自從這次去風港回來，心情一直不好。一個人關在自己的房間裡喝悶酒，還交代不要去叨擾他。只有一、二次叫我送小米酒及山豬肉進去。」

①依照昭和8年（1933）12月底台灣總督府理蕃課所調查的「蕃社戶口表」，內文社只有四十四戶，二百七十人，毋寧說是一個不怎麼大的部落，但是內文社對鄰近的部落群，擁有絕大的勢力。社內有兩支頭目家系——Lobaniyau（邏發尼耀）和Cholon。宮本延人所稱的Cholon，大龜文子弟葉神保則寫成Tjuleng，而書寫為「酋龍」。兩個家族合作共治。在清代時，邏發尼耀所轄的部落較多；在日本時代酋龍家族則較為興旺。

阿拉擺奇道：「這倒是從來都沒有的事。我去試試看。」

阿拉擺從小就和野崖玩在一起，非常之親。他拿了一瓶小米酒，切了一大塊山豬後腿肉，敲了敲門，說聲：「是我，阿拉擺。」好不容易聽到一聲無精打采的「進來」。

野崖歪歪斜斜躺著。桌上的酒杯是空的，酒瓶是空的，盤子也是空的。「哥哥，我幫你帶酒和肉來了。」阿拉擺說著，把肉和酒放在桌上。野崖點了點頭，總算站起身來，坐在桌邊。

野崖為自己倒了一杯酒，也為阿拉擺倒了一杯。野崖露出一絲笑容：「你來得正好，我們談談。」

「謝謝哥哥，」阿拉擺恭恭敬敬地向頭目敬了杯酒。

「唉，阿拉擺，」野崖把酒一飲而盡，重重放下酒杯：「你看看這個，」然後把腳下踩著的東西用力一踢。阿拉擺低頭一看，野崖踢過來的東西，是一塊布，以及一張被揉成一團的紙。阿拉擺彎下身把布和紙撿了起來，把布張開，是一張正方形白布，中間一個大紅圓形。至於那些被搓得快爛碎的紙，上面蓋著一個大印。

野崖嘿嘿兩聲：「這是見他大頭鬼的日本國旗子，以及見他小頭鬼的日本大頭目發出來的文件。

「真莫名其妙，過去三個月內，我去了三次風港日本兵營區，也聽了三次訓話，說什麼拿了他們的旗子，領了他們的文書，就表示願意服從他們。」

這第三趟風港之行，野崖帶著八個部落頭目，還有老頭目的兒子籠仔人。去第二趟，大家還覺得禮尚往來。沒想到才回來不久，日本人又要大龜文人去第三趟，大家就覺得日本人欺人太甚，很不願意去。最後還是野崖本人安撫了眾頭目去應付應付日本人。

那時野崖說：「難為各位了。大家去到日本軍營，只當去拜訪。日本人說些什麼，只當是唱歌，應付一下，當耳邊風。我們絕對不是去投降。日本人一直想見過大股頭，我們偏偏不讓日本人見到他。不能日本人說什麼，我們就百依百順。委屈各位了。只要日本人不要踏入大龜文一步，我們的委屈是值得的。祖靈會支持我們這樣做，祖靈會庇祐我們。大龜文是不可侵犯的。」

大家心中都有個陰影。牡丹社部落全被焚毀。大頭目父子被殺，部落勇士也多人被殺。牡丹人帶著婦孺遷徙。雖然以前大龜文人與牡丹社人並不親密，但大家聽了心裡都很沉重。水鹿看到山羌被殺，也會掉淚的。大家也聽說下瑯嶠十八社集體向日本人輸誠，邀請日本兵的大頭目到射麻里及豬勝束部落宴會、喝酒、唱歌、跳舞。老頭目和野崖都表示，大龜文不會去做這種事。他們不會讓日本人進入大龜文的土地一步，更不會請日本人來唱歌、跳舞。

野崖又喝了一大口小米酒，告訴阿拉擺他去了三趟風港日營的感想：「在不讓日本人進入大龜文這一點，我替大龜文爭到了。

「但是我對那些白浪有氣。那些白浪是向我們租地的，因此大龜文必須向白浪收租。這些白浪常不守信用，得寸進尺，偷偷擴大耕地，又不認帳。因此我們必要時會去找白浪理論，他們太過分時，我們就砍了他人頭。而白浪這次挾日本人來威脅我們，好像是大龜文理虧。特別這一次，白浪扣押了瓔玎等十二人，完完全全是他們理屈。結果他們一字不提，也不道歉，真嚥不下這口氣。

「日本兵拿這些旗子和文書給我們，要大龜文保證不去殺白浪，那麼難道就放任白浪任意侵占祖靈給我們的土地，詐騙我們的財物，調戲我們的女人，扣押我們的少年？」

阿拉擺聽了野崖長長的一大串，不知如何答話。正好這時小妹瓔玎和小雲豹走進屋：「哥哥，你們看這隻雲豹多麼聽我的話，都跟著我走呢！」

野崖懶洋洋地向瓔玎打了個招呼，示意她坐下。

瓔玎又問：「哥哥，嫂子什麼時候生寶寶啊？」

野崖說：「大約再四、五個月吧，現在肚子已經不小了。我這次回來是因為到風港，再過幾天，我也還要回內文部落的。」

瓔玎說：「要在內獅這裡生小孩，還是在內文？」

野崖說：「揪谷當然在內文生小寶寶。生下來的寶寶屬於邏發尼耀家族，未來的繼承人啊！」

野崖心情明顯變好：「將來揪谷會繼承父親成為內文頭目及大龜文大股頭，然後現在她肚子裡這位寶寶會繼承她成為下一代頭目。哈哈，瓔玎，妳猜小寶寶會是男的還是女的？」

瓔玎卻反問：「哥哥希望是男的還是女的？」

野崖說：「男的女的我都喜歡！」然後轉頭向阿拉擺說：「阿拉擺啊，你也該成親了。」

阿拉擺支支吾吾的說：「上次在內文，我喜歡上了一個美女。剛剛嫂子說……她是酋龍家族的烏蜜。哥哥可以幫我……幫我……」卻愈說愈小聲。

璦玎聽了樂不可支，一把拉住阿拉擺的肩膀：「太好了，太好了！我上次送的白浪玉鐲可以有人戴了！」

野崖臉上的陰霾完全不見了，露出笑容：「阿拉擺終於有喜歡的人了！如果對方也喜歡你，我們找個時間去提親吧！」

野崖望向璦玎：「哈哈，對了，那天遇到麻里巴女頭目，她還問起妳呢。她有兩個兒子，不知是哪一位看上妳了?!」

璦玎又羞又喜，撒嬌作態說：「我都不要，都不要……」

野崖突然像是想到什麼，轉身去尋找自己的鹿皮袋，掏出一塊彩色花布：「這給妳吧。」璦玎馬上眼睛一亮，驚呼：「好美麗的花布！」野崖又拿出橫田棄特別送給他的武士刀：「阿拉擺，我記得你很喜歡這個。送你吧！」阿拉擺也狂喜，稱謝不已。

野崖又從鹿皮袋內取出兩個盒子，一大一小，大的約半個手掌大小。野崖打開木盒，卻是兩個形狀一模一樣的大、小木刻，上邊有個握柄。阿拉擺和璦玎不約而同的問，這是什麼？

野崖目光望著遠方，若有所思，一時沒有答話，然後嘆了一口氣，對阿拉擺說：「這是白浪和日本人都很重視的東西，叫作『印章』。他們把這印章刻上自己或是他們家族的稱號。用印章簽立一些文書。而蓋上這個印章，就表示承諾，和我們習慣口頭約定不同。

「過去三個月，我走了三趟風港日本軍營，每次都有日本人、白浪和我們大龜文。三者之間的承諾，不是彼此說好就好，都還要蓋上這印章，作為看得到的憑據。白浪和日本人都很重視這大印。我覺得，將來我們必須常常和外人打交道了。祖靈在上啊，我真不喜歡這些外人，不喜歡和他們談這個，論那個。但是，時代好像開始變了，將來外人會愈來愈多，我們也得準備印章，來和他們商議。所以我向風港人買了兩個空白印章回來，大的給邏發尼耀家大股頭，小的是我們芭塔果泰家族用。」

野崖繼續一本正經地說：「還有，白浪有白浪的文字，日本人也有日本人的文字，而且和白浪的文字有一些相通，所以他們彼此可以用文字互相了解，可以記下來。但是大龜文沒有文字，只靠 vuvu②告訴我們，我們再告訴子孫，以口述流傳下來。我深怕有一天，我們必須學習白浪的文字。我聽說，在豬勝束的文杰③，他所以那麼年輕就出頭，能負責和日本人談判，聽說就是因為他懂得讀寫白浪的文字。阿拉擺、瓊玎，也許有一天，你們必須去學習白浪的文字。這樣我們去和他們談條件的時候，才不會吃虧。」

阿拉擺和瓊玎從來沒有想過這個問題，啞然不知如何應對，只是心中暗暗佩服這位頭目大哥想得真遠。

②排灣語：長輩。
③豬勝束即今里德。文杰就是潘文杰，當時斯卡羅族或「下瑯嶠十八社」總股頭（參見作者另一著作《傀儡花》）。

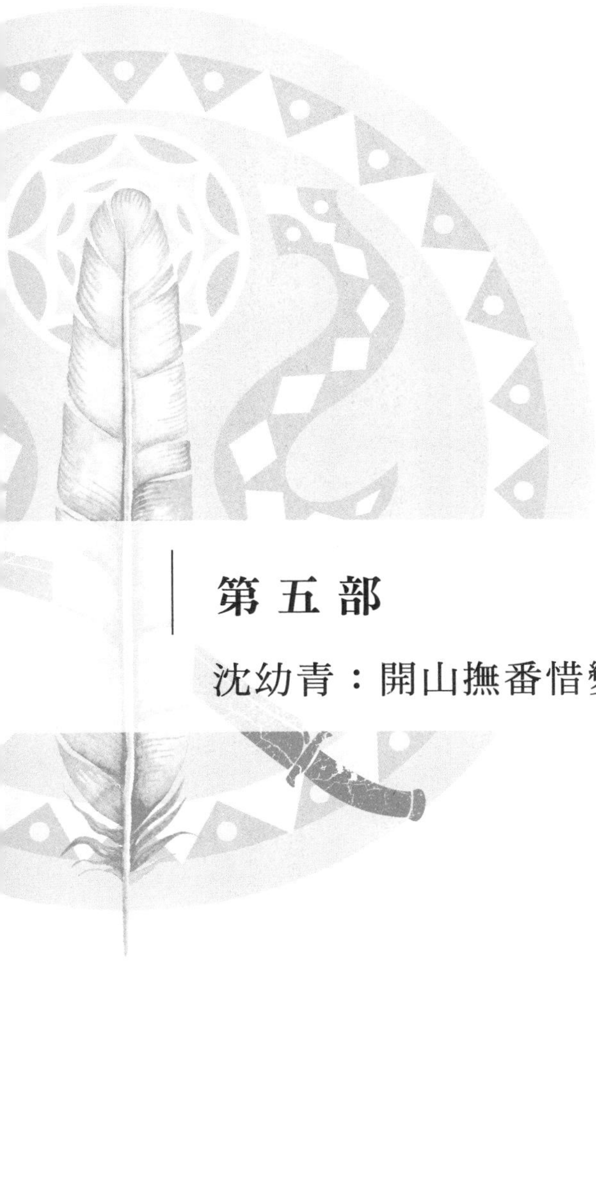

第五部

沈幼青：開山撫番惜變音

第十八章

在旗後的天后宮，兩位廣東宿將張其光與吳光亮，歡喜相見。這是同治十三年八月底，1874年10月中旬。

張其光在台灣擔任總兵一年多，前幾個月一直在彰化忙著緝捕不法土豪廖生富。他風塵僕僕趕來迎接他的廣東同鄉後輩吳光亮。

「謝謝你來台灣，一路辛苦了。」吳光亮是他向沈葆楨推薦的。張其光執著吳光亮的手，他鄉遇故人，自是高興。

「是我應該謝謝您提拔才對。」吳光亮笑著說：「我這是第一次乘火輪船。雖然火輪船比過去同安船①要穩多了，不過這黑水溝的風浪還真的厲害。我有不少同袍吐得不成人形了。」

張其光說：「貴營先在這旗後歇二、三天，讓將士恢復一下吧。不久前，唐定奎唐軍門率了五營淮軍到此，也是足足休息了三天。補給的事，我會交代下去。」

吳光亮說：「沈幼青大人②要我十天之內趕到林圮埔呢，也不能休息太久。」

張其光表示同感：「是啊，沈欽差是個急性子。唐軍門才來幾天，也已經把部隊布署在鳳山與潮州之間了。我之能來此迎接你，事實上是路過。沈大人要我暫停對廖生富的追擊，到內埔負責開通到卑南的道路。日本人也覬覦後山，派了一個官員到卑南去活動，搭上了後山一位我們任命的通事，也是卑南女王夫婿陳安生③。這位陳安生正好在今年初救了日本的四位船員，而與日本人有了來往。虧得台灣府知府袁聞柝反應迅速。他果決勤快，在沈幼青大人來之前，六月二十八日就自台灣府搭船到了卑南，穩住了卑南的情勢，讓陳安生和卑南女王表示願意歸服。接著馬不停蹄，立馬自卑南由東向西開路。我的任務則是從內埔，自西向東開路，希望雙邊盡快會合。」

吳光亮說：「我的任務也是開路，負責自林圮埔越過八通關。」

張其光說：「是啊，我是南路，你是中路。羅大春軍門則是北路，負責開通噶瑪蘭向南的道路。他以都督之尊來負責開路，真是委屈他了。」

吳光亮怪笑說：「哈哈，我們三位成了『開路大將軍』了。」言下似乎有大材小用之

---

①清代在有輪船之前所使用的貿易船及戰船。為嘉慶至同治初年之間的主力戰船。
②沈葆楨，字幼青。
③清代開山撫番之際，台東卑南女王之漢人夫婿常兼為通事，故影響力甚大，如陳安生、張新才等。

意。

張其光說：「別小看這開路。台灣中部山高嶺險，河川湍急，山中更有凶惡生番。所以自聖祖以降，我朝寧可以土牛紅線為界，不讓平地民眾與山地往來。大家各過各的，相安無事。其實生番反而得利，否則早被漳泉、客家眾多移民逐步啃噬了。現在沈大人為了海防之需，打破一百九十年的傳統，只怕我們與生番之間，會有一番磨合了。」

吳光亮說：「生番再厲害，也贏不了我們的槍砲吧，有何懼焉。倒是我大清與日本倭國會真正開打嗎？」

張其光說：「倭人處心積慮久矣。日本人不僅在牡丹社惹是生非，還想在各地點火。我剛剛說了，他們也派了人至卑南籠絡卑南的通事陳安生。目前在牡丹社的水野遵和樺山資紀，一文一武，在到社寮之前，甚至還偷偷摸摸到了噶瑪蘭和南澳活動了一個月之久④，所以朝廷才急著要羅大春去噶瑪蘭坐鎮。水野遵甚至還自淡水走到打狗，而與彰化亂民廖生富也有所接觸⑤，真是居心叵測。

「再說日本人這次出兵的理由也很牽強。首先，琉球並非日本統轄。琉球也是年年向我大清進貢的。其次，這漂民被殺事件已是二、三年前的陳年舊事了。聽說當年那位多次來台惹事的花旗國駐廈門領事李讓禮是日本人背後的狗頭軍師，而他到了日本改名李仙得。」

「雙方開戰的可能有多高？」

「日本人其實早在三個多月前就已經徹底打敗了牡丹社。二個月前牡丹社和南部一些番社也都表示歸順了。但日本人仍不撤走，甚至先在風港建立軍營，又在莿桐腳，甚至加祿一帶出沒。所以沈大人不甘示弱，六月十日，陽曆七月二十六日，就令王開俊自東港移防到枋寮。王開俊除了主力在枋寮，也派了一百人分別在北勢寮與加祿，與在風港及莿桐腳的日軍，頗有對峙之意。雙方都很小心，既向對方施壓，又要避免萬一擦槍走火，會不可收拾。

「沈大人還告訴我一件事，更加暴露了日本人的野心不只在牡丹社或瑯嶠。日本兵自長崎登船啟程瑯嶠時，有位日本官員安藤定寫詩，為西鄉大將送行：

春風三月發京城，
花笑鳥歌送我行，
前途所期君識否？
台灣欲弔鄭延平。

還有一詩：

④有諸多傳言認為樺山到噶瑪蘭是為了尋找西鄉隆盛早年來噶瑪蘭時留下的私生子。
⑤水野遵著有《征蕃私記》，記載他私訪台灣，考察番地的見聞。

大業七辛八苦間，
坐劍跋涉幾江山。
霸吞瓊埔台灣景，
二十五橋十二灣。

「沈大人說，日本人竟然要『台灣欲弔鄭延平』，要『霸吞瓊埔台灣景』，可見他們目標在全台灣。

「鄭成功是台灣漳泉人士的『開台聖王』，對大清卻是明朝餘孽。為了收台民之心，沈大人已經決定上書當今聖上，再為鄭成功建『延平王祠』。

「沈大人也決定加強在台防務。唐定奎一到台灣，沈大人馬上要他規畫在安平、旗後建砲台，並且聘請了二名法國專家來協助他。唐軍門帶來的六千淮軍則布署在第一線的東港與鳳山之間，主要是守勢，但也表示隨時可以反擊。我想沈大人是表示『不怕打，但不會先打』。」

張其光滔滔不絕：「至於日本軍要不要打，就看他們心中的想法了。不過他們的主戰派聲音最大的時候是在陽曆6、7月間，那時日本陸軍大臣山縣有朋提『對清三策』，公開主張用兵全台。到了8月，英國、美國都趨向壓制日本，所以9月1日起，日本外相大久保利通在北京與恭親王談判，到現在也快一個月了。最近英國人也積極介入。有國際壓力，我看會打的可能不多。萬一真的開戰，應該是以淮軍為主力，你我的部隊應該是後援吧。以我們兩人的任務看起來，在台灣會再留個一、二年。」

張其光說到這裡，嘆了一口氣：「台灣這地方就是瘴癘氣重，來到台灣，少有不生病的。我接到枋寮來的軍情報告，連王開俊都病了，延請了當地的大夫看了好幾次，卻未見起色，頭痛啊⑥……」

吳光亮突然拍了一下大腿說：「您這話倒提醒我一件事。我手下有一軍士，是我廣東英德同鄉，名叫郭均，頗諳藥理。平日我若有不適，都會找他調理。卻不料這次來台，他卻嚴重暈船，先吐後瀉，全身虛弱，若要與我一起到彰化去是不可能了。我建議先讓他在此多調養幾天，然後再派他到枋寮去，幫忙診治王開俊。」

張其光大喜道：「這很好，王開俊很得沈葆楨器重，又是羅大春親家。這樣我們算是做了雙面人情了。」

---

⑥《甲戌公牘鈔存》：

臺灣道稟省憲

夏秋以來，疫氣流行，倭人患病載回者固有一半，現來輪船所載之兵，多係換班補（缺）。淮軍之紮鳳山者，亦患病甚多。職道所部兩營，病者竟有四成。至王開俊、李學祥均病甚危險，未知能否轉機。……

吳光亮也很高興：「這樣對郭均本人也很好。那麼就這樣辦了，我就把郭均的軍籍轉入貴部，以後由軍門您差遣了。」

張其光說：「好。那麼我們就此別過，各自出發了。軍門往彰化出發，我的部隊到內埔去。至於郭均，我讓他在此再多休養幾天，然後盡快到枋寮向王開俊報到。王開俊是目前對日本軍的最前線，若不幸因病有個三長兩短，對大清士氣的打擊會很大。」

第十九章

郭均站在風港海邊，心情大好。他望著大海，他知道，家鄉在海那邊，但是他對台灣滿意極了。除了剛來時暈船那幾天，他覺得他來到台灣後，一帆風順。

最大的喜訊是日本兵撤走了。何以日本兵會撤走，他不知道，也不想知道。而他會來風港，就是奉王開俊之命來接收日本兵留下來的軍營。

來到台灣是他的奇遇，比過去二十多年在家鄉的人生要有意義多了。

他來了台灣，卻因暈船，陰錯陽差離開了鼓勵他從軍的同鄉提督吳光亮「飛虎軍」，而來到王開俊的麾下。他來風港的一大任務是為王開俊治病。但是，他很幸運。當他來到枋寮，王開俊的病已經好了七、八分了。王開俊的體質顯然不錯，因此他只是為王開俊做了一番調理，王開俊在幾天內便又生龍活虎起來。王開俊很高興，把郭均升為「把總」。

郭均到了枋寮，晉見王開俊時，王開俊已能勉強坐起接見他。王開俊把郭均看成張其光特別替他找來的大夫看待，所以對郭均甚為禮遇。

郭均曾聽張其光說，王開俊本是羅大春屬下，後來成了羅大春親家。今年農曆四月底自泉州就近調派到台灣，是朝廷為了應付日本人突襲台灣所調派來的第一支部隊。後來羅大春也來到台灣，但兩人一在南，一在北，不再相屬。這一點與郭均、吳光亮的狀況倒有些相彷彿。

王開俊長得不高，但頗為精壯。也許是南台灣的太陽，把他的皮膚曬成古銅色而透紅。看到郭均，他的瞇瞇眼更是瞇成一條線，蓄著小山羊鬍子的嘴角揚起：「真謝謝吳大人特別派你來。你還習慣台灣的起居嗎？」郭均沒想到王開俊這麼親切，連忙稱謝。

王開俊常和他聊天。有一次王開俊很感嘆說，台灣比起貴州故鄉，實在太好了。貴州的天氣陰霾，台灣總是晴空萬里；貴州山景灰濛，台灣青山碧水綠野，太美麗了。唯一可以抱怨的，是疫病太多。貴州也曾被視為瘴癘之地，但現在已經好多了。王開俊說，他名號「玉山」，而台灣名峰正好也是「玉山」，調到台灣也算緣分，說不定還是好兆頭。王開俊說完，咧嘴一笑。他的笑容有些憨厚。

王開俊說，他出生在貴州平越直隸州，過去還叫「平越土司」。他十五歲就投軍。攻打太平天國十年，累積戰功，好不容易由把總、千總，升到守備①。太平天國平定之後，同治四年三月，他本來要回貴州任官，但遇上貴州苗亂，道路梗塞不通。於是他乾脆到福建投效閩浙總督左宗棠，因此算是湘軍系統。他的故鄉貴州平越府本就和湘西接壤，因此投入湘軍有其淵源。

同治五年，左宗棠奏請成立馬尾造船廠，於是福建成為船政中心，朝廷決定成立福建輪船隊。巧的是，由福建陸路提督，再代理福建水師提督的羅大春，不但也是貴州人，而且其家鄉施秉縣與平越府相距甚近，俱屬苗區。羅大春等於是全國海軍第一隊鐵殼船隊軍艦隊長②。

「深處內陸，看不到海的貴州，出了艦隊指揮官，真是奇蹟。」王開俊說完，哈哈大笑。郭均發現王開俊是個樸實樂觀、愛談天說笑，卻又認真能吃苦的人，很容易博得他人好感。

同治五年起，王開俊編入福建陸路提督羅大春的部隊，升任守備，駐泉州府，在福建各地清剿盜匪，立下不少功勞。兩位貴州人相遇，羅大春的女兒嫁給了王開俊的兒子。羅大春自然相當提拔這位老鄉兼親家。同治十三年三月，他由守備升為浙江溫州鎮標右營游擊，卻正逢日本出兵台灣。於是他沒有到浙江，倒是到了台灣。

王開俊雖然守在泉州，但來台部隊不是泉州人，而大半為出身湘西的湘勇，再加上後來所募的福建鄉勇，但不包括漳、泉人士。因為清朝為了防範台民生變，漳泉出身的士兵不能調派台灣。後來他到了枋寮以後，又加入原來張其光手下的一些廣東客家兵。

---

①官名，清代軍階系統。清朝綠營（八旗之外的漢人軍隊），軍階由高至低分別為提督、總兵、副將、參將、游擊、都司、守備、千總，及把總。

②作者在2017年初特別到貴州探察羅大春與王開俊家鄉，將另文發表。

王開俊五月到了東港，七月底到了枋寮，到了九月染上一場大病。等到郭均到了之後，慢慢否極泰來。首先是他的病慢慢痊癒，其次是龜山日本軍瘟疫愈來愈嚴重。然後，在北京的清日談判，在英國人的斡旋下，有了進展。

終於日軍撤軍了。這是同治十三年十一月初，1874年12月中。

日本人在風港留下的軍營，就由王開俊接收。於是王開俊派了郭均擔任先遣部隊，去勘察這些營房。

郭均發現，日軍營房竟然出乎意料簡陋，只是幾塊木板搭成，再鋪上茅草，無磚無瓦。

另外，郭均發現，朝廷部隊接收的最重要東西，不是日軍留下的破爛營房，而是活生生的「居民」：原來已居住在風港、莿桐腳、崩山、柴城、保力、大繡房……的上萬民眾。雖然他們和枋寮以北的居民也都同樣說著漳泉母語，甚至也稱枋寮、鳳山、台灣府為「官府」，但他們從未真正接受過「官府」統治。官府事實上過去對他們不理不睬，生死由之。因此在日本軍人駐留時，他們對日本人甚有好感，甚至輸誠。現在他們反而以不安的眼神，望著郭均這些和他們說著近似語言，使用相同文字，甚至是共同祖先的大清軍隊。

王媽守尤其惶恐。

日本兵走了，清國官府與軍爺來了。他早知大清官府一開始就把日本兵來風港駐紮的帳算在他頭上。他害怕官府對他報復。更糟糕的是，山上大龜文人一聽到日本人即將離開，就又開始殺人了。本來王媽守和莿桐腳、崩山的居民向日本兵示好的用意，是認為日本兵可以保護他們。日本兵在風港的時候，也曾經把大砲拉到山邊恐嚇番人，也有好幾次把大龜文十八社的頭目們找來營房，確實收到嚇阻作用。

可是，現在，日本人全走了，他們的苦心也完全落空了。

現在，人心惶惶。大家既害怕土番再來殺人，又害怕官府的懲處報復。而王媽守、陳龜鰍和阮有來這些頭人𡠄首，尤其緊張不安。

第二十章

在德隆宮內，郭均坐在首席。風港頭人王媽守、黃文良及崩山頭人陳龜鰍、莿桐腳頭人阮有來分坐兩邊。

王媽守比手畫腳地向郭均解釋，絕不是風港人去找日本人來，而是日本人先來風港找他們。

崩山、莿桐腳頭人附和著，表示他們之所以會送信給日本人，是因為受不了山上大龜文生番的濫殺。他們哭訴，他們的村落，都是五百人以上，一千人未滿，但每年總有三、五個青壯人口在耕作或行路時遭殺害，大部分連頭顱都被帶走，有些重傷回來的，後來也大半不治。

郭均問，這些人是否有什麼地方得罪了大龜文人，或有不公平交易引起大龜文人不滿？

頭人們都搖頭，表示他們都按期向土番繳納佃租，對土番也很恭敬。土番平日也似乎好相處。但番人喜怒無常，有時會突然發作殺人。有一次，還跑入村落包圍民宅，甚至鳴槍示威。王媽守又補上一句：「『出草』也算是番人的傳統禮俗。」

頭人們又說，其實雙方也非完全敵對，而常互有交易。山地人也需要平地人的武器、鐵器、布匹；平地人需要山地的山產、木材。其實還有頭人沒有說出口的衝突來源：女人。移民大都是羅漢腳。新來的羅漢腳向山邊開拓，而人數愈來愈多，娶不到老婆的自然會往山上的年輕番女打主意。部落男人當然不滿，若在交易上又受騙，不啻火上加油，油然而生怨怒之情。殺人事件也就這樣發生了。

郭均其實心中也了解，移民來到新土地，如果真的是無主之地去開墾拓荒也就罷了，但這裡顯然早是土番之地。論道理，新移民當然是侵犯了土番的原有權益，是非曲直，不問可知。

但是，他又物傷其類，心裡同情移民。他在家鄉知道，所謂「剿匪」，哪裡是什麼匪，而是一些在家鄉吃不飽穿不暖的可憐人，為了妻小只好鋌而走險。不敢做搶匪的就離鄉背井，到海外找機會。他在廣東家鄉就看到沿海諸縣的新會、台山等地，每年都有不少人為了在原鄉土地上吃不飽而外移到南洋異鄉的。

移民就是在家鄉活不下去了，才會來台灣。而他們一到這塊叫「瑯嶠」的新土地，新問題馬上浮現，就是如何在屬於生番地域上討生活，於是衝突自然難免。這是上蒼不仁，以移民為芻狗。這裡沒有官府徵稅，也沒有官府保護。新移民和舊土番難免有一些糾葛不清的是是非非，然後不知不覺就過了幾十年，第一代移民故世了，第二代移民就會認為這本來就是他們安身立命的地方。移民們漂泊的生命與好不容易在新天地擁有的微薄田產受到威脅的時候，他們只好向正巧到達的日本兵求助。沒想到日本兵不是久留，而是路過，而且是與清國朝廷敵對的。這樣一來，風港一帶的墾民兩面不是人。

郭均對他們相當同情。他也聽過吳光亮閒聊時感嘆，有些飛虎軍若不是正好有吳光亮大人召募了去從軍，可能就加入亂黨了。官與匪，往往是命運的一線之隔而已。

今天他面對著這些移民，心裡也有同樣的感覺。而令他感慨的事，這些「移民」，有些人的家族其實已經來了兩、三代數十年，卻還沒有能安定下來生活。為什麼如此艱難？「天地不仁，以萬物為芻狗。聖人不仁，以百姓為芻狗。」想到老子《道德經》這句話，郭均不禁長嘆了一口氣。

那四名地方頭人看他不言不語只是嘆氣，以為是表示無法為他們說好話，心中不安。莿桐腳是居民遭殺害人數最多的地方，當初也最早主動呈文請日本人保護，卻不料日本人未走，就已有人遭大龜文番殺了，心中最是惶恐。莿桐腳頭人突然站了起來，說道：「那麼我四位頭人就在五府千歲的神前發誓，將來我們一定效忠王將軍，也請王將軍能保護我們，免受番人虐殺之苦。」說完，就在德隆宮主殿神明之前跪下，並且叩首。

郭均不禁動容，於是在眾頭人下跪之時，他也跪了下來。他向神明立誓，會盡心保護風港人、莿桐腳及崩山人。

眾人站起之後，皆熱淚盈眶。郭均執著王媽守的手說：「我了解你們的苦衷，我會向王開俊將軍說明。王將軍是一個不錯的人，他會懂得的。」

第二十一章

微雨中，風港的百名村眾佇立在街道的兩旁，歡迎大清國的王開俊將軍和他率領的三百名軍隊。

王開俊騎在馬上，躊躇滿志。他沒讀過幾年書，但也知道「簞食壺漿，以迎王師」就是這樣的場景了。風港是小鎮，居民少，所以規模小了些。他向兩旁的群眾揮手，接受群眾的歡呼。風港墾首王媽守更是早就等在大街入口下跪迎接，然後轉身擔任隊伍前導。街道很窄，因此他的馬走過的時候，有些群眾的手會碰及他的戰袍，他也不以為忤。有些店家甚至在門口擺了長桌，在桌上擺了盛宴，像是在拜拜，在桌頭則擺了大大的字「恭迎王開俊將軍」。他只是「游擊」小官，這樣的場面加上被當主將歡迎，他是第一次。在浙江，在福建，他都沒有過這樣的榮耀，這樣的驚喜。他轉頭回望他身後的郭均，有著嘉許之意。郭均上次來此，顯然任務成功。

二個月前，當王開俊和周有基在枋寮談到風港民眾時，他們兩人都幾乎是咬牙切齒。他們無法忍受，這些他們視為同文同種的墾民，心中卻偏向日本軍。特別是周有基，在加芝來社還差一點被日本兵追捕，引為奇恥大辱。

日本軍撤離的時候，王開俊心裡的想法，和周有基相似：等自己到了莿桐腳、風港，他要好好教訓這些胳臂往外彎的村民。也因為他對這些民眾有所疑慮，所以他要郭均先去勘察。

郭均自風港回來以後，與他有過一段談話。

郭均劈頭就說：「我為風港人向將軍請命！」

王開俊一怔，撚鬚說道：「你說吧。」

郭均說：「我們過去為風港人做了些什麼？」

王開俊再度一怔：「過去風港不屬於我大清政令所轄之地啊，能做些什麼？」

郭均說：「風港人久受山上土番肆虐。風港一帶的居民每年少則二、三人，多則五、六人，因被大龜文人攻擊而死傷。這是他們多年來的苦衷，官府一向不聞不問。而日本人一來，就替他們約了大龜文部落數十位頭目親到風港，名曰協商，實則訓斥。有一次，大龜文番滋擾莿桐腳民宅，日本人還把大砲拉到山邊，作勢要打大龜文番。大龜文眾頭目果然不敢不聽命。」

王開俊偏著臉：「那麼日本人在的時候，風港一帶民眾就都沒有遭山上土番殺害的？」

郭均說：「我聽那風港墾首王媽守說，就在日本人要撤軍的前二天，又有三名那一帶人在山下耕作時遇襲，其中一人僥倖逃回，但也受了重傷。另外兩人都死了，連頭顱都給生番帶走。庄民都認為是因為大龜文番也聽到了日本人要離開的風聲，所以先給居民下馬威。」

王開俊問道：「大龜文番是無緣無故殺害這些墾民，還是和他們有糾紛？以我在枋寮的經驗，這些來到偏遠地區的墾民，有不少也是魚肉弱勢，喜歡占別人便宜的刁民，不是什麼善類。」

郭均苦笑道：「將軍說的是，我想其中必有緣故，但墾民自己不會承認啊。以後就請將軍也扮演包公大人審案判決的角色吧。」

王開俊道：「我也做不了什麼青天大老爺。不過我可以答應，到了風港，先不追究他們過去的行為就是。以後我駐紮風港，若是遇到墾民與大龜文番的衝突事件，先讓我審理個是非曲直吧。希望我在的時候，可以不要再發生大龜文番殺害風港人或莿桐腳人的事件。」

郭均沉吟一會：「唉，墾民日子也不好過，所以才會哄騙番人吧！唉……，魯仲連和事老難當啊，當然希望不再發生，但是太難了。」

在與郭均談話後，王開俊總算了解這一帶居民的苦衷，原來的不滿之意大減。現在，王開俊騎著馬在風港的街道上。對著夾道歡迎的人群，他對風港的居民甚至是變為喜歡了。

到了大街盡頭的德隆宮，王媽守牽著馬，停步下來。

王開俊想到，在過去的清軍官文書上，把王媽守的名字誤為王「馬首」了。他不禁笑出聲來。當初枋寮官府弁員以為這是父母希望兒子成大器，因此取「馬首是瞻」之意。後來他才知道，這是福佬墾民渡海初到台灣，只希望順利把小孩撫養長大，因此小孩一出生就抱到廟中神明之前，請神明保佑，甚至請神明收為「客子」。「媽守」，就是請求「媽祖守護」或「觀音媽守護」之意。

王開俊想，這是何等卑微的心願。移民寄望神明保佑的，不是希望兒女成為「馬首是瞻」，而是最基本的，讓子女存活下來，可以傳宗接代，這不是一些官府大人所能想像的。他設身處地，開始同情起這些墾民來了。何況這位王媽守竟然也姓王，算起來還是他的同宗，千百年前也是一家呢。他出身貴州。他的王姓祖宗，究竟真的是來自中原到貴州土著部落當官的所謂「土司」？還是貴州本地的苗人改了漢姓的？他自己也不太確定。但總之，既是同姓王，就是有緣。

王媽守必恭必敬地引了王開俊下馬。王開俊知道這德隆宮是風港人的信仰中心。自己來到這風港，也需要神明庇佑的。王媽守說，眾人已經為將軍準備了豐盛祭品，又解釋說，這德隆宮拜的是五府元帥，以池府千歲為首，為居民驅瘟疫的神明。王開俊也了解，在台灣這種瘴癘之地，驅瘟神以保佑居民健康，是長久定居的第一步。日本軍一定就是得罪了土地公或瘟神，才會那麼多人客死異鄉。沒死於沙場，倒死於病榻，窩囊啊。

王開俊恭恭敬敬地向德隆宮諸神明一一上香、叩首，禮數周到。王媽守等風港庄民看了，心中大感欣慰。因為五府千歲是特殊地方神祇，庄民本來有些擔心王開俊不肯進廟或進廟不拜。而王開俊既願入鄉隨俗，他們原先恐懼的官府懲處就相對變少。

這時郭均也進廟來了，王媽守向他投以感激的一瞥。

於是郭均與王媽守領著王開俊，去看日軍留下的軍營。

上次郭均離去時留下一小隊軍士，要他們與風港民眾先修繕日本軍隊留下來的三十七間營房。但現在依然看不出有太多改善。王開俊也皺著眉頭，顯然也覺得太過簡陋。

郭均發現營房旁邊多了一棟新落成的木頭房子。王媽守面帶複雜笑容，又得意，又諂媚地說：「這是風港人獻給王將軍的別莊。請原諒此地人少地瘠，蓋得粗陋了。」王媽守說著，一隻膝蓋跪了下去。王開俊大笑，執著王媽守的手說：「起來起來。你們風港庄民，太抬舉小將了。」

王媽守一聽此言，心中一塊石頭落了地。他想，我這頂上人頭應該可以保得住了。

一陣冷風自海邊吹來。冬至將至，海風吹得王媽守覺得臉頰有如刀割，但他的心頭則相當暖和。他覺得王開俊是可以了解風港人苦衷的。而風港有了王開俊的軍隊，應該以後可以不會再遭大龜文番濫殺了。聽說王開俊手下有五百人，除了風港，在莿桐腳、崩山，甚至加祿堂、南勢湖，也都會有駐軍。他想，我們終於可以有官府有軍隊可以倚賴了。

王開俊到了新環境，一一打量著。他舉頭往大龜文望去。就在德隆宮的廟後那獅頭大山凜然矗立，幾乎就在眼前，極有壓迫感，讓他感覺很不舒服。他走向風港溪邊，溪谷的空曠讓他感覺舒服多了。他深深吸了一口氣，空氣帶著海水的鹹味，與貴州家鄉空氣的重重土壤味，明顯不同。冬天的風港溪，水流不多，露出河床上大大小小的石頭。溪流蜿蜒如同一條巨蛇，不，更像巨龍。他沿著溪流極目望去，大龜文部落就在約十五里外青山之後的溪谷側。他腦中突然出現「直搗黃龍」這四個字。

王開俊想，夏天，這裡水勢洪大，山中鬱木蒼蒼，生番雲深不知處；但在冬天，王開俊以征戰多年的經驗覺得，只要溯溪而上，到土番部落似乎不是那麼困難。

於是他想，他也來學日本軍官，要山上的大龜文諸頭目來風港朝覲。日本人在的時候是夏、秋之際，以那時的水位，上山自是難事。而冬天溪水已涸，情勢大大不同。王開俊心神一動，他想，如果必要，他須掌握這個契機。

第二十二章

終於，阿拉擺有機會來到內文。終於可以見到烏蜜了，他想。

不過，心情是複雜的。因為他之所以來內文，是因為大股頭符嘮里烟故世了，因此阿拉擺以內獅頭目的身分來到內文出席喪禮。

入冬了，內文也許地勢較高，感覺上比獅頭冷了一些，連景色都有些蕭索。有不少樹的葉子都轉黃了，落葉滿地，有著向老頭目致哀的感覺。

阿拉擺想念著烏蜜。到內文的第一天，他白天到老頭目家行禮，晚上就到烏蜜家吹著鼻笛，向烏蜜傳達自己的情意：

啊，不知何時，
她才可以做我的妹妹
然後我可以和她交談心事

啊，當你們嫌棄我
啊，砍木材、挑水
啊！我想我可以勝任。

※※※※

啊，不知何時，
她才可以做我的情人
讓我訴衷腸
啊，不要笑我
砍柴和挑水
哪樣我不會

葬禮之後，是新大股頭的就任儀式。但是那只是一個莊嚴儀式，沒有大慶祝的歌舞或盛宴。

阿拉擺的嫂子揪谷繼任了大龜文的大股頭。然而很不巧，酋龍家族的二股頭竟也正好重病在身，而揪谷也剛生了一個白白胖胖的兒子，正在產後休養。本來野崖就是揪谷的重要輔佐，於是大龜文的重大事務都由野崖負責，外界也視他為實際大股頭。

出乎阿拉擺意料之外的是，在新大股頭的就任儀式之後，阿拉擺不但如願見到了日夜思念的情人烏蜜，而且正式拜訪了烏蜜的父母。這歸功於揪谷不遺餘力牽線，還催促著野崖馬上為阿拉擺提親。

於是，野崖帶著阿拉擺，準備了特別豐盛的禮品，包括豬肉、檳榔、小米糕，都比通常人家多了一倍。他也找了最美麗的頭飾，獻給烏蜜。這是大龜文的提親方式。大龜文的婚俗，包括提親、訂親、結婚，三個階段儀式。新大股頭親自出馬，烏蜜的父母自然視為莫大榮幸，而阿拉擺既是內獅頭目，又是著名勇士，烏蜜的父母自然默許。而烏蜜也一副既嬌羞又含情脈脈，喜不自勝的樣子。但是，烏蜜的父親表示，不巧烏蜜的母親及他自己的哥哥二股頭都有病在身。雙方同意，早早訂親，但等明年春天來了，再正式來辦理婚禮。

於是十天之後，阿拉擺與兩名部落男人，抬著豬肉、山豬內臟、琉璃珠、插著美麗羽毛的頭飾，還有那個瑷玎送的白浪玉鐲，由內獅一路扛到內文，完成訂親儀式。此後，阿拉擺就是烏蜜未過門的丈夫了。

阿拉擺心花怒放，這已經超乎他的期待了。

阿拉擺望著美麗的未婚妻，非常得意，他連續三晚到烏蜜的房子外面吹奏鼻笛。他唱著稱頌著祖先與妻子家族的〈頌讚歌〉：

大龜文人多漂亮，人人都稱讚
邏發尼耀家族的人啊，最勇猛，四方都傳頌

酋龍家族的人啊，最聰明，人人都稱讚
芭塔果泰家族的人啊，最帥氣，遠近都聞名
啊，大家唱　一起來唱歌
啊，大家跳　一起來跳舞
啊，大家一起來喝酒
大龜文的人最勇猛，四方都傳頌

第二十三章

崩山頭人陳龜鰍又上山，拜會新上任的大龜文大股頭。

於是，在內文社裡，野崖再度接見陳龜鰍。只是，這次陳龜鰍的身分變了，他不再代表日本兵橫田棄，而是代表新任的清國將軍王開俊。

野崖早就得知，風港日本軍人已經撤走了，甚至龜山、社寮那邊的，也完全離開了。整個瑯嶠，一個日本人也看不到了。

這些是自丹路部落來的訊息。將近一個月之前，丹路頭目派人兼程趕來告知這個大消息。於是有一群外獅的大龜文人，覺得忍受日本人和白浪烏氣的苦日子過去了。在喝酒狂歡之後，趁著酒興，他們又在莿桐腳殺了兩位墾民，作為發洩。

野崖得知此事，覺得不妥。他向外獅尋求了解。當野崖得知這兩位被殺的白浪墾民並沒有詐欺大龜文人或觸怒祖靈的事，他向外獅頭目表示了不滿。他訓斥外獅頭目。野崖說，雖然他也不喜歡被日本軍部喚來喚去，但是真有族人被白浪欺壓的事，必須先回來向他報告，他會找對方，替大龜文出頭。

有部落族眾回問：「找誰出頭？」

野崖回答：「日本人在的時候找日本人，日本人不在了就找白浪頭人。」

野崖的話，各部落都接受了。於是有一個月，山上、山下相安無事。過去，大龜文部落頭目懶得去約束下屬與白浪的關係。這是第一次，頭目下命令要下屬自制。

日本人離開後，野崖以為一切將會回復原狀。沒想到才幾天之後，就有人發現，清國官兵①竟然一路南下，由枋寮、加祿堂、莿桐腳、崩山、風港、柴城，都有官兵駐紮，甚至連南端的大繡房都有。野崖聽到這個消息開始有些憂心了。七年前官兵也曾經來到柴城②，二、三個月後就退回枋寮了。但這次似乎不同，他們是分駐各地，顯然有長期駐留的打算。

他又聽到另外的消息。自去年起，官兵很熱衷築路。在北方，他們自水底寮進入力里社；在南方柴城，官兵似乎想越過斯卡羅地界。野崖開始掛心，是不是官兵也會經過大龜文開路？

正憂心忡忡之間，陳龜鰍又來了。

陳頭人首先向野崖表示來意：「再幾天就是我們的尾牙，也就是快過年了，希望能邀請大龜文各部落頭目去我們的尾牙宴。」同時說明了尾牙的意義。

野崖笑道：「多謝了。但是我們可不敢去。上次外獅部落去莿桐腳作客，結果呢？」崩山頭人沒想到野崖一口拒絕，趕緊說：「那種事保證不會在崩山發生。」

野崖又突然問道：「官兵也會在場嗎？哈哈，我倒很好奇，官兵和日本兵，哪一邊對你們比較好？」

陳龜鰍本來就是要來告訴野崖，清國官府來了，有些措施與日本人在時不同，沒有想到野崖先出口問了。

大龜文新股頭的反應真快，陳龜鰍想。

「官兵對我們很友善，但是有一件事要給大股頭知道，也要和大股頭商量商量。」

野崖聽得出有事，笑說：「你直說吧，你知道我們大龜文人都是有話直說，不會彎彎曲曲的。」

陳龜鰍說：「日本人因為算是外來，他們用我們的東西，都有報酬，都會付錢；清國的軍爺則表示，他們是我們的官府，官府要治理地方，保護地方，就要向地方徵稅。此後我們民眾必須要向皇帝繳稅，就像我們向你們納租一樣。」

野崖說：「皇帝？是指最大的官兵頭目？」

陳龜鰍說：「也不盡然。王開俊軍爺只是朝廷派來的中級頭目，王軍爺上面還有好多頭

---

①排灣族經此戰爭，「官兵」二字遂成為上、中排灣語詞彙，代表清廷軍隊之意。

②指 1867 年羅妹號事件時，劉明燈與李仙得率九百清兵南下柴城。

目。最大最大最大，已經大到無法形容的總股頭叫作『皇帝』。皇帝在很遠很遠的北方。皇帝派來的地方官，就是官府。現在各村庄都已設立官府。

「對了，」陳龜鰍指著他右肩上一塊雞蛋大小的黃麻布說：「最近我們在北京的皇帝過世了，我們是他的子民，所以就像父母死了一樣，要為他披麻帶孝。」崩山頭人又笑笑：「新登基的皇帝，聽說只有四歲大。」

野崖說：「你剛剛說有事要商量，要商量什麼？和你們的小皇帝又有什麼關係？」

崩山頭人面露憂色說：「皇帝派來我們官府的大軍爺，也就是你們說的大股頭，叫王將軍。他說，以後我們墾民要向官府繳稅，而且……」陳龜鰍嘆了一口氣：「繳的稅，也比我們交付給你們部落頭目的多了不少。也因此，我們沒有力量再向大頭目你納租了，還請大頭目體諒。」

野崖說：「不納租可以，土地就要還我們啊。」

陳龜鰍有些狼狽：「這個……他們說，所有土地都是官府的，然後，官府也要把這些稅收上繳給皇帝。」

野崖說：「豈有此理，這些土地當然都是我們祖靈留給我們的，從以前到現在都是如此。我們的祖靈也都埋葬在這裡。你們的皇帝在大海那一邊，像你剛剛說的，很遠很遠的北方。他們什麼時候到過這裡了？這裡怎麼會是他們的土地？」野崖說得有些動氣了。

「你們的父祖，幾十年前來這裡的時候，什麼東西也沒有。我們的父祖看你們的父祖可憐，所以允許他們住了下來，耕作捕魚。你們的父祖有了作物收成，或抓到了大魚，就送一部分來答謝我們和我們的長輩。這就好像我們有了收成，打到了獵物，也會送一部分到各部落的大小頭目。你們憑什麼說：這些土地是你們的？或者是你們官府的？或是你們皇帝的？」

野崖站了起來，愈說愈大聲：「你們使用我們的土地，當然向我們納租，接受我們管理。以前我們的大股頭由八人轎抬著，去你們的地方巡視，你們的父親、祖父，都要伏下來行禮，你們還記得吧！」

雖然是冬天，崩山頭人卻紅了臉，汗自頭上流了下來：「我也不知從何說起。我只能說，我也不希望有官府來管我們。但是官兵已經來了，官府也設了。官府說，他們會保護我們，所以我們向他們繳稅是天經地義的事。我只能說，我們向官府，向王將軍繳了稅之後，我們就繳不起以前給大龜文各部落頭目的田租。我們也覺得這樣對諸位頭目不好意思，所以邀請所有頭目到我們的尾牙宴，算是我們的一點心意。還請頭目見諒！」

野崖這才恍然大悟，這位頭人要邀請大龜文人去參加白浪的尾牙宴，竟是這個意思。野崖說：「我們不會去你們尾牙。我們去了就等於承認現在你們在使用的土地不是我們的，而是你們官府的。真是豈有此理。」

陳龜鰍說：「還請大股頭再聽我一句話。聽說現在官兵在北部內埔地區開拓要到後山卑南的道路。力里部落因此和官兵起了衝突，雙方都死了一些人。力里人也認為那是他們的土地。但是在官府或軍隊的眼中，這些土地也都是皇帝的、官府的。所以你們也和我們一樣，受官府管，受皇帝管。」

陳龜鰍像唱歌一樣，拉長聲音吟道：「普天之下，莫非王土；率土之濱，莫非王民。」

「官府認為，所有的土地，所有的人民，都歸皇帝或國家所有。」

野崖忍不住了：「這是什麼鬼話！」

崩山頭人說：「官兵說，過去朝廷視枋寮以南的土地為『政令不及』，並不表示這不是朝廷所管轄的土地，只是『暫時不去管』。現在朝廷的政策改了，有一位大官人，自內地來的，說要開始執行『開山撫番』的政策了……」

野崖氣得幾乎全身發抖，說：「不用再說了。你回去告訴你們官爺，我們的土地當然是我們的。要路過，要我們同意。我們的土地是我們大龜文祖靈留下來的，不是你們官府或皇帝的。我們大龜文也不會承認你們那個四歲小孩子是什麼皇帝！送客！」

第六部

王玉山：雖曰護民卻傷仁

第二十四章

快過年了，可是王開俊卻心情惡劣。

他的苦惱來自山上的大龜文番。最近，大龜文番不但又開始滋擾，而且變本加厲。大龜文番襲擊居民也就罷了，在昨天甚至連二名巡路軍士都遇襲殺喪命。王開俊聽到這個消息，氣得一連摔破了兩個茶杯。

更糟的，再三天，欽差大人沈葆楨就要到瑯嶠來視察了。這讓王開俊心情特別低落，也特別暴躁。

同治十三年九月二十二日（1874年10月31日），清日和約在英國駐清公使威妥瑪的見證下，在北京簽署。

11月12日，大清付清了四十萬銀兩給日本，作為軍費補償。於是11月13日，日本遵約退兵。

11月20日，西鄉從道發布了「告瑯嶠住民文」，把琉球漂民的四十四顆遺骸合葬在琉球那霸。12月2日，西鄉離台，日本的福島九成會同台灣府知府周懋琦興建「大日本琉球藩民五十四名墓」。12月3日所有的日本兵都離台了。

12月3日，台灣府尹周懋琦偕同王開俊代表清國文武，與日本代表在社寮交接完成。周懋琦在風港，收集了之前日軍與居民簽訂的十一張合約。王開俊隨之駐紮於由日本兵接收過來的三十七所營房。風港人要比龜山人有規矩多了，風港人完整保存了日軍留下的三十七所營房交給了王開俊。而在龜山，日軍撤走的當天晚上，社寮及龜山人馬上進入營房搜括，然後一把火燒了。

於是沈葆楨在台灣的任務大致完成。他在同治十三年十二月初五（1875年1月12日），向朝廷報告任務結束。沈葆楨同時向同治皇帝建議，就已有一百九十一年①之久的台灣政策，擬定了四項大轉變：

一、開山撫番，開放台灣後山耕墾，將土番納入政令管理。

二、開放海禁，內地人民可以渡台。

三、建延平郡王祠，收買台灣人心。

四、瑯嶠設縣築城，台北設府建城。

---

① 1683~1874年。

沒想到就在同一天，才十九歲的同治皇帝過世了。第二天，年僅四歲的光緒皇帝接了大位。

沈葆楨的計畫是以約二十天的時間來巡視整個瑯嶠大小城鎮，然後在陰曆十二月二十四搭船回福州過年，為欽差台灣的任務劃下完美句點。

同治十三年十二月十七日，沈葆楨在周有基和郭占鰲的陪同下，到了風港。

沈葆楨告訴王開俊，他已決定在瑯嶠設縣。瑯嶠自從 1860 年台灣開港以後，成了許多外國人窺伺之地。過去朝廷政策模糊，導致不同詮釋，國際紛爭不斷。美國及日本先後均在此地用兵過。設縣之後，這裡就不再是所謂的治理不及、「化外之地」，讓外國人從此死心。後山亦然，此後所有台灣土番皆需服從朝廷政令。

沈葆楨說：「我這一路下來，正值冬月，很快就要過年了，而瑯嶠這裡卻是溫暖如春，真是好地方。我打算把這裡稱為『恆春』。」

周有基在旁馬上附和說：「恆春，恆春，好名！好名！沈大人賜的好名。瑯嶠是土語，音調奇異，意義不明。瑯嶠的地名，大都不雅，全賴欽差大人來此給個好名稱。例如這裡叫『風港』，沈大人已決定此後訂名為『楓港』，多麼雅致。其他如『崩山』改『枋山』，『柴城』、『社寮』也都是當初漳、泉移民所命名，土里土氣，沈大人也訂名為『車城』、『射寮』。」

沈葆楨頷首一笑：「周巡檢在過去半年，踏遍這瑯嶠每一角落，連牡丹社各部落也穿梭不斷，真是個人才。他向我建議把縣城建在猴洞，那裡既近海疆，可以防止洋人自海上進窺。將來卑南後山也是必須開發之地，猴洞正好是要衝，等我親自去勘查後，如果定案，就交由懂地理的劉璈去規畫，再交周有基去督建。等朝廷批准下來，周有基就是第一任恆春縣令了。」

周有基稱謝，並表示由「猴洞」變「恆春」，正顯出未來教化之後，瑯嶠必可脫胎換骨。

沈葆楨又讚賞王開俊，說他在枋寮期間表現良好，又對他在楓港能得到民眾的愛護，備加稱讚。

王開俊稱謝之後，向沈葆楨稟告：「此地民眾，皆已自過去之依違我大清與日本倭國兩端，一變為忠順良民。惟山上土番依然桀驁不馴，殺害民眾時有所聞。而日前竟然襲殺兩名在莿桐腳巡路的軍士。是可忍，孰不可忍。」

沈葆楨沉默了一下，再搖搖頭：「凶番難教化啊！」沈大人沒有責怪之意，王開俊心中一塊石頭落了地。

周有基卻在旁冷冷說道：「這都怪這裡的居民，在日本人在時，狐假虎威，挾倭軍而自重。等日本軍走了，土番自然就回來向鄉民示威報復了。」

王開俊向他解釋：「日本人在時，一方面作勢將大砲架起，對著那獅頭社部落，一方面又邀請番人頭目來這風港營區內，又是送禮，又是飲宴。如此軟硬兼施，然後對外宣稱生番部落已經歸順。」

周有基說：「大龜文番如此順服倭軍，是因為倭軍對牡丹社番人早立有下馬威。日軍在下瑯嶠留下的遺毒甚多，甚至連下瑯嶠的客家對我大清官員也依違兩端。我就任之後，對下瑯嶠之民必有處置。至於此上瑯嶠之地，就靠王將軍了。這裡民刁番惡，王將軍該盡速給個下馬威，他們才會心服口服。」

沈葆楨說：「我離楓港之後，將到車城、保力，然後到猴洞勘查。若確定恆春建城之地，我在這台灣的任務也就算是圓滿達成。在這恆春縣內，你們二位就是一文一武兩大支柱，靠兩位來執行『開山撫番』的政策了。」周有基與王開俊兩人叩首稱謝。

王開俊知道周有基建恆春城是大勢已定。至於「開山撫番」的大策，沈葆楨派在北路的，正是自己的親家兼上司羅大春，中路是廣東軍吳光亮，南路則交給了台灣鎮總兵張其光。而他王開俊自己，則是在前線面對南路最凶惡的大龜文番了。下瑯嶠十八社前已向日本人投降，大清國取代日本兵之後，問題不會太大。反是上瑯嶠的大龜文番，不但剽悍，而且從未向任何人降服過。從荷蘭、鄭成功，一直到劉明燈，對他們都未能置喙。大龜文人自在山中稱王，以獅頭山為屏障，率芒溪谷、枋山溪谷、風港溪谷都是他們天下。

剛剛周有基的話，「速立下馬威」的說法，在他心中造成迴響。日本軍立下馬威是以五十四名琉球漂民遇害為理由；他王開俊要憑什麼理由去立下馬威？下馬威又將如何去立？周有基的話，不會是無心之言，但又未明言。而沈葆楨在旁未做任何表示，沒有同意，也沒有反對，也未顯露任何好惡表情，只是淡淡地說，先要大龜文番交出殺害兩名兵士的凶手，讓大龜文人了解，需完全聽命於官府，不可再犯。

沈葆楨和周有基、郭占鰲在風港待了一天之後，繼續南下。沈葆楨顯然對王開俊很倚重，很有信心。王開俊心知肚明，由於和羅大春總兵的姻親關係，為自己爭取了不少好處，他的聲望無形中提高了不少。因此他自忖，自己更應該立功，以求名聲、功勳相符，也方可再擢升。

而周有基的話，讓王開俊覺得周有基在挑戰自己，他不服氣。王開俊是直性子。他想，要「立功」，就必須「懲番」，以向朝廷表功。大龜文人最近較前放肆。稍早，有五位鄉民遭殺害。他想，此事並非首次發生，未予立即反應。如果番人只是殺害墾民，並不足以構成出兵理由。日本人也不是真的出兵，只是把大砲抬出來，恫嚇一下而已。但現在番人竟然膽敢殺害穿軍服的巡路衛卒，這就是在太歲頭上動土，直接向官府挑戰了。若不給大龜文人一點顏色瞧瞧，真的是太懦弱了。不但會讓大龜文人看不起，也會給在恆春的周有基看不起。

他手下的兵士，自枋寮到風港，有一營②五百人可用。日本兵當初在石門山與牡丹番對戰，也不過出動二百人。他想，他的五百兵力綽綽有餘。

②每五百人為一營，每營設前後左右四哨，或前後左右中五哨，每哨設哨官，所以有一百至一百二十五人。

再不到半個月就是過年了，現在當然不是用兵的時候。何況這是他到台灣之後的第一個春節，一般農村過年是要到元月十五元宵節才算過完。聽說這裡的土生仔在元月十五還有傳統的大節日，「姥祖」夜祭與「跳戲」。但是，他急著要立功。「正月初五」也已是開張大吉之日了，他打算過了初五後就出兵。他想，初五開始布署，大約三天足矣。於是他決定正月初八出兵。莿桐腳的人說，莿桐腳的五位鄉民和兩位官兵都是獅頭社的人殺的，但無法分出是內獅或外獅。因為事實上兩社相距甚近，且互為犄角。

王開俊又想到，沈大人曾經交代，要大龜文番交出殺害二名軍士的凶手。他轉念一想，日本人出兵牡丹社是為了五十多名死者，現在獅頭山下只有二名兵士和今年約十位鄉民被殺害就出動大兵，未免小題大作。他想到半年前橫田棄要大龜文頭目來風港朝見的往事。於是王開俊想，他也給大龜文番一個機會，如果大龜文頭目願意帶凶手來風港向他輸誠道歉，表示歸順，那麼他也可以向沈葆楨大人或張其光大人報功，以驕周有基了。

於是，他叫來郭均。郭均是他部隊中較有學問，腦筋也比較靈活的，而且正直厚道。他要郭均偕同枋山頭人陳龜鰍，去向大龜文傳話。王開俊決定仿效日本軍橫田棄的做法。只要大龜文頭目帶著殺害兩位大清士兵的凶手到風港來，向他致歉，那麼他可以從輕發落。他也可以大宴他們，甚至願意給大龜文人比日本人更多的禮物。唯一的條件是雙方和平相處，不要再殺害官兵及村民。

郭均想想，這提議合理。而能夠擔任這樣的任務，他覺得光榮。再說，他對大龜文番也有著好奇，他從未去過生番地區。

消息說，大頭目野崖現在正巧在內獅，不在內文。於是三天後，郭均③帶著一名軍士，還是由枋山頭人陳龜鰍帶路，到了內獅部落。

枋山頭人帶著郭均，沿著枋山溪谷溯溪而上。冬天的枋山溪谷很寬，溪底的石頭都被水沖得平整而光滑。枋山頭人說，內獅頭社離此不到三十里。雖然是山路，但冬天溪谷好走，約二個時辰可到。

郭均走了近一個時辰，而後彎向一條枋山溪支流溪谷。在支流岔口，早有部落瞭望台的勇士見到他們三人，在此溪口等著。原來土番部落在半山上，平地人的行蹤完全逃不過他們守衛的眼睛。而且土番平日行獵，每個人都眼力絕佳。

內獅衛士帶領了這些白浪到達內獅部落時，阿拉擺已經在部落外迎接。阿拉擺說：「你們來得巧，大龜文的女大股頭生了小男生，來到內獅慶賀，因此揪谷和野崖均正好在內獅。」阿拉擺身邊有幾位看熱鬧的孩童，而且還有一位少女，長得眉清目秀，又笑靨迷人。

枋山頭人陳龜鰍說，雖然以前常有白浪墾民來此，但這是第一次有穿了軍服的官爺來到部落。大家都覺得好奇，所以趕來觀看。還補充一句：「以前日本人在時，日本軍人從來未

③依文獻記載，擔任使者的是郭占鰲，但本章為故事情節，改為郭均。

到，所以你是第一位來到部落的軍爺。」

部落小孩天真可愛，也吸引了郭均。他們對外人毫無疑懼驚恐之色，大出郭均意料之外。他一直以為生番對外人充滿敵意。陳龜鰍說，其實這幾年生番與山下的互動倍增，連土番也慢慢習慣了。

更惹眼的是站在阿拉擺旁邊的少女。少女膚色雖稍黝黑，但面目姣好，特別是汪汪大眼，笑容燦爛，與家鄉婦女拘謹的模樣完全不同。更不一樣的是，少女懷中還抱著一隻大貓，少女美好的臉蛋與愉悅活躍的神情，讓他不自覺的多看了幾眼。枋山頭人說，這是部落頭目的妹妹。

部落中，孩童奔跑呼叫。郭均也看到不少女子或編織，或耕作。這時是正午時分，有不少部落男人脫光了上身，群聚喝酒。少女及孩童半走半跳，一路上跟著他們，由部落入口一直跟到部落頭目家。阿拉擺轉身向孩童說了幾句，孩童歡呼著一哄而散，瓊玎則在旁邊吃吃笑著。陳龜鰍笑說，阿拉擺哄小孩童，這位軍爺一定帶了許多禮物來。他要孩童先離開，等軍爺離開了，他會把軍爺帶來的禮物分送大家。

野崖早已在頭目家屋內等候，一副氣定神閒的樣子。郭均想，可能是新獲麟兒，心情不錯。大家坐定之後，郭均首先呈上王開俊所準備的伴手禮。因為庄民即將過年，所以郭均帶了不少福佬人的年禮過來，特別是米酒、年糕、豆沙餅、花生之類。郭均先向野崖表示，此行代表新到風港的王將軍向大龜文人拜個早年，並傳達王將軍的意願，希望今後，山上、山下和平相處。

郭均決定先禮後兵，先把好話說在前頭，然後再提出要大龜文人交出上次襲殺官兵之凶手之事。他知道這事有難度。他自己設了底線，只要凶手肯與他下山，他將向大龜文保證凶手可以安全歸來部落。

不料野崖毫不領情，原來的笑容不見，轉為嚴肅，然後說：「你們先占盡了便宜，然後說要和平相處？」

郭均一怔，他初進部落時，以為部落大人小孩都相當歡迎他，沒想到頭目一開始就針鋒相對。郭均不懂野崖說的便宜是什麼。他望了望枋山頭人，頭人則低頭不語，有些臉紅不好意思，原來他未向郭均與王開俊告知上次來到大龜文的事。郭均只好硬著頭皮，回答野崖：「不知頭目說的『占盡便宜』是何意？」

野崖望著枋山頭人：「山下的白浪用我們的土地去耕作，向我們納租，已經多年了，何以現在變成向你們官府納租？這些土地，何時變成是你們官兵的？」

郭均聽了，不覺語塞，但也頓時恍然大悟。原來大龜文人最近變本加厲攻擊墾民，是因為墾民不再向部落納租。他們也攻擊清軍，是因為在大龜文人的眼中，官兵沒有理由收租。郭均不知如何回答。在朝廷心目中，這當然是朝廷的土地，不是生番的土地。可是這要怎麼解釋呢？他開始覺得是自己這邊理屈，而有些同情起這些大龜文番了。

郭均望著頭目，突然驚覺，說不定站在一邊的部落頭目阿拉擺，就是帶著族人去找墾民或官兵算帳洩憤的，那怎麼可能「交出凶手」？同時他也恍然大悟，方才圍在他身邊的孩童，是因天真好奇而來。部落充滿歡愉，那只是大龜文人的常態。部落裡的成年人對他們的到來，其實是相對冷漠。

而且，野崖說的不無道理，這些土地都是大龜文人的傳統地域，包括現在墾民所居住，所開墾的海邊河口平原土地。即使像王媽守那些墾民，長久以來也承認大龜文土地權而年年納租。因此王開俊也好，周有基也好，周懋琦也好，沈大人也好，甚至新登基的光緒皇帝陛下也好，實在沒有理由說這些土地是清國朝廷的。

「我還有一事稟告頭目，」郭均硬著頭皮，有些心虛地說：「我這次奉王將軍之命而來，是轉達王開俊將軍的善意，希望今後能與大龜文和善相處。但王將軍對日昨有兩名兵士在巡邏的時候，無緣無故被你們殺害之事，也表示嚴重不滿。王將軍表示，希望大龜文可以交出凶手，與我共同回去覆命。王將軍表示，他會給得比日本人更多。這兩名凶手他願意從輕發落，但顧及王法，仍必須薄懲，王將軍保證他們安全歸來。另外，我會向王將軍請求，以後村民繳給官府的稅收，分一半給大龜文。」

這殺害二名王開俊營夫的，其實是上次在莿桐腳被扣押的外獅頭目之子，帶著手下去圍殺的。莿桐腳脫險回來之後，他恨死了白浪。殺人之後，野崖已經訓令他不可再犯，並予懲處。但此刻王開俊派使者來要人，野崖怎可能讓自己的子弟被白浪帶回。於是他向郭均等二人說：「你們有王法，大龜文也有大龜文的規法，我們自有處置，不勞王將軍了。」

郭均又向野崖說：「大龜文頭目們過去到風港日本兵營不只一趟，是否近日也可到莿桐腳大營拜會王將軍，向王將軍解釋，順便表示善意？」

上下瑯嶠的部落頭目，對清國官府一向沒有好感。七年前，美國人李仙得與下瑯嶠的卓杞篤談判，兩人彼此互相留下好印象。但等到劉明燈要大股頭卓杞篤去柴城參見他，大股頭不但不去，兩位代他前往的女兒還對劉明燈不假辭色，大罵一陣。野崖雖然見了日本人，但瑯嶠土番厭惡白浪的觀念根深柢固，不想去見清國官吏。

這次野崖的反應讓郭均很意外。野崖原來凶悍的臉現在竟變得柔和，甚至露出笑容：「我可以看得出你的真誠與善意。白浪難得讓我有這種感覺。但是過去這半年，我們大龜文為了應付日本人，來回風港好幾趟。每次都勞師動眾，實在很累了。對被白浪占據的土地，我們也認了。我們知道要不回來了。至於租貸之穀品，那實是微不足道，我們大龜文又不靠這個吃飯。所以，以後也不要了。」

野崖也說得真誠：「我們只求安靜的生活。你們白浪不要來騷擾我們也就夠了。我不會帶我們的人去見你們的將軍，更不會去向他賠罪。你告訴將軍，從今以後，大龜文不犯清國，清國不犯大龜文。大龜文放棄白浪現在占有之地，清國官兵讓我們大龜文回到白浪到來以前的日子。我們在山上過我們的生活，你們在山下過你們的日子，大家兩不相問。

「我會約束各部落不去殺你們的人。相對的，你們也不要再得寸進尺，侵占我們的土地。我們山上有各種獸類可以獵食，有各種花果，水中有魚有蝦。我們只要種種小米，就可釀酒。我們日子很好過。以後，大龜文人不會再去獵白浪的人頭。其實獵人頭是我們的儀式，不是單單因為仇殺白浪。白浪來之前，我們與其他部落就已經互獵人頭好幾百年。

「因為依照大龜文的習俗，一個男人要成為一個『獵人』，必須獵過山豬、山羌、山羊、水鹿之一；然後要晉升為『勇士』，必須獵到雲豹、黑熊、熊鷹[4]……」野崖注視著郭均，頓了一下，慢慢說出：「或一個人頭。」

郭均也默默望著野崖，他聽得出野崖口氣中的善意、吞忍與退讓。

野崖繼續說：「你可以看我們部落門口的人頭架，白浪只是少數[5]。就這樣吧，你回去向你們的將軍覆命。請將軍見諒，大龜文人不會去風港。但我保證，也不會再有白浪給大龜文人殺害。今後，只要你們不先侵犯大龜文的土地，騷擾大龜文的婦女。我們也不會先砍白浪的人頭。」

郭均也鬆了一口氣。大龜文大股頭的反應，他覺得合理而且真誠。有此保證，他也可以回去交差了。於是他自阿拉擺手中收回禮物。阿拉擺則表示，大股頭交代，請郭均用完膳再走。阿拉擺及瓔玎則似乎對郭均也有著好感，他們認為郭均沒有像過去上山的白浪頭人言詞閃爍。他們覺得郭均言語懇切，不拐彎抹角，不強詞奪理，較合他們的脾胃。

這時瓔玎抱著的小豹子突然掙脫她而撲向阿拉擺交還給郭均的禮物。郭均猛然想起，這禮物中有清晨才備好的全雞、全鴨、全魚、好幾塊三層肉，香味四溢，難怪大貓會本能地撲過去。大貓跌落在地，郭均發現大貓的右後腿竟然有些跛足。郭均向瓔玎說：「小姑娘，治療跌打損傷正好是我的專長，妳的大貓要不要給我看一下，說不定可以有幫助喔。」

璦玎笑說：「這不是大貓，這是小豹子。牠的腳是在掉入陷阱時被夾傷的，已經療傷好久了都沒有好，不知是否傷到骨頭了。」

小豹子倒也很乖，由璦玎抱著，讓郭均診視。郭均仔細觸摸了一下，鬆了一口氣道：「骨頭未傷，只是傷及筋肉，尚可痊癒。」說著，自背包中拿出幾塊貼布，上有黑色藥膏，交給璦玎：「我這裡有一些膏布，妳每三天為小豹子貼一塊吧。大約這些藥膏用完，小豹子也應該好一半了。妳若還要，我再送上來。」

璦玎很高興稱謝。阿拉擺負責招待客人，璦玎也陪同著。經過剛剛小豹子那一幕，璦玎和郭均變得熟稔。郭均得知原來璦玎就是在莿桐腳被庄民扣押了的大龜文人之一，大為驚訝，心想大龜文女子竟如此大膽，與山下平地人女子真是大相逕庭。而璦玎知道郭均來自廣東，到台灣才五個月，更是興奮，一直問著廣東是什麼地方。璦玎從未看過穿著盔甲軍服的兵爺，一直很想伸手去玩弄戰袍、軍帽，卻又不好意思。她得知郭均是傢傢客家，與一般白浪墾民的福建漳、泉不同，更是問個不停。連陳龜鰍都想，這番女真是特別。

---

④熊鷹是台灣最大型的猛禽，又名鷹鵰、郝氏角鷹。大龜文人以熊鷹羽毛為最高貴、最英武的象徵。

⑤有經驗的原住民可以自頭骨看出是白浪或原住民。

陳龜鰍向郭均催促，該回風港去了。郭均收拾了行囊，正要向野崖道別，不料這時突然風雲變色，整個天空昏暗下來，接著是一陣傾盆大雨，還帶著閃電。等大雨過後，已近黃昏。郭均希望趕路。但枋山頭人直搖頭說，天色太暗，路途不明，且大雨之後山路泥濘不堪，溪水暴漲，相當危險。阿拉擺也說：「你們就在部落留宿一夜吧。」

內獅從來沒有讓大龜文人最討厭的白浪或傣傣在部落裡過夜過，何況是個軍爺。而知道郭均要在部落過夜，璦玎很興奮，說趁天未黑要帶軍爺四處去看看。於是璦玎帶著郭均先到部落附近一個大瀑布去參觀，然後又到部落另一邊去看。原來內獅部落沿著一個山腰而建。山的南邊溪谷是枋山溪的支流，大龜文人則稱為大龜文溪。部落北邊的溪谷則是七里溪的溪谷。郭均發現，內、外獅頭社其實就是隔著七里溪谷，兩部落遙遙相望，可以互為犄角。七里溪的出口則是平地白浪人的小鄉庄，叫南勢湖。這條路其實更近墾民地區。璦玎指著溪谷與青山，很得意地說：「我們大龜文很美吧！」

晚餐時，璦玎的興致又來了。這次她說，既然郭均不必趕路回家，那就喝小米酒喝個痛快吧，平地人一定沒嘗過小米酒。在木柴燃起的火焰中，璦玎一直向郭均勸酒，郭均無法拒絕，也捨不得拒絕。在火光下，璦玎笑靨如花，笑音如鈴鐺，璦玎在敬酒時有時身體向前傾，頭髮拂在他的臉上，讓他有種好微妙的感覺。更有一次，璦玎拿了一隻山豬脊骨肉給他時，竟然直接拿到他的嘴角邊，而她的手指也因此觸到他的臉頰，郭均的心一陣顫動。

在醇酒的催化及璦玎的笑靨中，郭均開始覺得迷惘。他想，這是真的嗎？璦玎又拿了一塊山豬肉餵他，他不自覺伸手去抓住瓔玎的手。瓔玎嚇了一跳，急忙縮手。為了掩飾他的失態，郭均大喝一聲，自行倒了一杯，然後一飲而盡。他似乎聽到瓔玎的喝采，又故作豪氣，自乾了二、三杯，隨後向旁邊一倒，沉醉不醒。

第二十五章

郭均帶著愉快的心情回到風港。

首先是，野崖保證大龜文不再殺人，也放棄田租，讓他大為滿意。雖然未能如王將軍所願把凶手番人帶回，但有了野崖這些承諾，也算大有收穫，不辱使命。他想，王開俊會樂於聽到這樣的根本解決，應該比單單懲罰凶手還好。

其次，他心中對瓔玎有了情愫。瓔玎活潑、爽朗、嫵媚，而且有一股說不上來的，他家鄉的女性所沒有的膽識。他是客家人，與漳泉人的審美觀不太一樣。他不喜歡纏足小腳，故作嬌態的女性。更重要的，瓔玎對他似乎也有好感。初到風港的時候，他想像山上的番女，一定黝黑、塌鼻、笨醜。沒想到番社的真貌，與自己的想像差很多。首先，番社其實相當富庶。其次，番人雖然皮膚較黑，身材壯碩，但也不乏長相清秀笑靨迷人的番女。最重要的，番女個性活潑爽朗，而且多才多藝，會歌舞，也會幹活。

在歸程，他甚至充滿遐想。他在想，何時可以再上山去會晤瓔玎？

沒想到，王開俊將軍的反應完全出乎他的意料之外。

郭均沾沾自喜向他報告，女大股頭的夫婿，大龜文的實際決策人向他保證，此後不會再殺清國官兵，也不會再殺鄉民……。王開俊卻突然不耐煩地打斷：「我要的是凶手，不是什麼保證！」王開俊又忿忿的說：「保證，保證，生番的保證能當飯吃？」郭均嚇得不敢再繼續說下去。

倒是枋山頭人陳龜鰍伏下身去，向王開俊說：「將軍息怒，大龜文人倒是一向說話算話的。」他見王開俊並不回話，又說：「稟告將軍，在我看來，郭把總這次還完成一件難得的成就。大龜文人現在放棄向我們收田租。等於放棄土地的租借權了，對我們墾民來說，這可是一個天大的好消息。」

王開俊爆喝一聲：「別說了！既然番人不肯交出凶手，又不願到風港見我，我就是被日本人比下去了。你們退下！」

郭均恍然大悟，原來王將軍有此與日本軍別苗頭的心結。

出了營門，陳龜鰍笑著向郭均稱謝：「把總這次大龜文之行其實功德無量。等王將軍怒氣過了以後會了解的。唉，這是官場看法，只求近功，不求遠利。我跑了大龜文這麼多趟，那些番人的心理我知道。日本人要他們來，他們雖然來了，但是其實雙方心理並無交集。日本人所能做的是威嚇利誘，番人則是應付應付，都沒有接觸到雙方衝突的最根本。反倒是這次大股頭夫婿說的才是真心話。大龜文人覺得和我們往來太累了，寧可在山上閉關自守，斷尾切割。反正自有『番割』①去和他們做生意，供應他們槍彈及生活必需品。但這樣一來，王將軍就沒有名目可以去上報敘功。唉，王將軍要的是形式與榮譽，我們墾民要的是安居樂業，平安過日子。今天已農曆十二月二十四了，我們就回家準備過年了。」

枋山頭人在道別時，一再向郭均稱謝。

＊

過完年，大年初五，開張大吉。

這是郭均來到台灣的第一個年，其實也是官兵在風港、在瑯嶠的第一個年。對風港、枋山、莿桐腳的墾民而言，也是此生以來，有官兵和他們一起過年。

不但人不同，連地名都不同。在沈葆楨大人的指示下，崩山已改稱枋山，風港改稱楓港，柴城改稱車城，猴洞改稱恆春，都顯得風雅多了。

官兵的進駐帶來了官銀與官餉，地方的人口和消費變多了。這些墾民，過去對遠在枋寮的官府印象是不太好的。但是王開俊到達以後的這兩個月，卻讓他們有了很不同的感覺。

首先是，王開俊沒有官架子，見到民眾都笑嘻嘻的，而且對部屬也不錯，算是很厚待。但是，他對部屬的約束又很嚴格。他的兵士不擾民。

自除夕到初四，他分別被民眾輪流邀請到楓港、枋山、莿桐腳、南勢湖以及加祿作客。民眾一方面是真心感激，另一方面也是趁機奉承獻殷勤。

王開俊的部隊有一營五百人，分成五哨，每哨百人。他在楓港自領二百人，其餘三百人分別是，加祿一百人，南勢湖一百人及莿桐腳、枋山共一百人②，分別由一位千總率領。

到了最後一天，農曆正月初四的中午，輪到莿桐腳頭人阮有來在鳳安宮宴請王開俊和五位千總。各地的頭人，包括枋山陳龜鰍以及楓港王媽守則作陪。郭均雖然只是把總，但過去兩個月，這一帶的居民都知道他醫術不錯，有病就來相邀診治，因此他人緣絕佳。再加上他兼為王開俊「侍醫」，身分不同，因此也坐上了主桌。王開俊也算心胸寬大，雖然郭均沒有達成讓大龜文番來楓港拜見清國官兵的期待，但並沒有懲處他。

王媽守在橫田棄在的時候，等於是日本兵對墾民的窗口，吃香喝辣，上下其手，好不快活得意。但是風水輪流轉，等到清國官兵一來，在清兵將領眼中，他是被點名做記號的親日派，只差沒有正式指為「台奸」而已。後來郭均替他向王開俊緩頰說道，日本人駐兵於此地時，王媽守身為楓港頭人，和枋山頭人陳龜鰍、莿桐腳頭人阮有來都有不得已的苦衷，必須配合日本人，王開俊才沒有去論罪。枋山頭人陳龜鰍因為和大龜文有一些親戚關係，通曉大龜文語言，人也正派，迅速獲得郭均和王開俊的好感。莿桐腳頭人阮有來也算中規中矩，風

---

①番割：拿貨物到番界和番人以物易物的人士。「割」是「割貨」，漳泉話批貨之意。
②莿桐腳及枋山，隔著枋山溪，也就是大龜文溪的河口，遙遙相望。

評尚佳。只有王媽守，不但被視為親日之始作俑者，而且素行不佳，名聲直降，所以備受冷落。

酒席中大家開懷暢飲，好不熱鬧。在觥籌交錯中，酒量極好的王媽守，難得有此機會親近到王開俊，於是藉此機會大灌軍爺們的迷湯。他頻頻向眾人敬酒，肉麻地吹捧著王開俊等高官。他帶著醉意向著莿桐腳頭人阮有來道：「你們上次扣押了十幾位大龜文番，聽說有一位還是外獅頭目的兒子，真有你們的。」

阮有來此時也已經半醉：「是啊，那一次不但有外獅頭目的兒子，還有三個番女，長得還滿標致。」旁邊有一位民眾借酒裝瘋：「呵呵呵，皮膚雖黑卻很細嫩，被我偷摸了好幾把。」

郭均知道他說的正是璦玎，心裡有氣，但心中知道犯不著去為此惹是生非，便默默忍耐，看這些人醜態畢露說些醉話。

王媽守露出一臉諂媚之色，裝腔作勢的說：「那一天晚上番人來犯，是你們預料之中的啊？你們怎麼不先派人到枋寮稟報王將軍？說不定王將軍親率大軍，飛騎趕到，把大龜文番一舉殲滅，殺他一個不剩。」

那天的事件，本是莿桐腳庄人理曲在先，但後來大龜文人下山到莿桐腳街道大鬧一場，讓一些無辜居民飽受驚嚇，委屈在心。王媽守在此刻加油添醋，竟然全場歡聲雷動，紛紛叫好。

這時又有人提起半個多月前在莿桐腳與南勢湖之間被番人所殺的兩名軍卒，有人叫道：「這是挑戰官府了！」又有人起鬨：「報仇！報仇！為軍爺報仇！」

王開俊早已多杯黃湯下肚，此時突然在桌上重重一拍，高聲叫道：「好，小將誓言，為兩位弟兄報仇！」然後站了起來，一轉身，圓睜大眼，左手扠腰，右手遙指正前方獅頭山，用唱戲的腔調唱著：「我王開俊，於百萬軍中，取番目之頭，如探囊取物耳。」眾人一怔，聽得出這是王開俊仿戲班子扮演長坂坡張翼德，不禁大樂。於是在場軍民紛紛起鬨，大聲叫好，竟然順勢把王開俊將軍抬起，像扛神明遊行一樣，叫著：「嘿咻！嘿咻！勝利！勝利！」在廟埕繞了一圈。

郭均此時也已喝了好幾杯，在醉眼惺忪之中已無力站起，胡亂叫了幾聲，然後趴在桌上睡著了。

第二十六章

正月初五一早，王開俊在年節後首次召集楓港的將士做開春談話，竟直接宣布：「正月初八，進攻獅頭社！」

這簡直是晴天霹靂！

原來前一天中午在莿桐腳正月宴席上，眾人的酒後喧嘩哄鬧，王開俊竟然當真要付之實行！而且連時間都訂好了，就在短短三天後！

王開俊向將士們說，去年十二月間，有兩位弟兄在執勤時給大龜文番殺死了，經查明是內獅頭社幹的。沈葆楨大人來時，他奉命要請大龜文人交出這二名凶手，但是大龜文的大頭目拒絕了。王開俊說到這裡，還特別轉過頭看了一眼郭均。王開俊繼續大聲向部屬訓示，過去幾天與村民聚會，他發現大家都很氣憤大龜文番濫殺無辜。所以他決定順應民情，出兵嚴懲大龜文。「弔民伐罪」，王開俊還特別用了這四個字。

王開俊心中有個夢想，他看過車城福安宮廟口，台灣總兵劉明燈在八年前所立的碑文①。

他期待，他也能有那樣的立功及立碑機會，這樣他會永遠留名青史，這是他一名小小游擊所未想像過的榮耀。

王開俊的計畫是三天後正月初八丑時，官兵分成莿桐腳、南勢湖兩路，突襲內、外獅頭社。王開俊自己率三哨打內獅。李長興、李玉貴則率另兩哨，由南勢湖打外獅。之後兩軍再會合。

郭均非常不安。他知道，王開俊的決定已無法更改。他十多天前去了內獅頭社，曾向大龜文的頭目表示謝謝他的善意。而現在他所屬的部隊將在毫無預警之下，向他們進攻。郭均心中不安，覺得自己像是個騙子。

他心中還有另外的不安。他問自己，是不是因為喜歡上了瓊玎，所以內心有些向著番人。他譴責自己，不應該對長官的決策有所懷疑。

命令下來了。他這個把總兼營醫負責補給以及救助傷患，分配在隊伍的後面。這將是他第一次上戰場。他依然怯懦，不敢想像在戰場上的感覺。他暗罵自己的膽小。

在正月初六的下午，他們移師到莿桐腳，休息了一天。

初八丑時末，隊伍出發了。繁星點點，大地並未完全昏暗，王開俊一馬當先，騎著戰

---

① 1867 年秋，劉明燈應美國駐廈門領事李仙得之請，出兵瑯嶠。本擬攻打下瑯嶠十八社，後來雖未有交戰，劉明燈仍刻石立碑，今仍存車城福安宮。詳見作者另一本著作《傀儡花》，印刻出版。

馬，領著二百多名士兵，在墾民的引導下，進入枋山溪的溪谷。

冬天的枋山溪只有半尺深不到的潺潺水流。郭均隨著同袍，踏著裸露出河床的鵝卵石而行，每個步伐都很沉重。溪水淙淙，兩旁的林木則有如鬼魅。雖是冬天，仍然蟲鳴喧嘩，此起彼落，令郭均覺得有些恐怖，心中抹過一層不祥的感覺。

這條河墾民稱為枋山溪，大龜文人則稱之為大龜文河。由名稱就知道，大龜文的人把這條河流視同他們的大地之母。這整條河，幾百年來，大龜文人在此安逸悠閒地生、老、病、死。但是現在，一、二百年前渡海而來的漳泉或客家移民，來到這個河口平原開墾，也建立他們的家庭。本來他們是向大龜文人租地繳糧的，然後，雙方有了衝突。本來弱勢的墾民，現在有了朝廷軍隊撐腰，反客為主，踏入了大龜文河谷，要直搗大龜文人的部落。

這樣公平嗎？

可是，從另一方面想，這些移民也要生活啊，沒辦法的事。

那麼，是誰的錯呢？

他胡思亂想，無意識地跟著前面隊伍的步伐走著。他發現，隊伍不知不覺中已經離開河床，開始爬坡了。

山坡並不算陡峭。雖然是冬天，山林依然青翠茂盛。沈葆楨形容得好，這裡確實是恆春，四季如春。天色已經微明，軍隊正沿著一條小溪流，溯溪而上。這是枋山溪或大龜文溪支流。他記得再上去有一個大瀑布，璦玎曾經特別帶他去看過。他停步下來，但還聽不到大瀑布的水聲。

在半個多月前，他隨枋山頭人也差不多走過同樣的路。一邊前進，一邊砍伐阻擋的樹枝。這條路一個人勉強可行，但大隊人馬要通過就沒有那麼輕鬆了。

兩趟路的心情也是大相逕庭。他第一趟來時充滿了好奇與興奮。這次，他開始體會到，真正上戰場，要殺人或可能被殺，都令人心情沉重。

耳邊終於傳來一陣嘩啦嘩啦的水聲，他知道大瀑布近了。這瀑布②，有一百多尺高，雖然在冬天，水量仍舊不小，像布幕一樣流下，壯觀極了。由瀑布下流的水聚集成一個碧綠水潭，風景絕美。他也知道，過了瀑布，然後轉個彎向上再爬一段坡就是內獅部落了。

天已漸亮，隊伍前方突然開始輕微騷動。原來內獅頭部落在望，再來的路較為平坦了。隊伍停了下來，稍作整理。他可以聽到將軍宏亮的大嗓門在吆喝著。將軍的長相，有些像是《三國演義》中的張飛，將軍也以此自豪。甚至，郭均覺得，連個性都像，是那種暴虎馮河型的。就像今天，這樣的出兵決定，竟然是在宴席上起鬨決定的。他有啼笑皆非的感覺，但是笑不出來。

隊伍又出發了。隊伍拖得很長，他幾乎是在最後面。

②即現在的「卡悠峰瀑布」，過去稱「內獅瀑布」，離屏鵝公路枋山入口約七至八公里。（見第十五頁圖）

忽然，前面傳來女人的尖叫聲與小孩的哀號聲，然後尖叫變成慘叫，接著遠處空中有黑煙冒出。

他趕緊衝到隊伍前頭。他看到士兵放火燒屋，婦女和小孩紛自焚燒的屋內逃出來。婦女及小孩往前奔逃，兵士在後面追逐。有些小小孩追趕大人不及，有些羸弱老人則一拐一拐自屋內急急走出。王開俊站在一旁開懷大笑：「這些沒用的番人，還逃得真快。」然後大叫：「都給我殺！」於是兵士拔出刀來，抓住沒有抵抗力的婦孺，像殺雞一樣，亂砍亂刺。

郭均震驚了，這哪裡是打仗，這是屠殺啊！他掩臉不忍目睹。一陣噁心，他的胃翻滾了起來，他奔向一間石板屋的背後，把肚子裡的東西吐了個精光。他的胸口劇烈地伏動著。婦孺的悲號聲漸漸變弱變小。他可以想見，番人的婦人小孩幾已被殺光，他不忍出去看那伏屍遍地的景象。他反身走入林中，蹲了下來。山下的溪谷景色宜人，但背後本來和樂的部落，他半個月前來時充滿歡笑的部落，現在成了人間煉獄。他淚流滿面。

他突然想到，璦玎呢？璦玎安全嗎？剛剛他沒有看到璦玎的身影，璦玎在部落中嗎？他想到，剛剛部落裡都是婦孺老幼，好像男人都出去了。他起身驚慌四望，希望能自記憶中找出璦玎的家屋方向，但沒有看出來有熟悉之處。他意外地看到，在一間石屋的後面，有一位大女孩及一位小男孩，瑟縮地躲在屋角。因為是石屋，所以房子並未起火。兩位孩童也看到了郭均，但也許是驚嚇過度，不敢移動，只是不停地發抖。

郭均向他們做了一個不必害怕的手勢，然後把食指放在嘴唇上，表示勿動勿叫。他隨即自腰際解下佩刀，丟在地上。他想了一下，竟然乾脆背向他們，在地上坐了下來。他坐在地上思索著，他以自己為恥，他遠渡重洋，竟然是成為這樣殺戮孩童、婦女的部隊中的一員。

他隱約聽到王開俊召集部隊集合，準備開拔離去的聲音。但他已心灰意冷，不想馬上去與那些殺人凶手之行伍會合。再說，他也雙腿發軟。

部隊嘈雜的聲音漸去漸遠，間歇可以聽到此起彼落得意的狂笑聲。他依稀聽到王開俊的聲音：「我大清豈可輸給倭軍。」

他想，軍伍應該是自山的另一方下山了。

今天出發時，王將軍告訴他們，他們由莿桐腳出發後，會自枋山溪山谷進，到內獅部落後，自七里溪山谷出，回到南勢湖。這樣的路程最短。王開俊已派了在南勢湖的左哨正百長千總李長興和在加祿的前哨李玉貴，各帶一百人，自七里溪谷上溯，攻打外獅頭社。然後兩軍會合，回到南勢湖。

部隊的聲音走遠了。兩位小孩也感覺到了，神情已沒有像剛剛那麼緊張。部落燃燒著屋子的火焰也漸漸滅了。坐在地上的郭均想，自己究竟不適合當軍人。他的本業是救人的醫者，不是殺人不眨眼的兵爺。其實王開俊在出發前也略帶譏嘲，笑著向他說：「你在後陣專心救助受傷的同袍吧！」所以他只帶刀，沒帶槍。相反的，他隨身背了一袋敷傷膏藥及縛傷布條。

他想，他試著先勉力救助一、二位傷者，再追上部隊不遲。

他站起身來。兩個小孩早已不見蹤影。他走到部落中央的廣場，剛剛的殺戮之地。他叫著瑷玎的名字，他想確定歪七豎八在地上的屍身中有沒有瑷玎。然後，他看到躺在地上的老婦，猶發出痛苦的呻吟聲，紅色鮮血正自胸腹汩汩流出。郭均蹲下身去檢視，只見胸口正中一刀，還好為胸骨所擋；上腹刀傷亦淺，似未傷及臟腑。郭均取出布條及膏藥敷料，壓住兩處傷口，果然傷口不再出血，老婦人向他投以驚異的感謝眼光。

郭均打理了老婦人的傷勢，至感滿意。他本專注療傷，忽聞身後遠遠傳來人群奔跑呼叫聲，他方轉身，突然幾聲槍響，左後肩又麻又痛。郭均大驚，本能地站起奔逃。他沿著來路狂奔，但背後槍聲不止，右腿又中一箭。他忍痛閃入密林。眼前正是那個大瀑布上方，已無去路。他往下看了一眼瀑布下水潭，毫不思索，縱身一跳，躍入水中。

第二十七章

這天天未亮，阿拉擺召集了部落中的青年及壯士要出發狩獵。他們有個特定目標：雲豹。因為上次瓊玎和他設了陷阱抓到小雲豹的地方，是在內獅部落沿著內獅溪再往上溯，大約已接近霧里乙山的山麓森林內。雲豹是大龜文聖物。雲豹皮是大龜文頭目夢寐以求之物，不必整套，只要有一頂雲豹皮帽，或一件雲豹皮披肩，就是傳家之寶。既然有小雲豹，大家一致認為霧里乙山中還可以找到其他雲豹。

阿拉擺的計畫讓整個部落都騷動了起來。許多青壯婦女也興沖沖表示要跟著去。瓊玎當然更不用說了，她簡直就是婦女的總指揮。在前幾天，大家已經新設立陷阱，今天他們準備一一去驗收成果。大家也準備搜山，希望找到雲豹糞便或其他雲豹蹤跡。去的人太多了，平時部落都會派人在大瀑布旁守望，今天連被派為守望的人都溜進尋找雲豹的隊伍了。

他們快抵達目的地時，卻望見內獅部落竟然有黑煙升起，驚覺出事了。他們登上高處遠眺，發現有一支隊伍正緩緩下山，走向內獅溪的河谷。他們火速趕回部落，先射倒了猶在場徘徊的郭均，然後留下女人處理善後，男人則馳向內獅溪方向。大家竄入溪旁的密林中，往山下奔去。有幾位快腿則負責通知外獅部落，準備合擊。

第二十八章

王開俊騎在馬上，帶著二百人的隊伍，志得意滿地和屬下細數著剛才的戰果。哨長向他報告，番人至少有十數位倒臥於地，己方則毫髮無損，可說是大獲全勝。有兵士說郭均好像不見了。王開俊正在興頭上，也不以為意，說：「大概一時走散，自會歸隊。」

王開俊得意地說，這一來，他把日本軍比下去了。

「去年日本兵自楓港出兵，雖然燒了女乃社，但仍有日本兵被狙擊受傷。而且日本人只抓到一個年幼番女和一個老太婆。我們一來，生番男人都躲得無影無蹤，竟然把婦孺老幼丟在部落，真是沒種。」

部隊「大捷」之後，大家都想，可以勝利班師回營了。王開俊想當然，李長興那一邊對外獅社應該也一樣手到擒來。眾人開始鬆懈散漫，只等著兩軍會合，回去慶祝。隊伍變得零亂。陽光漸漸炙熱起來。雖是正月，仍然令人汗流浹背。有人為了圖個輕鬆，乾脆把戰袍脫了；也有人邊走路，邊舞著大刀。自山上看山下的田舍、林木、溪流，還有遠方大海，煞是好看。軍爺們第一次由山上看自己的營房、村舍，都覺得很新奇。隊伍逐漸變慢也變亂。竟有些像是迎神賽會的隊伍。

王開俊與哨長周占魁並肩騎在馬上，正興高采烈聊著回去如何向上司奏功，卻不料突然槍聲大作，接著弓箭與槍矛也自兩邊樹林中密集射出。周占魁悶哼一聲，隨即落馬，王開俊驚訝之刻，胸口也已中了一槍。更糟的是，他的馬不知是受傷或驚嚇，一聲哀鳴，雙足立起，把他甩下馬來。

下一剎那，幾十位大龜文人自路邊山崖密林狂嘯跳下。他們手持番刀，對著部隊亂砍亂殺。

現在，另一個屠宰場出現了，只是這回被屠殺的變成官兵了。生番人數其實不如官兵，但他們呼嘯跳躍，官兵被衝得零零散散，完全不成隊形。官兵手中的新式槍枝，這時不但無用武之地，反成累贅。凶狠生番竟在眼前，加上地勢陌生，大家驚恐萬狀，心中只有一個念頭，逃！

大夥向山下狂奔。山路崎嶇，好幾次有人跌倒在地，竟被同袍踐踏而過。路愈來愈窄，士兵們的心也愈來愈慌亂。大家向前方峭壁隘口蜂擁擠去，卻聞巔嶺之上傳來一陣番人尖哨狂笑聲，原來他們早已埋伏於此，好幾個巨石同時自天而降，被砸非死即傷。隘口被堵，官兵頓時如陷阱中的困獸，眾人恍如無頭蒼蠅原地打轉，哀號遍野。而巨石、子彈、刀箭仍不停落下，片刻之間多數人已仆倒在地。

王開俊落馬之後，因為目標明顯，早已為一群番人所圍。他右肩右胸皆中槍，改用左手持刀禦敵。有更多的刀箭向他招呼過去。但他果然驍勇，竟然能與敵人近身搏殺而殺傷多人。他雖突圍而出；但身上除了槍傷，傷口血流不止，插著十多支箭矢，甚是可怖。他歪歪斜斜奮力顫跑數步，終於一個踉蹌，仆倒在地。番人一陣怪笑，擁上前去，把他的頭顱割了。大龜文人終於斬了敵軍主帥，於是一聲呼嘯，盡皆散去。

霎時間大地復歸死寂，只留幾聲呻吟哀號，斷斷續續自草地中發出。

第二十九章

王開俊部隊幾乎全軍陣亡的消息，不但震撼了整個台灣，也震撼了朝廷。已經回到福州的沈葆楨不得已再搭火輪船，又匆匆趕回台灣。

本來沈葆楨認為日本兵已撤離，恆春城已規畫，開山撫番政策也已依計畫而行。開山方面，北路羅大春，中路吳光亮，南路張其光，都有滿意的進展。而撫番本就是長程目標，不可能一步到位。於是沈葆楨認為大功告成，可以向朝廷交代了。在同治十三年底離開台灣，回到福州過年。

沈葆楨和王開俊代表著一般朝廷文官或武將的單純看法。「開山撫番」，簡單說，就是軍隊打先鋒開路，漢人移民隨後跟進。如果生番膽敢妄動、反抗，就由軍隊以武力鎮壓、剿平。撫番與剿番，一線之隔而已，也一念之差而已。

王開俊死後，官方描述這段經過是「葆楨令開俊派汛弁往飭交凶犯，且謂如敢抗違，則不能不示以威。①」顯示清國不論文官武將，都未把生番戰力看在眼裡，也不把生番死活放在心上，更不用說去了解生番或與他們溝通了。大家的想法都很簡單，認為生番靠的只是地形地勢之利，官軍以現代化兵器配備對付生番，只要出手，必可得勝。眼前日本人征伐牡丹社就是一例。日本人出兵石門，幾乎是第一次交手就打死了牡丹社頭目阿祿古父子。而八年前，1867年，劉明燈討伐龜仔用社南番，也幾乎毫髮無損，還刻石記功，立碑於柴城福安宮②。

他們忘了1867年5月，美國太平洋艦隊用兵龜仔用，結果沒能殺死任何生番，反而副指揮官麥肯吉少校命喪南灣海岸的教訓③。

這一次出征獅頭社的犧牲實在太慘重了。出征的三哨二百多名官兵，共九十七名陣亡。主帥連頭顱都被取走，隨行的三名千總哨長，周占魁、楊占魁、楊舉秀盡皆陣亡。逃回來的官兵也多少都有負傷。王開俊雖然只是游擊，官階不算高，但身分究竟是指揮官級的，相當於日本軍的佐久間左馬太或樺山資紀。王開俊一向為沈葆楨倚重。沈葆楨的奏章中，每次提到他，都是誇獎之辭。何況他還是官拜提督的羅大春的親家。

---

①故宮檔案：《忠義王開俊傳》。
②徐如林、楊南郡認為牡丹社頭目是一心出面和日本人談判，因而在不設防下被日本人所殺，若雙方正式宣戰，（見《合歡越嶺道》第四十一頁，農委會林務局出版）牡丹社決非易與，而劉明燈「伐」南番，其實一矢未發。他刻在福安宮的石碑，是清朝官場的誇大風氣，但確實造成後人的誤會。
③參見作者2016年出版的《傀儡花》。

王開俊帶的是福靖右營，分為前、後、左、右、中，五哨。他自帶中、右、後三哨，而左哨哨官李長興與前哨哨官李玉貴本應自南勢湖出發與王將軍會合，但卻遲到了，於是被問罪重懲。李長興更因不待查辦，私自離營，罪加一等，立被問斬示眾。

這場敗仗，轟動全國朝野。新成立不久的上海《申報》，更是連日顯著報導，並加評論。

一月二十九日，人還在福州的沈葆楨，下了命令給鳳山的淮軍總帥唐定奎，要他把原來渡台要對付日軍的淮軍，開入瑯嶠。

二月四日，淮軍總帥唐定奎率領候補知府田勤生，四營二千人，由鳳山來到莿桐腳。王德成與張光亮率七營三千五百人，分駐南勢湖與楓港。

這還不夠，除了六千多正規淮軍，又在鳳山當地招募了一千鄉勇。周有基募了五百名民勇，稱為「有」字營，郭占鰲也募了五百六堆之客家鄉勇，稱為「鰲」字營。於是官兵總數達七千人。郭占鰲是廣東番禺客家，自祖父時已來台，並定居六堆。他生在台灣，長在台灣，對瑯嶠的地形、民情都熟。

唐定奎是合肥人，淮軍嫡系，劉銘傳手下，攻打太平天國，攻剿捻軍，無役不與，是都督級大將。唐定奎視察情勢之後，決定先開路。他描述南勢湖至莿桐腳是「層巒疊嶂，叢林深箐，參天蔽日，蒙密蓊翳，中無一線之路，生番出沒其間。」他又這樣描述番人：「……其色若土，絕非人類；而穿岩攀樹，矯捷無異猨猱。持鳥槍伏要隘，以殺人為雄；人死則取髑髏絡而祭之，類虎之驅倀也。」

唐定奎展現氣魄，將兩旁林木皆砍掉，開闢了三十丈的大路，從此番人不再能藏於路邊密林中。

沈葆楨在光緒元年二月十三日回到台灣，先將所有生還者擢升一級敘功晉用。他聽到所有殉難及失蹤的九十七人屍骨仍未尋回，依然曝於荒山之中，而王開俊的頭顱更是被大龜文番帶走，大為震撼。他下令，這些人全部褒獎、追贈及優恤。

在官方文書中，對王開俊，更是大大褒獎：「……開俊平日最愛民，於是激於義憤，親督中右後三哨……，而獅頭社番先已勾結龜文等十八社，潛蹤阻險，狙伏以待。開俊兵至，凶番猝起，以重圍困……開俊力戰援絕，遂……陣亡……。」

沈葆楨在台灣府台灣兵備道署的書房中，捧起一杯茶，啜了一口。在他看完手下所擬的「忠義王開俊傳」後，又拿起筆來，寫信給已經到了莿桐腳的唐定奎，對他過去半個月的快速行軍及開闢枋寮到莿桐腳大道，獎勵一番。寫著，不免又想到王開俊之死心中不忍，於是又寫下「號令不明，致隕良將」④。對王開俊之死，沈葆楨是有深度自責的。他早已預料到「開山撫番」必遭番人反感。在心中，他當然希望盡量避免對番人使用武力。去年十二月

④光緒元年，沈葆楨致唐定奎書（見《沈文肅公牘》台灣省文獻委員會出版）。在同書的沈葆楨致夏獻綸書，亦有「申令不明，喪我良將」。復羅大春書，則寫「弟號令不明，致玉山罹此奇慘」。可見沈葆楨自責甚深。

十七日，王開俊向他報告，有二名軍士被番人所殺。他向王開俊表示「須示之以威」，但他卻沒有叮囑王開俊不要輕易先對番人動用武力。

他沒想到王開俊竟如此躁進，沒有與番人先嚇唬、溝通，就急急忙忙揮軍攻入獅頭社⑤。王開俊很明顯犯了二個大錯。一是不應孤軍深入，以致中伏；而更糟的是第二點，王開俊不該殺害番社內老幼婦孺。這是他三天前到了台灣，幕僚才告訴他的。這讓他大感不安，因為這樣一來，官方就大大理虧了。再加上他去年就知道，番民之衝突，一開始反而是墾民理曲，不該綑綁外獅頭目之子十三人。因此官方動武就更站不住腳了。

然而他前幾天知道這些之前，他已經派了唐定奎引六千淮軍到恆春了。沈葆楨曾經盼望，大龜文番看到大軍壓境，會自動出來求降，因為七千軍隊估計已超過大龜文番的人數。沒想到大龜文番很沉得住氣，完全沒有動靜。而唐定奎送來的軍情，二月十二日，也就是他抵達台灣府安平的前一天，唐定奎已經派出周志本由南勢湖領二千人，去攻打草山社了。雖然這有些探石問路，探一探大龜文番虛實。

沒想到，當初一個衝突，卻搞到不可收拾，真是星火燎原。

沈葆楨正襟危坐，正草擬寫給同治皇帝的奏章《商辦獅頭社番摺》，說明何以必須用兵台灣生番。他在思考，應如何書寫。

這時，屬下送入一疊上海送來的參考資料。沈葆楨大喜，去翻找上海發行的《申報》，這是他特別要屬下替他寄上的。這是一份二年前，同治十二年在上海開辦的全國第一份報紙。沈葆楨認為，這代表「清議」，因此極為重視。

寄來的《申報》是二月十一日至二月十三日⑥。

沒想到在二月十一日的《申報》，有一篇「台灣官兵被殺情形」，這樣報導著：

臺灣官兵被殺一節……有大不相符之處。……該營出兵二百名赴凶手之村，以圖懲罪——管帶者，王某也；一路未遇敵人。既及該村，番人皆已竄去，惟留年老人及婦女數人而已；官兵皆刀殺之，焚燬房屋而歸。兵士見番人似不敢與敵，於是壯大其膽，從容散步以行。未走多祿，忽有番人無數……。

沈葆楨看了，心情沉重，這就是強烈質疑此次事件完全不像官方說的那麼英勇壯烈。《申報》抨擊王開俊先是妄肆焚燒，又疏於防範，於是召來全軍覆沒之禍。

更糟糕的是，第二天，十二日的《申報》，繼續抓住這個議題窮追猛打。這一篇的措詞更為嚴厲。這一次，《申報》大罵王開俊對番人的態度，遠遠不如之前的日本軍。《申報》

⑤在光緒元年三月，沈葆楨復吳大廷書，沈葆楨本人更是如此寫：「飭交凶不應，以必屠莿桐腳為言。王玉山素愛民，而性急，為婦孺環吁，遂不及會商近剿。始焚其社，繼而中伏。此撫局所由變也。」

⑥見《清季申報臺灣紀事輯錄　第三冊》，台灣省文獻委員會出版。

說日本人「事事皆肅靜有度，而土人因而不懷恨矣」。

而嚴厲批評清兵：

試問殺老小，猶得謂之撫鎮乎？試刃於軟弱老小，猶有何光於官兵乎？……是不過報恨而已；國家之報恨於已屬，豈為事體乎？其大失，則於此一端已見矣。……陳殺秉公以懲罪等事，尚可時久而忘；若肆忍心以殺無辜之老少，是則終身莫能釋之毒怨、戴天不可共之仇讎。而官兵欲結仇恨，豈善後之事官乎？即曰番人潛殺武員兩人，事屬可惡，有應嚴行懲辦；然番人或係先受兵暴者，亦未可知。而官兵反戮殺老小，是與生番之行為不甚差遠矣！而我官兵因野人行惡，猶應自行效惡於野人乎？……番人雖為野人，究亦有人心。吾聞之西人，曾已徧走番境之內，而皆不懼罹害；又聞我華民與之相好者亦有，雖有蓋不與懷恨者，大抵亦實難以為常。蓋野人一與人懷恨，則無慘不行矣。今中兵如是辦事，恐善後事宜實難於成功，勢必番人永遠為負嵎之計；而糜費國銀，似猶無底矣。

沈葆楨臉色鐵青。他不能不承認，這篇《申報》文章說得有理，擲地有聲。可是，身為政府方面大員，他必須考慮更深。王玉山有錯，但若公諸於世，則此次唐定奎剿番師出無名矣。「開山撫番」政策才初開，即遭重挫，不利大清東南沿海防務。

事已至此，他只好硬著頭皮，先替王開俊粉飾一番，否則真不知如何面對外界責難。更重要的，為大勢計，不可因王開俊之死而使「開山撫番」政策夭折。開山撫番太重要了。開山撫番不成功，官府與軍隊不進入番地，則台灣有一天必定生變。列強虎視眈眈，台灣有一天必淪於外人之手，而東南防務盡失矣。他曾向北洋大臣李鴻章剖析台灣的重要，才得到李鴻章撥淮軍精兵的火槍隊銘武軍十三營。這支軍隊除了對抗日本，也可以用於貫徹開山撫番的政策。

總之，開山撫番的政策必須貫徹，付出的代價在所不惜。於是沈葆楨寫下：

……竊思臣葆楨奉命巡臺，意在撫安番社；今易撫為剿，甚非所以仰體朝廷仁愛之心。……若非震以天威，不特內患迭乘……痛懲一、二社，諸社自當懾服輸誠，從而撫之，以為一勞永逸之計……。⑦

「今易撫為剿」，不得已，但不能不「痛懲一、二社」，以殺雞儆猴。

於是，沈葆楨擬定的「開山撫番」，為了達成大目標的「開山」，只好變成「開山剿番」了。

⑦光緒元年二月十七日，沈葆楨〈商辦獅頭社番摺〉。

第三十章

郭均跳下數十丈瀑布，一陣暈眩，落水之刻，更覺天旋地轉，幾乎暈迷。喝了好幾口水，突然嗆醒。求生本能使他奮力掙扎，好不容易爬上岸。他倚著山壁不停喘息，頓覺左肩和右腿之傷口劇痛。番人的吆喝聲仍然自上方傳來，他勉強撐起，用盡餘力，連滾帶爬，終於躲進瀑布下之後方洞穴內部。還好在家鄉時，他時常與鄰居玩伴在江中游泳，泳技不錯，不想今天因此得以死裡逃生。他確定此處應該安全，但不敢出來，怕被大龜文人發現。左肩傷口又痛又血流不止，他咬緊牙關，摀住傷口，好一會兒，終於止血，他再檢視右腿，幸運的，只是皮肉之傷。

他醒來時已經中夜，除了瀑布的水聲，偶爾還傳來一些動物的低吼聲。幸好瀑布阻絕了洞穴與叢林，他沒有遇到什麼猛獸。到了凌晨陽光露臉的時候，他走出洞穴，終於看到枋山溪寬闊的河床了。他一陣激動，眼淚流了出來。他咬牙跛行，沿著溪流慢慢下山。右腿傷勢雖輕，究竟妨礙走路，仍奮力削了一根樹枝當作拐杖。到了中午，他勉強走到平地。遠處有人影晃動，他氣力放盡，終於倒下。

也不知過了多久，他再度醒來。周圍幾個鄉人圍著他。他終於得知，那天與他一起出發的部隊，竟大半喪生獅頭山番域，反而自己劫後餘生。他如在夢中，不敢置信，張口瞠目，說不出話來。

王媽守見他大難不死，向他道賀。死傷的人太多了，也沒有人問他何以脫隊或受傷。他終日發呆，有時突想到幾乎所有在楓港結織的同袍盡成鬼籍，就悲從中來，落淚痛哭。

就這樣，他迷迷糊糊躺了十多天。右腿傷口很快好了，肩傷也終於慢慢癒合了。但槍彈可能傷了骨頭，雖未碎，故一動就痛。

他的腿傷，早已好了，但是他寧可躺在床上閉目裝睡，不願下床。他終日躺著，常做噩夢。其實也不知是噩夢還是幻覺。有時，他眼前出現部落老人與小孩被同袍追殺的哀號；下一刻，卻是出現獰笑著殺害番人老婦的同僚，被生番一刀刺進胸膛，鮮血噴出的畫面。兩種畫面穿插在眼前。他屢屢在中夜驚醒。一閉目，不是番人婦孺橫屍遍地的哭嚎聲，就是同袍被生番追殺的哀叫聲。那一天，他並沒有親見同袍被屠殺的場景，卻何以屢見此幕？他驚懼是否罹難同袍在譴責他臨陣脫逃？

他覺得他快發瘋了。

然後，突然有一天，楓港湧入上千兵士，攜帶著閃閃發亮的新式槍枝。因為人數太多了，他被要求移出床位。他其實也已大半痊癒了，只是心裡魔障未消。他得知，這是全國聞名的淮軍。來楓港的淮軍有兩營，統軍的將領名為章高元與張光亮。他們帶來的銘武軍，更是精銳中的精銳。他大吃一驚，官府派這麼多軍隊來，是要向大龜文開戰嗎？

他開始面對現實。而實際上，隨著淮軍的來到，他也忙碌起來了。

第三十一章

野崖自內文來到獅頭社。他獎勵外獅頭目和內獅的弟弟阿拉擺，共同打了漂亮的一仗。但是兩人都是毫無喜色。因為除了三十名族人戰死，還有十三名部落的老人與小孩無辜被害。瓊玎幫忙族人整理被破壞家園，也從房屋灰燼中挖出了小雲豹的屍骸。那天瓊玎因為也一起外出狩獵，把雲豹留在部落，不料白浪官兵放火燒屋，竟把小雲豹也燒死了，讓她好難過。

先趕回部落的族人說，他們先是看到一位白浪官兵在部落廣場徘徊，因此向他開槍。白浪雖然受傷，卻仍然逃掉了。但是一位受傷老婦人和一位大女孩異口同聲說，那個白浪是好人，因為他救了她們。女孩及弟弟都指證說，那位白浪就是十多天以前來過，後來還在部落過了一夜的那個兵爺。

內獅人這才知道誤傷好人了。他們後來又下山搜尋，但沒有發現到什麼。他們說，希望祖靈保佑這位好白浪。

野崖聽了內獅頭社與外獅頭社的報告，臉色凝重。阿拉擺要求全面向山下官兵進攻。野崖勉強一笑，反問：「如果你是官兵，你會就此罷休嗎？」

阿拉擺一怔，回答說：「你是說……？」

野崖點點頭：「白浪官兵是很要面子的，死了一百人和一個帶頭將軍，他們會善罷干休嗎？你不用下山打他們，他們會上山來打你。全大龜文都要準備應戰了。」

阿拉擺聽了，臉色鐵青：「大哥，我是做錯事了嗎？」

野崖正色道：「不，弟弟，你做得很好。白浪怎麼可以殺老人與小孩？這是最卑鄙下流而應該被祖靈懲罰的。祖靈一定會嘉許你的英勇。」

阿拉擺臉色這才舒緩下來，但仍不放心問道：「大頭目認為，白浪官兵大約何時會打過來？」

野崖說：「我也不知道。所以我來到這裡。我向揪谷大股頭報告了，內文太後方了，所以我會留在內獅一段期間，觀察官兵動靜。我們先召集各部落頭目來內獅商議，特別是臨近官兵的那些部落。要記得，白浪在率芒溪附近的軍隊更多，所以草山部落也要戒備。除了我們內、外獅，旁武雁社（永武社）還有竹坑社離白浪地域也很近。如果以內、外獅頭部落為中心的話，竹坑與草山正好是我們的左、右翼。

「另一方面，罵乳藕和大甘瑪立是草山的後援，阿耶美須、霧里乙是內、外獅頭的支援。中心崙則是竹坑的後盾。我們先把這樣的責任區分配好。至於整個內大龜文也都要團結同心，祖靈會保佑我們的。」

再隔了幾天，哨兵來報，有好多好多官兵到了莿桐腳和南勢湖，他們找了居民幫忙，分別自兩端開路，而且把兩邊的樹都砍光了，成了一條寬大平坦的大路。

哨兵又說：「白浪官兵砍了許多樹林，甚至放火燒山，林中的鳥獸失去棲息之地，族人看了心裡有氣，就伏擊這些開路的官兵。前後殺死、殺傷在十人以上。他們再三強調，他們只殺穿制服的，不殺平民。」

野崖說：「白浪開路，自然是為了運送軍隊、配備與軍糧。看來，一場大戰既然在所難免，我們騷擾他們一下也好。我們也該全面好好準備了，一是槍彈，二是糧食，三是防禦。我們以少敵多，必須以智取勝，要好好利用我們的地形、地勢，設陷阱、路障等。」

第三十二章

野崖的預言成真。

幾天後，哨兵又來報，有好多好多官兵來到南勢湖、莿桐腳與楓港，密密麻麻的遍布海岸，像螞蟻一樣。

二月二十二日，戰爭開始了。

中軍提督周志本及王德成率領了一千多官兵上山。清軍自南勢湖溪溯溪而上，攻擊了位在南勢湖溪麓的草山社。每一個清兵都佩有士乃得（Schneider）新式後膛槍。大龜文人只有老式的前膛火繩槍，而且為數不多。

官兵使用大部隊戰法，而山路崎嶇，大部隊行軍緩慢。大龜文的前哨，早就通報了部隊的移動方向，野崖和部落頭目很輕易就猜到了他們的目標。野崖好整以暇地自大龜文各部落徵調了好多位帶槍的勇士去馳援。平日不到二百人的草山社，因此有三百人參加了戰役。大龜文人早已盡撤老幼婦孺，並在最前線設了陷阱、路障，阻礙清軍。

雙方一開始接觸時，大龜文人還能阻擋一時。但時間拖久了，彈藥用完，火力變弱，相對之下，官兵仗著人多，彈藥源源不絕，步步進逼。雙方激戰兩個時辰後，親自率兵馳援草山的野崖下令大龜文戰士迅速往後撤退，以保存實力。此役中，大龜文有十多位戰士殉難。官兵也損失了一位高級部將，副營左哨官游擊束維清，還有好幾十名士兵傷亡。

阿拉擺也帶了七、八十名戰士去支援與參戰。這一役他們讓清方了解，雖然官兵人數及武器都遠遠超過大龜文人，但即使是正面對決，大龜文也絕不畏懼。大龜文人是不可欺凌的。大龜文的精神是人不犯我，我不犯人。人若犯我，一定得付出代價。

大龜文人的目標在保護他們的土地與人民。官兵雖然攻入草山，焚毀了草山部落，但大龜文人遷徙部落，本來就是常事。房屋雖然被焚，但官兵也無法占領，終得要走。官兵前腳出，大龜文人後腳已出來重建家園或乾脆遷徙他地。這是部落的特質，也是大龜文人的韌性。

這一仗，雙方的損失都不大。野崖判斷，敵人不會就此罷休。果然，三月十七日，官兵又展開第二波攻擊。

這一次官兵的目標是南方大龜文溪南岸的部落竹坑社。這也讓野崖猜中了。野崖的判斷是來自去年日本人對牡丹人的三路攻擊。日本人同一天由北路攻擊了女乃社，中路攻擊牡丹社，南路攻擊竹社。清國既然分次攻擊了竹坑社，野崖命令各社馳援竹坑社。在草山社的戰役中，阿拉擺擔任側翼支援，但並未真正參戰。而在竹坑社的戰役中，阿拉擺一開始即加入協防，他漸漸嫻熟如何布陣防禦，甚至也學習清國官方設各種路障關卡，頗有大將之風。

野崖的情報，官兵人數遠比去年到牡丹社的日本兵人數為多。野崖覺得很慶幸，官兵沒有像日本人那樣，分三路在一天之中同時進攻，否則還真的難以招架。但是官兵集中火力，每一波的進攻人數都比日本人多上好幾倍。

有了草山之戰的經驗，大龜文人更了解官兵的戰法。於是他們和官兵在山裡捉迷藏，讓敵人繞圈子，消耗敵人體力，然後伺機伏擊，讓官兵處於莫名的恐懼中。伏擊的族人有時也不能全身而退，但敵人的傷亡更多。大龜文發現，在清兵軍營中，常有呻吟聲傳出，然後有屍體自營中被抬出。天氣漸漸熱了，顯然官軍不適應這種氣候。

三月二十五日，清兵在林中又被大龜文人伏擊，死傷多人。大龜文人照例打了就跑，清兵後來雖然還是攻進部落，大肆搜索卻發現徒勞無功後，只能放火把草寮燒光洩憤。清兵一則不熟悉地形，害怕伏擊；二則不習慣蚊蟲肆虐，毒草滋生，加上山中補給不便，兼又天氣炎熱，疾病如影隨形，常常第一天猶生龍活虎，第二天腹瀉不適，再一天就暴卒營中。官兵可說是草木皆兵，士氣低落。

但是，清軍人多，因此仍然到處有戰事。有一個小部落本武社被清軍突襲焚毀，部落的大人、小孩也有十多位喪生，這對大龜文人和野崖也是個打擊。於是，野崖暫時回去了內文，向內文的大龜文貴族商議。官兵人數太多了，戰爭這樣一直下去，沒完沒了。死傷愈來愈多，大龜文人的心情也愈來愈沉重。

第三十三章

唐定奎皺起了眉頭，前方的戰報太出乎他的意料之外了。他沒想到，大龜文人這麼難纏。將士的傷亡名單讓他心裡發麻。自二月二十二日出兵迄今四月中旬，已近二個月了，整個大龜文依然在頑抗。

日本人來到牡丹社不到一個月就形同占領牡丹社，不到二個月，整個瑯嶠就已在掌握之中，各部落紛紛來降。日本兵也有不少人病死或戰死，但將領都無恙；而淮軍迄今已有不少將領出了狀況。

首先，大龜文人機動性高，集結迅速，後撤也快，一下子消失得無影無蹤，追殺不易。更出乎意料之外的是，他們的兵器，比清軍預估的好多了。在草山一役，他們只是零星槍響，遺落在戰場的是舊式火繩槍。到了竹坑一役，火力明顯變強。官兵受到的都是槍傷，不是刀傷或箭傷。更令人驚訝的是，竟然在戰場上擄獲一支比官兵佩槍還新式的後膛槍。

其次，是瘟疫。幾天前，兩位提督，章高元在楓港，王德成在南勢湖，分別病倒。

而今天，更讓他震撼：與章高元並肩作戰的提督張光亮也接著發病，二天之後，四月十四日病歿在山上。

他拿起將領死傷名單：

武毅副營左哨官游擊　柬維清　戰死　槍傷
武毅左軍提督　張光亮　病歿
武毅副營提督　章高元　重病回營
武毅副營提督　王德成　重病回營
銘軍中前營左哨官副將　楊春泰　槍傷
左軍正營幫帶副將　馬加銀　槍傷
左軍左營哨官游擊　張賢秋　槍傷
千總　郭占鰲　箭傷

淮軍在去年九月來台，到十二月底就病死了約三百人。自一月底到瑯嶠迄今，不到三個月，雖然征剿了大龜文的草山社、竹坑社及本武社①，但事實上只是燒了一些草屋，而未能讓番人來降。他戰報上寫得漂亮，好像戰果豐碩，但實際上大龜文的人員傷亡有限，反倒是自己的軍隊戰死的不少，病死的更多。去年日本軍營的噩夢，如今自己也碰到了。

去年日本人至少病死六、七百人。如今在台淮軍死亡人數早已超過，接近兩個營，幾達一千人。提督級的張光亮已死，如果王德成和章高元也重病救不回來，那就要死三個提督了。為了一位游擊和近百名湘軍之死挑起戰爭，而賠上可能三個提督和一千以上淮軍精銳的性命，太不值得了。他必須要想辦法好好結束這個戰爭，才能保持自己的顏面。

他知道，該是自己親自出馬的時候了。必須一舉大破內、外獅頭社才行。他進攻草山和竹坑兩個部落，是先切斷內獅和外獅的兩翼。而現在，是打一場決定性戰爭的時候了。他要親自領軍，大破內、外獅頭社，他要讓大龜文人出降。

他規畫著：如何畢其功於一役。他決定要在一天之中，同時攻破大龜文兩大部落的內、外獅頭社。內、外獅頭社，互為犄角，又是大龜文人數最多的部落，此次戰爭的禍首。攻破這二部落，一是讓大龜文人死心出降，二是為王開俊復仇。

他本來的部署是北路由周志本、王德成自南勢湖沿七里溪攻外獅頭社；中路自己領軍沿龜紋溪正面攻入內獅社；南路張光亮、章高元領軍，由竹坑社到內獅頭社後山，而成前後夾擊之勢。這樣三路夾擊，讓內、外獅的這些禍首凶番一個都逃不掉。卻不料南路的張光亮出師未捷身先死，而章高元病重，指揮大任於是交給知府級的文人田勤生。

①或稱旁武雁社。

這一仗非完勝不可。大砲已經運到了。他撫著粗大的砲管，心想，這次番人會知道我大清的厲害。但是，要運大砲上山談何容易。

昨天早上，他以身先士卒之姿登上高山頂，用千里鏡遠望獅頭社，尋求運砲的路徑。皇天不負苦心人，他終於觀察到大龜文人除了搬巨石以阻路外，竟然也學到清兵的戰術，用削尖的竹子或木頭，在山路建了柵欄，而挖築陷阱，設各種絆腳器，在土中埋設尖竹，這早已是番人捕獸所慣用。主帥的用心激勵了士氣。今天一整天，他很高興看到軍隊的士氣又高昂起來了。大家已準備就緒，養精蓄銳已足，再加上大砲順利地運來，全員充滿信心，要讓生番嘗到空前未有的大挫敗。

月亮升起了。唐定奎望著星空。今夕，是決戰前夕，滿天星斗，明月高掛，白色的月光灑了一地。雖是半夜，周遭蟲聲喧嘩。南台灣的夜晚，比家鄉合肥燥熱，令人難以成眠。他想起家鄉，想起軍旅生涯。明日這一仗，又會有多少弟兄成仁？沒想到，在台灣的戰爭會如此辛苦。他這一生戎馬，打過太平天國，剿過捻匪，也算自煙雨江南打到塞外漠北。十多年來，風塵僕僕，轉戰四方，率領的是淮軍最精銳的銘軍。不想此次來到台灣，沒有和日本軍打仗，他率領的將士卻已逾千人命喪台灣。

這一千多人埋骨台灣了。他們的親人遠在大海那一邊。恆春又是台灣荒僻南疆，大概永遠盼不到家人來祭墳掃墓了。

去年年底，他在駐軍大本營的枋寮近郊北勢寮買了一塊地，埋葬了在過去半年中病死的三百人。而在今年一月底，他移師南下，準備對付大龜文人之前，又陸陸續續死了不少人，總計埋在北勢寮的已有七百人以上。

而自從二月至現在，與大龜文番作戰二個月了，耗時超過預期，傷亡也超過預期。瘟疫是原來沒有想到的。戰事未畢，戰死的和病死的也至少五、六百人了。而最大的戰役，才正要揭幕。

七百人加上五、六百人，一共一千二、三百人了。他帶了六千五百人來台，才半年出頭，整整折損二成了。

他心情無比沉重。將士們離鄉背井，本為捍衛疆土，遏止日本人的狼子野心。但如今日本人已退，「撫番」卻變成「剿番」。他帶來的淮軍，不是和日本人作戰，而是和台地生番作戰，且已有二成埋骨異鄉，而戰爭看不到終點。

他黯然了，他向天祈禱戰爭可以趕快結束，希望將士們死傷到此為止，希望他帶來的淮軍兄弟不久可以班師回鄉。

他突然打了一個寒顫。他想到張光亮，由生龍活虎到病死只有二天，人生難預料啊！

他默默在心中向神佛為自己祈禱，讓自己也能安全返回合肥家鄉。

第三十四章

大龜文面對清軍的前線部落，北有草山，南有竹坑，中有內、外獅頭社。現在，草山、竹坑俱已焚毀，顯然中間的內、外獅頭社就是清軍的下一個目標了。而獅頭社既然已失掉左、右兩翼的掩護，只有靠後方其他部落的奧援。於是，野崖向後方各部落徵調了二百多名勇士，都持著槍，有一百名到了外獅，一百名到了內獅。而不用說，部落中的婦孺早已撤走，只留下戰鬥人員。

阿拉擺已經知道了清軍運來大砲的消息。他想，他最重要的戰略措施，就是要阻止大砲上山，於是他勘察地形，在上山的小徑上設下路障。他布置了巨石，挖了陷阱，甚至向清軍學習設柵欄，他削尖木頭或竹竿，設立了五重柵欄。當快中午的時候，工事大抵布置完成，於是他回到了部落。

出乎意料之外的是，野崖竟然在部落裡迎接他。而更令他驚喜的是，他日夜思念的烏蜜，竟然也與野崖一起到了內獅部落來探望他。他又高興又吃驚，瞠目結舌說不出話來。內獅社的婦孺都已經後撤，就連妹妹瓊玎也在五天前就後撤到後方的霧里乙社，他的大股頭哥哥竟然反而帶著他的未婚妻情人到最前線來看他。他當然希望能夠看到烏蜜。但是依照大龜文的禮俗，應該是他到內文去看烏蜜，而現在反倒是烏蜜來看他，又是在戰爭最緊張的時候，太瘋狂了。

「老弟，不是我帶烏蜜來的，是烏蜜偷偷跟著我們來的。當我發現她的時候，我們已經走了大半的路了。我們怎麼勸她回頭，她都不肯，這下子我們不知如何向她父母交代了。而且，我們為了趕路，走得很快，這小女子一路跟得緊緊的。」

平日看似聽話乖順的烏蜜，竟然做出這麼瘋狂的行徑來，阿拉擺不可置信地望著烏蜜。烏蜜先是嬌羞的低下頭去，卻又突然抬起頭來，扮了一個大鬼臉，把大家都惹笑了。阿拉擺看到了自己未來妻子頑強的一面了。

大夥兒在一起吃了午飯，那是野崖大清早自內文部落帶來的。沒想到，烏蜜也帶了她前一夜做的麻糬來了，她顯然是早有預謀的。阿拉擺無比感動，緊緊握著她的小手，捨不得放開，只用一隻手吃飯。

吃飯時，野崖告訴大家說：他已召集了二百人到霧里乙集合，估計明天清晨可以趕到內獅。所有人都歡呼起來。

吃完飯，依照阿拉擺的計畫，還要繼續去做未完的工事，但烏蜜的到來，讓他捨不得離開。沒想到烏蜜說：「我和你們一起去做工。」到了工地，阿拉擺叫烏蜜在旁邊休息即可，烏蜜卻微微一笑，用頭巾一繫，拔出工作刀，也認真地幫忙處理砍下來的樹木，去枝葉後，削成長木，然後奮力打入地下，感覺上竟不輸男人。顯然烏蜜卯足全力，要拚給情人刮目相看。但是烏蜜這樣的拚命式做法，女性的耐力本來就差，午後的陽光又惡毒，烏蜜終於還是臉色脹紅，氣喘吁吁，滿頭是汗。阿拉擺看了心疼，要她停下來，烏蜜也實在撐不下了，勉強一笑，帶著滿臉歉意。

烏蜜坐在樹下，因為疲累，很快睡著。在睡夢中，卻聽得不遠處阿拉擺等人的驚叫聲，她也驚醒了。

第七部

阿拉擺：英雄別姬護內文

第三十五章

阿拉擺忐忑不安地回到部落。心情惡劣。剛剛他率領其他戰士們在挖設陷阱時，竟然挖到一條死去的百步蛇。烏蜜也跟在隊伍的後面，她不敢跟阿拉擺走在一起。她心中惶恐，是否她的某些輕率行為觸怒了祖靈？她在心中默禱，祈求祖靈息怒。

那是山徑路上一個天然凹陷之地，有些潮濕，上面還長著雜草。大夥認為這是設陷阱不錯的地方。大家準備再挖深一些，然後上鋪雜草，希望可以讓官兵吃點苦頭。沒有想到，卻挖出一條百步蛇的屍體。

阿拉擺與同伴小心翼翼用一塊布包好死去的百步蛇，攜回部落，向大龜文總頭目的哥哥野崖報告這件不尋常的事。野崖此行，正好也帶了一個女巫同來，為內、外獅的戰士祈福。於是，女巫馬上應召到來。

百步蛇是他們族人心中的聖物。大龜文人自認是大武山下來的百步蛇的子孫。死去的百步蛇想當然是個凶兆。但到底是怎麼樣的凶兆，如何趨吉避凶，眾人都屏息著等待女巫的回答。

女巫仔細檢視著百步蛇。她說，這隻百步蛇身軀不大，應該是一條年輕的蛇。然後，百步蛇的身軀上有好幾處破損的鱗片，有半數明顯看出鳥嘴的啄痕。傷口集中在蛇身的前三分之一部分，有二、三處深可見肉。百步蛇尾巴的部分卻有一大塊不見了。

而果然在附著的泥土中，有脫落的鳥羽。這下子大家再無疑義，這隻百步蛇應該是和一隻大鳥惡鬥，由羽毛看來，可能是熊鷹。百步蛇不幸落敗，被咬死後，尾巴有一部分被熊鷹吃掉了。而為什麼天上的鷹會與地上的蛇惡鬥，大家都百思不解。

這時，野崖搖搖頭，說：「我認為還有一個可能，蛇不一定是鷹所咬死的，更有可能蛇先死了，曝屍草中，鷹在天空上看到了蛇屍，就下來啄蛇屍，而在拍翅時或用力咬蛇時，羽毛脫落了。」大家聽了，都說有道理，但可惜無法去證實。

女巫說：「不論那一種可能，我來請示祖靈。」女巫先向前後左右都撒了聖水，然後開始唸唸有詞，時而吟唱。等作法結束，她望了望野崖，再望了望阿拉擺，眼神中明顯透露著不安。遲疑了一下，緩聲說道：「我們部落最近可能會損失不少年輕人。這是祖靈剛剛告訴我的訊息……」她停頓了一會，眼睛在野崖及阿拉擺的臉上飄動，又斷斷續續補了一句：「特別是尊貴家族的男性，嗯……，要……要特別小心。」

尊貴家族的男性，當然是暗示野崖或阿拉擺了。

野崖聽到女巫這麼說，反而鬆了一口氣。他心中害怕的，是百步蛇代表整個大龜文族人，他怕的是，一條死去的百步蛇，會是象徵整個族人的厄運。他望著不遠之處一株粗大的鴨腱藤，他想，只要族人能保全，只要祖靈留下來的土地能保全，即使犧牲了自己的性命，或者自己與弟弟的生命，又有何懼。他若為保存大龜文而死，他的靈魂循著彎彎蜿蜒的大藤木而上天與祖靈相遇的那一刻，他可以無愧。

女巫說完，大家都默默無語。空氣很凝重。

野崖的反應很快。他大聲說：「官軍來攻，當然我們不免有傷亡。但是……」他高舉雙手，大聲叫道：「祖靈會保佑我們的！」他帶領大家高呼代表勝利的長叫，然後請求女巫做祈福儀式。大家圍成一圈，大聲吟唱著〈榮耀大龜文〉，一連唱了三遍。

我們是大龜文，榮耀光彩
我們是大龜文，名滿四方
我們是大龜文，至高無上
我們是大龜文，富足豐樂
我們是大龜文，四方納貢
我們是大龜文，永世傳續
我們是大龜文，永世傳續

眾人合唱方畢，阿拉擺又大喝一聲，帶頭跳起了「勇士之舞」，大家紛紛加入。舞罷，阿拉擺意猶未盡，示意大家，他要獨唱。

於是他唱起〈勇士之歌〉。

啊，勇士們辛苦了！
啊，勇士們辛苦了！
在我的土地上，屬於我的人事物，我都會看顧。
啊！勇士們辛苦了！
當我去狩獵的時候，獵場就像我家的廚房一樣。
啊！勇士們辛苦了！
大家來說說自己的成就！讓大家來見證。
啊！勇士們辛苦了！
碰到黑熊（敵人）的時候，我會勇敢的制服牠。
啊！勇士們辛苦了！
當我去狩獵的時候，獵場就像我家的廚房一樣。
啊！勇士們辛苦了！
頭目過世的時候，我會第一個跑到他們前哀悼。

阿拉擺唱出他從未有的高亢歌聲。常唱到最後一句「頭目過世的時候⋯⋯」他已淚流滿面。在淚眼模糊中，他覺得祖靈正在遠處呼喚著他。他的歌聲在昂壯中帶著淒涼。其他人圍繞著他和著聲、流著淚。所有人都向祖靈發誓，要捍衛祖靈留下來的每一寸土地。

烏蜜站在旁邊，強忍著眼淚不哭出來。她自阿拉擺堅定而傷感的眼神讀出了阿拉擺心中的想法：阿拉擺已決心赴死。

她心中透亮。如果是野崖和阿拉擺之間必須選擇一人為大龜文犧牲，阿拉擺必然毫不猶疑選擇自己。甚至，犧牲赴死已成了他自己的意願——阿拉擺樂於赴死，勇於赴死。雖然阿拉擺一句話都沒有說，她直覺，她即將失去阿拉擺了。而且，局勢是無可挽回了。

阿拉擺歌聲停歇時，她終於還是忍不住流淚了。但是她不敢哭出聲，連啜泣也沒有，她只讓眼淚沿著雙頰流下來。

在淚眼模糊中，她看到阿拉擺走向野崖，恭恭敬敬地行了個大禮，然後笑著請示野崖：「大股頭還有什麼吩咐，阿拉擺趕快去遵行。」野崖搖搖頭，拍拍他的肩膀，表示嘉許之意。阿拉擺卻突然轉為嚴肅，平靜而堅定，一字一字地說：「那就請大股頭一行人現在就回內文。」說完，才回頭瞥了一下烏蜜，頭卻隨即低下，似乎不敢正視哭泣的烏蜜。

烏蜜的心幾乎碎了，她看穿了阿拉擺的不捨。烏蜜雙腳發軟，口中輕聲迸出一聲：「不要！」

野崖不失頭目的鎮定。他拍了一下弟弟，然後拍著阿拉擺的肩膀：「不必趕我走，我自有盤算——還有……」野崖望著烏蜜：「烏蜜好不容易來了，你們就把握時間相處吧！放心，我會帶著她回內文，等這場仗打完，你們快一點成婚，我來為你們主持婚禮。我會向烏蜜的父母說，中間的禮數，能省則省吧。明天早上，等霧里乙的援軍來到，我就回內文。究竟因為白浪搗鬼，你們也拖太久了，再拖下去要撒鹽了！」

野崖故意說得輕鬆，大家都笑了，連阿拉擺都發出笑聲。阿拉擺有些故作輕鬆地走向烏蜜：「烏蜜幼滴①，妳初次來到內獅，我都還沒有帶妳出去走走呢。還好是夏天，日頭甚長，我帶妳去內獅走一圈。」

野崖等人看著阿拉擺和烏蜜攜手走出頭目家屋，步下平台，兩人身影漸遠。野崖長長嘆了一口氣，心想：「這苦情的一對啊。」

*

阿拉擺攜著烏蜜的手，走向內獅瀑布。這瀑布是內獅最有名的景色，特別是瀑布下的水潭，是全內獅的小孩在夏天聚集嬉戲的地方。但現在因為所有孩童婦孺都疏散到後方的部落

---

①姑娘或ㄚ頭之意。

去了，竟空蕩蕩不見人影。

夏天到了，瀑布的水勢甚盛。潭水碧綠，被瀑布激起陣陣漣漪。阿拉擺忙碌一天，全身燠熱，看到清涼潭水歡呼大叫，全身泡入水中。他試圖游到自空而降的水流下沖澡，那是他的最愛，但他游了一會，卻不見烏蜜跟來。原來烏蜜雖然走進潭內，但才二、三步就駐足不前，愣愣站在淺水處，好似興趣缺缺。

阿拉擺回頭走到烏蜜身邊，卻發現烏蜜眼眶泛紅。烏蜜見到阿拉擺回到她身邊，再也忍耐不住，哇的一聲大哭起來。阿拉擺起初有些手足無措，隨後猛然把烏蜜緊緊摟住，說：「烏蜜不要哭，烏蜜不要哭。」烏蜜突然被阿拉擺抱在懷中，嚇了一跳，竟不哭了，由傷感轉為嬌羞，把頭深深埋入阿拉擺的胸膛。阿拉擺見她平靜下來了，也捨不得放開。他嗅著烏蜜的髮香，他的手也由緊抱變成輕撫，他輕撫著烏蜜的長髮及烏蜜的耳際。

阿拉擺想起他初次遇到烏蜜，烏蜜也是像這樣站在水裡。他心中再度浮起她驚鴻一瞥的美麗裸背，而現在，他正摟著令他有空就回想起來的美麗身軀，於是他摟得更緊了，他吻著她的額頭、耳朵與臉頰，她羞怯低頭閃躲，用手想推開他，但卻毫無力道。他也突然驚覺，雖然已近黃昏，但四周仍是明亮，他默默放開她的身體，但緊握她的手不放，好像怕她逃跑似的。

他牽著她，走到瀑布水流的後方。瀑布後面大石頭下的一塊平地，有似洞穴，洞口則是由上而下的瀑布水。水流掩蓋了陽光，水聲也掩蓋了外面的聲響。她尚未站定，他又一把把她拉了過來，放肆地揉著她的身體，用力地吻著她。她發出輕柔的嘆息聲，他感覺到她身體微微的顫抖，繼而無力地攤在他的臂彎中。他喉嚨突然發出一聲像是山豬的低吼聲，他似是攫住獵物，緊抱著她躺下。她的身體完全暴露在他的目光下與身子下了。她的腦子一片昏眩，她知道自己不可以這樣做，這是違反大龜文禮俗的，是會被部落的人恥笑，會被長輩、父母痛責的。但是她不忍拒絕，也捨不得拒絕。他突然抬起頭來，他看到她也正雙眼迷惘地望著他，雙唇微微笑著。她的微笑鼓勵了他，他俯身下去，吻得她幾乎窒息。他不住地揉她吻她。她的身子又顫抖起來，微微弓起。他緊緊壓住她，不讓兩人身軀之間有一絲空隙。兩人緊緊抱著，良久良久。她發現他竟然抱著她睡著了。她掙脫著坐了起來，她望著他熟睡的臉龐，像一個母親望著初生的嬰兒，心中充滿了愛憐。

她拿了他的衣服蓋在他裸露的身軀，像母親怕嬰兒著涼。她也整理了一下自己的衣服。他睡得很熟。她也就靜靜坐在他身旁，望著他的睡姿。

她胡思亂想著，想著在內文溪邊的初逢，想著她期待中的未來婚禮。但是當她的思緒又想到今天下午的百步蛇以及女巫的話語，以及他剛剛在亢聲獨唱著戰歌時那種決心赴死的眼神時，她又淚流滿面起來了。她望著他年輕英俊的臉。她會再見到這張臉嗎？他即將去迎接一場戰鬥，一場攸關族人生死的戰鬥。他的負擔竟是那麼沉重。她又躺了下來，充滿愛憐地依偎著他。她把臉貼著他的臉頰。

她的動作終於吵醒了阿拉擺。阿拉擺坐了起來，一副驚醒的樣子，叫聲：「啊！」他望了望烏蜜，似有歉疚地親了她一下，然後匆匆站起，快步走出岩洞，步上山崖，顯然是一心掛念著戰況。

夕陽已經貼近地平線，遠處天邊抹上一片紅霞。他眼下的山巒林木，漸漸轉為暗青色。耳邊，大瀑布傳來陣陣水聲，與昆蟲的叫聲交織著。空氣中則傳來陣陣花香，他不覺深深吸了一大口氣。孕育他成長的這片土地太美麗了。他不怕死，但是他捨不得離開這美麗的家園。他長嘯一聲，把心中的鬱悶都發洩出來。稍早，他從女巫的眼神中，看出一切，女巫相信神諭很明顯，就是部落中最尊貴家族的野崖與他，一定得有人犧牲。他心中向祖靈默禱，不要兩人都死難。如果有一個人要死，就選擇他這位當弟弟的吧。野崖是全大龜文最尊貴的大股頭領導人，他不能死。

阿拉擺眼尖，看到遠處山下的密林中，突然有好多隻鳥由林中撲翅而起，然後四竄。這時已是夕陽西下，鳥兒歸巢之時，這些鳥兒的舉動太不尋常，顯是受到驚嚇。接著，似有樹木倒下。天色驟然暗黑下來。太陽下山了。阿拉擺又發現，同一地方，有火光搖動，有人影晃動，還露出似乎是大砲的砲管。他霎時領悟，這是白浪官兵在伐樹開路。而開路的目的是為了運送大砲上山。如果大砲已經運到了山麓，那麼他們很快就會來進犯部落。

然後，他又猛然想到，今天是月圓之日。顯然官兵會利用月光最明亮的晚上來夜襲。

他也頓時領悟，百步蛇在今天白天出現，豈偶然哉！這是祖靈的示警，他在心中默默感謝祖靈。

這時，烏蜜也跟上來了。兩人快跑回到部落，向總股頭野崖報告這個發現。果然也正好有派在山下的前哨來報，發現有敵蹤。

幾乎部落的所有人都同意，大砲即將上山。決戰就在今夜了。野崖似乎有些吃驚，官兵的行動比他預料中的快。

第三十六章

野崖和阿拉擺召集眾人，確定了分組任務。在過去十多天，阿拉擺早已完成了各種準備，他在可能上山的路上構築了五道障礙柵欄。他們也加設陷阱，搜集巨石，或以砍下大樹幹橫在路上，以阻擋敵人上山。有人甚至把珍藏多年的鹿角捐了出來，作為架槍之犄架。更重要的，野崖以重金，經由射不力人添購了新式槍枝。

準備工作完成後，大家又在廣場上聚集起來，在女巫的引領下，再吟唱了一次〈勇士之歌〉。已經入夜了，月光如水，歌聲在夜空飄蕩著。

歌曲本應是雄壯的，但烏蜜卻覺得眾人的歌聲愈唱愈淒涼，她領悟到，生離死別的時刻來臨了，不只是阿拉擺，而是對所有廣場上的勇士。她躲到廣場角落的一棵大茄苳木下，默默流著淚。她今天本來是高高興興來見情郎的，沒想到流了這麼多淚。

儀式完成之後，阿拉擺走到女巫面前，建議女巫離開內獅，到後方安全部落去，並向野崖望了一眼。女巫表示會意地點點頭，向野崖說：「也請頭目與我一起離開。」野崖一怔：

「好，我答應你們，我會離開，但不是現在。我留下來作戰一陣。」

向來對野崖唯命是從的阿拉擺卻堅定地回答：「請總股頭哥哥速走，阿拉擺需要援兵，請頭目速回霧里乙並請援軍提早出發來內獅。」

野崖終於點點頭：「好，我會帶烏蜜一起回去。」然後大聲說：「勇士們，謝謝你們，祖靈會保佑大家。」眾人做了勝利呼喊。

烏蜜也走到阿拉擺面前。她心知肚明，阿拉擺已決心赴死，這是最後一面了。她永遠不可能再看到阿拉擺了。而今天，眼淚也差不多流乾了。她強作鎮靜，擠出一絲笑容，執著阿拉擺的手：「阿拉擺，聽好。這是約定。我們在內文等你。祖靈會保佑你！」

阿拉擺心如刀割，也擠出微笑，輕輕擁抱了她一下。

於是，野崖帶著今天白天來的一行人，下山了。

阿拉擺目送著烏蜜的背影，但烏蜜很快就消失在暗黑中。

他在月光下佇立著。然後突然大喝一聲，轉過身來，面對敵人的方向。

*

月已上中天，皎白的月光灑在山頭上。山下開始有陣陣嘈雜聲傳來。儘管敵人已全力壓低聲音，但究竟無法完全遮掩，而不能遮掩的，是火光，究竟清軍上山必須有火光。

最高戰略是不能讓敵人上得了山頭，直接把敵人擋在山下。山下聲音愈來愈大，亮光也出現，可以確定敵人已經試圖上山了。山路窄而險阻，於是阿拉擺命令，先把石頭推下山，果然山下傳來哀嚎的聲音。而大石頭也多少阻絕了上山之路。

但是，敵人仍然上山了。官兵仗著人多的優勢，一波又一波往上衝。敵人出奇勇敢，不倚賴山路，滿山遍野爬了上來。敵人開始用大砲攻山，砲聲很震撼。大砲轟掉了路障，然後官兵跟在背後上山。大砲之後，如雨的槍彈飛了上來。敵人子彈的射程很遠，有幾位弟兄受了槍傷。

阿拉擺身先士卒，冒著槍聲，帶領大家繼續把長木頭和石頭推下山。石頭掉落，發出隆隆巨響，也夾著敵人的慘叫聲。有些樹林開始燃燒，照亮了黑夜。受驚野獸飛鳥，自林中亂竄亂飛。

敵人的火力太強了，人數也太多了。他們多方面攻擊。雖然地形地勢對大龜文人有利，但敵人在過去一個月內砍掉了好多樹，多開了兩條上山的路。現在他們分自不同的方向進攻，人數之多，火力之強，超過預料。阿拉擺不得已把有限的戰士分散各地，於是開始有些左支右絀了。受傷的族人愈來愈多，而他們所設的陷阱和路障也一一被破壞了。更糟的是，他們和外獅部落的聯繫道路被清兵切斷了。阿拉擺和幾十位戰士現在都已退到部落內了，這是他們的最後防線。

大龜文人的大部落如內文、草山、內獅頭，大約有二百多人；中型部落像外獅、竹坑，大約是一百多人；少數小部落如本武，則不滿百人。此刻雖有各路外援，但扣除老弱孺，可戰之士內獅頭不過一百五十人左右，外獅頭只約百人。白浪官兵太多了，前後左右山坡都有敵蹤。漸漸地，兩個部落被包圍孤立了。內、外獅部落一向互為犄角，彼此呼應，但現在這個優勢被敵人以人海戰術打破了。

阿拉擺自知今天已難存僥倖之心，只有拚命到底。但他有兩個願望，一是獅頭部落可以陷落，但整個大龜文不可以陷落。二是他內獅頭目可以死，大龜文總股頭野崖絕對不可以死。大龜文一定要保全實力，大龜文要永續存在，不可被消滅。那條百步蛇是個警訊，也是啟示。百步蛇的尾巴被吞噬了，但頭完整留了下來。雖然頸部有些傷痕，但皆非致命。表示尾巴可以犧牲，頭必須存在。

突然，一陣沉悶吼聲自山下向部落傳了過來。阿拉擺本能地趴在地上，接著砲彈落地，周圍傳來多位勇士們的慘叫聲，以及部落屋子倒塌聲。敵人的大砲竟已射到部落大門口。阿拉擺知道，馬上會有更多的砲彈轟向部落，而他們對大砲完全束手無策。

大砲的威力，出乎阿拉擺的想像。他驚呼一聲，這是他第一次感到絕望。

又一顆砲彈飛來，砲彈落地時，大地震動，塵土揚起，房子被震倒。更糟的是，更多的槍彈射到部落裡，受傷的勇士愈來愈多。敵人的吆喝聲，自山下傳來，愈來愈近。

天色已漸明。阿拉擺看到周圍的樹木多處起火，有些已成灰燼。許多勇士弟兄，或死或傷，他本身也有多處受傷。

野崖離去時曾向他表示，會盡快派援兵，希望今天清晨可以趕到。但是，現在後山反而傳來敵人的吆喝聲與槍彈聲。他知道，援軍慢了一步，路被敵人切斷了，不可能來了！

他狂嘯一聲，那是集合的訊號，只剩下二、三十位勇士，大多帶傷，聚集到他身邊來。阿拉擺已經累得說不出話來了。大家對望著。

阿拉擺知道大家對望的意思：要撐下去作戰？還是後撤？天已亮，而援軍既已不可能到來，要後撤，要逃命，這是最後的機會了。與清兵交戰後第一次，阿拉擺在心中浮起了烏蜜臨去時，握著他的手的一幕：「阿拉擺，聽好。這是約定。我們在內文等你！」

第三十七章

田勤生脫下戰袍，悶了一天的濕熱身軀終於感到舒暢。行軍一整天了，大家揮汗如雨。雖然已是黃昏，天氣依然燠熱。今天他們沿著這條枋山溪不知名支流溯溪而上，走了整整一天。山勢並不高，但林深箐密，雖然已有前驅部隊遇樹折枝，遇水搭橋，但行軍之際，依然一步一險。有時樹枝剎那之間劃過臉上，或有蟲蚊無聲無息叮咬皮膚，還有蛇類會突然出來襲人，非常擾人。腳下的不知名植物，看似青綠嬌美，卻暗藏針刺，一觸之下皮膚痲癢，異常難受。

他從軍十多年，但從未遇過如此惡劣環境。然而，這還只是一部分，更可怕的是那看不到的瘟疫，家鄉父老說的「瘴癘之氣」。他的這支一千人部隊，武毅左軍正營與武毅左軍前營的兩位長官，章高元與張光亮，都在幾天前開始上吐下瀉。章高元渾身無力，不能起身，於是連夜由兵士護送回莿桐腳大營。另一位張光亮就沒有那麼幸運，他比章高元晚兩天發病，卻不到二天就死在營中。田勤生本是營中老三，卻突然要代理兩位長官，身負兼帶兩營的重任。他派人把張提督的遺體也送回大營，並向唐定奎總帥報告由他代理的消息。

他把汗擦了，但仍然全身刺癢，好想脫光上身，把全身泡進腳下不遠處的枋山溪支流。他可以聽到潺潺流水聲。知道那溪水既清澈，又冰涼。但是他也知道，殺死張光亮提督及許多兄弟的禍首元兇，就是這清涼誘人的溪水。他看到一些曾經狂飲溪水，或曾經在溪中泡水的兵士，不到一天之後，就開始腹痛吐瀉。他也目睹這些沾染吐瀉穢物的衣服給拋入溪水清洗。

於是他下令，所有穢物衣服，一律焚毀，不准拋入水中。而溪水也必須煮了以後再飲用。果然這一、二天，營中發病的兄弟少了很多。

他又想起張光亮。張光亮比他大三歲，張光亮三十六歲，他三十三。他們都是隨著唐定奎在去年六月由徐州到台灣來的。兩人都出身淮軍大本營的安徽淮河流域。他是鳳陽，而張光亮更是淮軍領袖李鴻章的合肥同鄉。唐定奎則是合肥附近淝西人，從年輕時就與哥哥唐殿魁投身到劉銘傳部隊，成為銘軍大將。

張光亮在同治元年以鄉勇從軍。淮軍甫成立時，在淮軍與忠王李秀成的蘇州、無錫部隊的幾場劇戰，他都立功，升為千總。隨後，同治元年起他在劉銘傳帳下擔任右軍前營哨官，到西北進剿回捻。之後又轉戰浙江、安徽、福建，屢建軍功。李鴻章升他為守備，曾國藩升他為都司。可說是與各巨頭的關係都不錯。同治七年他已升到記名總兵。以後又到山東、湖北、江蘇各地平亂，可說是踏遍全國。李鴻章保奏他遇提督缺即補。張光亮這樣的經歷，可說是少年得志。

同治九年，張光亮調到陝西。就在陝西，兩人互相結識，雖然一文一武，彼此很談得來。

同治十年，兩人都隨著唐定奎回駐徐州。去年同治十三年，兩人都隨著唐定奎到台灣。可說是十多年來戎馬生涯，為國劬勞。目前同為唐定奎的愛將，前程看好。

部隊駐在地的徐州出發。十三營六千五百名銘軍利用漕運，沿著大運河，先經淮安，再到揚州，然後在大運河與長江交會處的瓜州渡口，搭上火輪船，啟航到台灣打狗的旗後港。這是淮軍成立十三年來第一次渡海。田勤生充滿好奇地望著浩瀚大洋。大船經歷一段顛簸的航程，把他們送到陌生的台灣。

到了台灣，張光亮等駐軍枋寮，摩拳擦掌，一心希望能與日本兵對決，把倭軍逐出台灣。日本人終於撤軍。張光亮既失望又高興。失望的是失去建功的機會，高興的是可以返鄉。誰知兩頭落空，既無倭軍可殺，而不能返鄉，又奉命進紮莿桐腳，攻打大龜文土番。原以為土番人少槍陋，理應手到擒來，卻是出乎意料之外，遭遇過去所不曾有的艱辛與挑戰。

首先是這裡層層高山，深深密林，官兵行走不易，而番人穿巖攀崖，矯捷如猿。他們持鳥槍伏要隘，平日就以殺人為雄，斬首為祭。現在則與官軍頑抗，白天伏於林中狙擊部隊，夜晚在山崖邊燃起火把，誘官軍出隊。軍民夫役零星行走的往往被伺機襲殺。張光亮、章高元與田勤生，費了好大工夫，好不容易才攻入竹坑社，焚毀其屋，也確實殺了幾個番人。但事實上，番人「我進彼隱，我見彼躲」，因此大龜文雖有損失，但不算傷到筋骨臟腑。而深山部落，官軍可攻而不可留。等官兵一撤，又是番人天下，一切回復原狀，讓官兵們非常洩氣。

田勤生本人並非武人出身。咸豐九年，他是以「俊秀」之名，也就是「會唸書，很聰明」獲得賞識，進入團練中擔任部隊的文書工作。他就此展開亦文亦武的軍旅生涯。田勤生主要擔任補給工作，特別是水運（漕運）相關者。到了同治五年，就補上同知缺。同治九年，他未滿三十歲，就以知府分發，在劉銘傳手下督辦陝西軍務，也算是一帆風順，升遷迅速。他和張光亮都在唐定奎的帳下。張光亮是軍職，他是文職。他得到唐定奎的倚重，等於是唐定奎的隨軍主秘。

到了台灣之後，他跟著唐定奎自台灣府一路巡視，建樹甚多。他先跟隨法國專家帛爾陀（M. Berthault）設計了台灣府的二鯤鯓砲台，再交給台灣府知府周懋琦去完成。後來沈葆楨親題了「億載金城」、「中流砥柱」。唐定奎又帶他到打狗視察。旗後砲台就是他規畫的。這一次，唐定奎把建設旗後砲台的任務也交給他。他不到二個月就把砲台建好。唐定奎很高興，親題了「威震天南」①。這時，張光亮、章高元、王德成等淮軍將領都已奉派到枋寮或鳳山迎拒日軍。

到了十月底，日本軍走了，大家都鬆了一口氣。沒想到不到三個月，就傳來在楓港的王開俊被獅頭社番人殺害。王開俊是枋寮以南的駐軍統帥，沈葆楨的愛將，以驍勇聞名，竟然幾乎全軍覆沒，連頭顱都被番人取走。朝廷威望大失。沈葆楨大人震動之餘，認為不剿番，不足以挽回朝廷顏面，而且開山的工作也會大受影響。於是來台抗日的十三營六千五百名淮軍，幾乎全部調來剿番。

初到楓港之時，田勤生好興奮地望著那有如雄獅蹲跪在海邊的獅頭山，山勢高聳，然後直削一路入海。而一舉頭，上是青天白雲，下是羊腸鳥道；左邊是蔚藍大海，右邊是青綠山巔。他沒見過這樣的壯麗奇景。誰知道，這裡竟成為戰場，這裡竟是張光亮等許多同袍的葬身埋骨之地！

在楓港營中，他心中有著彆扭。以六千堂堂全國精銳之師，配有最精良的武器，竟然來對付每個部落區區二、三百人，總數可能不到五千人的土番酋邦，這豈非殺雞用牛刀？不是應該由台灣府的台灣總兵張其光募集一些鄉勇，佐以先進配備，就可以馬到成功了？

田勤生唸過台灣府歷史。八年前的劉明燈帶一千名湘軍與台灣鄉勇，攻打龜鼻山時，不過擺了個陣勢，番人不久就同意議和了②。

所以一開始，田勤生認為朝廷只要擺出大陣仗，大龜文就會驚嚇而趕快派人來乞降。沒

---

①威震天南的原文與題字者待考。但最有可能是唐定奎所題。

②1867 年秋，劉明燈應美國駐廈門領事李仙得之請，出兵瑯嶠。本擬攻打下瑯嶠十八社，後來雖未有交戰，劉明燈仍刻石立碑，今仍存車城福安宮。但其實劉明燈是誇大戰功了。詳見作者另一本著作《傀儡花》，印刻出版。

想到大龜文番一動也不動。這時田勤生才想到，當年是有位美國領事李仙得主動去當協調人。但唐定奎似乎沒有要派誰去獅頭社部落溝通的想法。

等到唐定奎擬定了周志本、王德成等人帶一千多人先在北路攻打草山社，爾後章高元、張光亮與田勤生也領一千多人，自南路攻打竹坑社的戰爭策略時，田勤生向張光亮提出他的疑惑。

那是二月上旬，在一次勘察地形，了解此次進軍路線充滿變數，也向地方耆老詳問了一些大龜文番的習性之後，田勤生心中疑慮愈來愈多，忍不住問張光亮：「過去十三年，我們打長毛、打捻匪，剿平後，他們就不再占地為王，那塊土地就有朝廷派員去管理。但是現在完全不一樣。我們打敗了番人，但我們能治理這塊番地嗎？這塊土地還是番人的啊，我們無法占領，也無法治理啊。要治理，實際上困難重重吧。」

張光亮回答：「過去是如此沒錯，但現在朝廷政策改了。劉明燈的時候，漢人與生番之間有土牛溝為界，現在沈葆楨大人已經在去年年底上奏朝廷，廢了這土牛溝界，要把朝廷的治理範圍推廣到後山，涵蓋全島。」

張光亮補充說：「同治六年的美國人，同治十三年的日本人，都是表面上藉口向生番興師問罪，其實骨子裡是意圖染指台灣，在台灣建立橋頭堡及勢力範圍。所以開山政策不可不行，撫番若不成，只有剿番了。所以沈大人要開放海禁，開放後山，設撫墾局以招移民。這是一連串配套。」

田勤生說：「以番人習性，想也知道撫番不太可行，非剿番不能達到開山之效吧！」

張光亮苦笑：「王開俊入獅頭山，可能是沈大人投石問路之策。我想沈大人心中也有數，所以日本人退了，我們並沒有跟著撤回，足足又停留三個月。只是王開俊太輕敵，所以傷亡之重，出乎沈大人意料之外。你放心啦，番人都是舊刀劣槍，一時頑抗，不久必敗。剿番之後，我們都會升官的。哈哈哈。」

田勤生心想，那麼，沈大人是希望王開俊穩紮穩打，對大龜文番蠶食，而未指望鯨吞，慢慢開山即可。卻不料王開俊躁進又濫殺，壞了沈大人的大局。也因此，這一仗並未在沈大人的預測之內，而是王開俊擦槍走火。接下去，沈大人只能箭在弦上，不得不發了。而這個重任就由淮軍承擔了。

他長嘆一聲，但並未說出口。乍聞張光亮之言，覺得張光亮也像王開俊一般，犯了輕敵大忌，於是回答說：「似乎未必。瑯嶠番人似乎人人有火繩槍。槍雖舊，但他們槍法很準。」

張光亮說：「下瑯嶠十八社的番人，與外界的來往較早，也較頻繁，所以使用火槍較早；大龜文屬於瑯嶠上番，他們身居深山，武器較為落後。莿桐腳和枋山的人說，很少看到大龜文人帶槍。他們若有火繩槍，應該也是寥寥可數，放心啦！」

沒想到，二月中旬征伐草山社的軍隊真的吃了大苦頭。番人的槍枝不但數目比想像多，而且官軍發現番人竟有新式雷明敦槍。最可怕的是，敵暗我明，番人隱在林中，神出鬼沒，再加上官兵爬山越嶺而成疲憊之師，一仗打下來，傷亡多於預期。更洩氣的是，後來唐定奎懷疑番兵新式槍枝的來源竟然是自己人監守自盜，然後賣給番人。

攻打草山社的時候是二月十二日，天氣還不算太熱。等到田勤生與張光亮、章高元攻打竹坑社的時候，雖然才三月，南台灣已經豔陽高張，更可怕的是疫病流行。田勤生長長嘆了一口氣。張光亮絕對沒有想到他青壯的生命與大好前程，一夕之間葬送在獅頭社生番手裡，南台灣的瘴癘之中。

他想起了《楚辭》的〈國殤〉：

天時墜兮威靈怒，嚴殺盡兮棄原埜；
出不入兮往不反，平原忽兮路超遠；
帶長劍兮挾秦弓，首身離兮心不懲；
誠既勇兮又以武，終剛強兮不可凌；
身既死兮神以靈，子魂魄兮為鬼雄。

他心中默唸著：「張軍門，您已成鬼雄……」

他又想到，張光亮留在徐州的寡婦及不到兩歲的幼子。軍伍之家本就離多聚少。徐州那二年，是他們家庭生活最穩定、最其樂融融的時候。但是，現在張光亮已成了「可憐龜紋河邊骨，猶是春閨夢裡人」。可憐的張夫人，竟不知良人已不在人世。

他又長嘆了一聲。

他望著山巔上的滿月。今天是農曆十五，一輪明月高掛天上。想起蘇東坡的「但願人長久，千里共嬋娟」，想起鳳陽家鄉的老婆。他要到台灣來的時候，老婆好生不捨，四歲的大女兒拉著他的衣角囁嚅地叫：「爹！」而小女兒還在老婆懷中吸奶。

他成婚稍遲，只有兩個女兒，還沒有能繼承家業的兒子。希望這一仗打完，能回鄉休息久一些，生個兒子。他已經三十三歲了，不孝有三，無後為大啊。

是的，「但願人長久，千里共嬋娟」。現在，他與故鄉的老婆，是千里共嬋娟，但更希望的是「但願人長久」。

再兩個時辰之後，他就要再度投入戰場。現在是酉時末了。等子時一到，就要翻過這個內獅頭社後山，直搗獅頭社後方，殺個對方措手不及。唐定奎與他要率領部隊前後夾擊，要殲滅內、外獅頭社，要大龜文向朝廷投降。

他希望這是淮軍在台灣的最後一役。

他想家。到台灣已經九個多月，隔著大海，家似乎遙不可及。過去的家居生活，似乎恍如隔世。

他不禁淚眼茫茫，舉頭望月，喃喃地說：「但願人長久，千里共嬋娟……」

然後他想到，他要的是團聚，不是千里共嬋娟。於是在心中默禱，請月亮庇佑他安全回鄉，與妻兒團圓。

＊

但是田勤生這個卑微的心願，最終還是沒有如願達成。兩個月之後，在淮軍搭輪回鄉的前幾天，病逝在鳳山。很遺憾未能逃過埋骨台灣異鄉的宿命。

而二十年後，日本人竟又捲土重來。這一次，日本人占領了全台灣，也摧毀他的埋骨之地，鳳山的淮軍昭忠祠。他，田勤生，還有他的同袍張光亮、王德成等，終於還是成了被遺忘的鬼雄。

第三十八章

在與同伴們對望的那一剎那，阿拉擺猛然醒悟，不只是他有烏蜜，每一個勇士同伴的心中，也都有著他們的烏蜜，他們的心上人，他們的父母，他們的兒女。其實，大龜文人的部落，本來就是一個大家族，而整個大龜文，更是最大的家族，一個「大龜文部族」或「大龜文酋邦」。

昨天中午出現的百步蛇及女巫的一番話，他已完全領悟，他必須獻出生命去維護這個大龜文部族，這是祖靈交付予他的任務。所有的勇士同伴，自彼此的眼神都明白，沒有人願意離開，他們要為大龜文而死。他們彼此牽手，再度高呼勝利的叫喚聲，然後，又四散找好位置，迎戰官軍。

敵人已經清晰可見。阿拉擺射出子彈。一位正爬坡的敵人滾落山下，阿拉擺歡呼一聲，同時在心中默默對祖靈發誓，這一仗，他要把生命獻給祖靈與土地。這一仗，他必須讓敵人付出慘痛代價。他必須遏阻敵人，讓他們不敢，也不能再攻擊任何大龜文的部落。

另一方面，他曾反省，是否這一切都是因自己而起。因為自己和外獅頭目在去年莿桐腳作醮那一天，帶了大隊人馬去搶救被白浪拘留的幾位年輕族人而引起後來雙方的衝突。雖然在事件中，他並非不講理的一方，事端也不是因他而起，但是究竟是因他而不可收拾。因此，他願意贖罪，以自己的生命，保全大龜文。也許自己的死，可以讓敵人滿足而停止攻擊。

另外，他已慢慢體會，敵人不只是有他看到的山下的四、五千人。那是一個他以前不知道的概念，一個現在官兵稱為「朝廷」，日本兵稱為「皇帝」，前幾年一位到過下瑯嶠的獨眼白人稱之為「國家」的怪物。這是最近一位經過牡丹社及射不力來到內文的豬勝束人告訴大龜文人的。他說：「國家是幾千幾萬個部落的集合體。這就是斯卡羅族的文杰和卓杞篤決定與日本兵議和的原因。文杰說：『部落再如何結盟，也打不過國家。』」

他漸漸了解，大龜文是以一個「部落酋邦」去對抗一個「國家」。他嘆了一口氣。不能永遠對抗下去，但也不能投降。大龜文必須續存，怎麼做讓總股頭野崖去煩惱吧，而他的任務就是，讓野崖有充裕的時間，有更好的條件去做。他向祖靈默禱，庇佑大龜文，讓大龜文長存。

太陽已經高掛。他們發現，前山後山都是穿著淺藍灰色軍袍的敵人。敵人放火燒屋，現在內獅部落一片火海。他們本來還有能力抵擋，但是當山後也有一批敵人殺進來之後，倒下的族人愈來愈多。

沒有倒下的寥寥幾位勇士們，堅持不退，仍然奮力尋找最佳隱匿點，開槍狙殺敵人。他們一開槍後就變更躲藏位置。

清國官兵雖已明顯戰勝。但仍不時有兵士被槍彈或弓箭狙擊倒下。他們在心中咒咀著這些不知退卻的番人。於是清兵只好繼續清理這些如鬼魅的番人狙擊手。

阿拉擺的身體和手、腳都已有十多處受傷，有些地方被火燻傷。他躲在一塊大石頭後面，子彈早已用光，但是他堅持不逃，更不可能出降。那位二個多月前在外獅部落被他們伏擊死去的官兵頭目，頭顱被砍下插在外獅社一支竹竿上的那位，後來也很得他們獅頭社人的尊敬。因為他在死前表現得很勇敢。阿拉擺射出的那一槍擊中他，他胸膛傷口的鮮血像泉水一樣湧出，全身插滿箭矢，卻仍英勇地又殺了二位族人才倒下。而等最後頭顱割下來之後，所有恩怨便扯平了。這是那些白浪所不懂的。

他聽到大喝一聲，後背一陣劇痛，頭一陣暈眩。清兵發現他，向他開槍後，朝他奔來。他跪了下來，但是堅持不倒下。他撐著，以跪姿把手中跟隨自己十多年的一把佩刀，用剩餘的最後力量，射向撲過來的身影。身影發出慘叫之後倒地。他感到滿足，模糊地叫了聲烏蜜，終於也倒了下來。

第三十九章

田勤生伴著唐定奎，檢視著這近乎焦土的戰場。

清兵把每一具屍體都扛到一塊未燒焦的草地上。唐定奎帶著一位莿桐腳人，一位枋山人，要他們檢視有沒有自己識得的番人。一位千總來向唐定奎報告，一共有七十具番人屍體①。

唐定奎滿意地笑著，總算讓外獅頭社這個最悍的元兇部落付出代價。在攻打草山、竹坑和本武社的時候，報上來的番人遺體，都只是一、二十具，那對番人而言只是傷皮不傷骨。於是，他決定一舉殲滅內、外獅頭社的主力，讓大龜文人嘗到摧心折翼之痛。現在，好不容易成功了。

這一仗，驚心動魄。番人以少敵多，一個小小部落，竟在砲彈、槍彈、火攻之下，自中夜至天明，頑抗不退，連官兵心中都暗暗佩服。

方才，外獅頭社也有戰報傳來。外獅頭社也已經在昨天晚上，由提督周志本、梁善明、姚天霖帶領的一千五百人，加上郭占鰲自募的五百枋寮鄉勇「鰲字營」三路合擊之下攻破了。唐定奎在等著更詳細的戰報。

這時，傳來一聲歡呼聲：「是他，是他！」一位莿桐腳嚮導站在屍堆旁，興奮地指著一具屍體：「是總頭目的弟弟！」

唐定奎向田勤生咧嘴一笑：「有好消息了。」那位嚮導已經向他們跑過來：「是番人總頭目野崖的弟弟沒錯，那天晚上去莿桐腳鬧事的頭頭！好像叫阿拉擺。我絕對沒認錯！」

唐定奎和田勤生都趨近去看。這位年輕番酋眼睛依然張著，有些嚇人。他面目黝黑，體格粗壯，上身赤裸。田勤生不敢置信地數著槍傷彈孔，竟有十來個之多。身軀手足，彈痕纍纍。他不自覺的脫下帽子表示致敬。

唐定奎欣慰地笑了：「七十位內獅番人包括大龜文總頭目之弟，再加上外獅頭社殺死的，應該超過百名了吧。我們總算重創大龜文了。這一役，殺死與王開俊相捋的番酋，再加上超過百名番人屍首及俘虜，可以稱為大捷，而向上面交代了。」

唐定奎說完，又向田勤生說：「你在這一役能夠截擊番人的後援部隊，也算立了大功。

---

①參見《福建臺灣奏摺》淮軍攻破內外獅頭社摺（光緒元年四月二十三日）……龜紋社凶番聞信，果以二百餘人前來，遇伏而潰；畢長和、田勤生仍留哨設伏，另分兵由山後繞出，與中、左、右三路並力合圍，自卯至巳，賊砦始破。計斬悍番六、七十名；內一名名阿拉擺，龜紋社番酋之弟也。轟傷者二百餘名、生擒小番二名、奪獲槍刀三百餘件。餘番二百餘人衝入深林，向龜紋社而竄……

論功行賞，應該會擢升的。」

田勤生大喜稱謝。原來他昨夜率軍繞由後山攻打內獅時，正巧遇到內文來援的二百番軍，殺他們措手不及，也證實唐定奎的戰術成功，所以唐定奎也非常得意。

唐定奎如此褒揚，田勤生喜不自勝。

巡視完戰場，田勤生發現，在內獅頭社共有七十名番人屍體，有兩位番人因受重傷而被擒。表示每一位番人都戰到力竭死去，或是受重傷的番人大都已由同伴扛去。

「這太可怕了，」他不禁在心中大大佩服起大龜文人了，「這是何等的意志力……」

他又詢問了一下清兵本身的傷亡，約有六十位陣亡，傷者上百②。他想，若是單論戰場死傷，官兵是小勝，但若再加上在營病歿的，其實清軍的死亡人數竟是大龜文的數倍之多。

「這是慘勝啊……」田勤生喃喃自語。

另外，讓田勤生很佩服的是，在場沒有發現任何大龜文人的老人和小孩，但有兩具年輕番婦遺體。

現場槍枝之多，讓唐定奎及田勤生驚異，甚至有一把新式後膛槍。連兩位陣亡番婦的身邊也各有一把槍。那庄民說，大龜文的婦女，一向也幫忙狩獵的，因此也都會用槍。唐定奎聽了，默默無語。田勤生則不禁由衷而生敬意。

又有來自外獅頭社的戰報傳來，「斃悍番三十餘名，轟傷百餘名，奪獲槍刀兩百餘件，餘番二百餘各向大甘仔力社奔逸。」

唐定奎對這個數目有些不滿意：「外獅只殺死生番三十餘名，太少了。」他搖搖頭。到了黃昏，外獅社又有戰報來，「在山巔及草寮抄出大批刀斧、火藥。計毀草寮百餘間。」接著又有戰報急傳而來，「在部落前後的七里溪，溪壑發現一大堆白骨。經枋寮千總郭占鰲指認，這正是王開俊及其部屬捐軀之地……」

田勤生唸著戰報，愈唸愈小聲，臉色由喜悅轉成黯然。唐定奎自田勤生手中接了戰報，繼續看下去，「……無貴無賤，同為枯骨，慘目傷心……」唐定奎雖然久經戰陣，腦中也乍然一片空白。

唐定奎由發呆中猛然醒過來：「傳令運購棺木，大殮之。」又回頭問道：「王游擊開俊的頭顱可找到了？」田勤生搖搖頭說：「戰報說，尚未找到。依番人習慣，可能已為番人頭目所藏。卑職會繼續尋訪。」唐定奎往前走了幾步，又駐足回頭向田勤生說：「好好記下此役。我要將戰況之慘烈向上呈報。」

*

②淮軍在獅頭社之役，陣亡、病故共一一四九人之多。而據官文書所載，在此四月十六日，內、外獅之役，清兵僅陣亡三十人。連其他草山、竹坑、本武之役，清兵陣亡不到百人，如此則病死者上千人。這樣的比例未免太懸殊。作者個人懷疑他們可能少報了陣亡，虛報了病故人數，以免被番人比了下去。此役打了將近六個時辰，而十二個小時激戰，不太可能只有三十人陣亡。而且通常攻堅者的死傷人數應比防守者為多才對。

夜已深，但田勤生卻反覆不能成眠。他的腦海中，浮起曝屍外獅頭社七里溪澗的白骨；浮起張光亮臥病在床，臨終時的遺憾表情；浮起這幾天行軍的種種艱苦；也浮起那些內獅頭社的戰死番人與番目弟弟之屍身。白天戰報中那句「無貴無賤，同為枯骨，慘目傷心」一直在他心坎打轉。他想，何只是「無貴無賤」，應該也是「不分漢番，同為枯骨，慘目傷心」。他今天看到那些番人屍體，其實也沒有喜悅，相反的對他們還有著敬意。為了保鄉，他們可不死而寧願死。這是他在江蘇殺長毛，西北剿捻時所不曾有的感受。

隱約之中，他對生番，似乎有許多不同的感受。他不知是為了什麼？他也想到這一路征戰，與過去戰役的經驗和感受完全不同……。他心中突然覺得開始厭戰了。他想，這次回鄉之後，他希望能求得知府的位置，回到文官工作，不想再在戰場上廝殺了。

然後，他想到今天唐定奎特別回首向他說的一句話：「好好記下此役。」

他想，唐定奎一定也有和過去十多年征戰的不同感想。田勤生心念一動，翻身起床，點了油燈，磨墨執筆，寫下一段：

「淮軍歷著偉績如此，戰事各將領並不以之自多，而披荊斬棘之勞，炎瘴毒霧之酷，驀山越澗之奇險，含沙射影之難防，其艱苦各非血戰中原者可比……」

田勤生寫完，合了文卷，長嘆一聲，怔怔坐在椅上發呆。一燈如豆，他想起已故的戰友們，窗外海浪聲陣陣，又讓他懷念起安徽家鄉的妻女，於是又寫了一封家書去報平安。寫完，東方已漸亮，他心中默禱：「戰爭趕快結束吧。」

第四十章

一場大戰下來，唐定奎既欣慰又憂慮。欣慰的是，應該已重挫大龜文人，特別是斬殺了大龜文總頭目之弟，內獅頭目阿拉擺。這樣可以算是與王游擊之死扯平。而重創內、外獅頭社，斃悍番百人，也算是與二個月前被殲滅的王開俊部隊相捋，可以對朝廷有交代了。

內心隱憂則是，如果以「剿番」而言，大龜文人雖然在獅頭社受挫，但在內文等部落實力猶存。大龜文部落群的結構，比牡丹社群堅實太多了。事實上，唐定奎感覺大龜文更像一個碩大部落酋邦，有如春秋時代一個有幾十城池的諸侯國，例如宋或鄭。大龜文人數雖少，卻驍勇善戰，加上地勢險阻，攻堅不易，實力不可小覷。獅頭社既已攻下，下個目標是內文。但目前官兵皆已疲憊不堪，若還要深入內文，補給線拉得更長，實在無制勝把握。內文在更內陸，其他部落有如眾星拱月。唐定奎深怕孤軍遠征，難免被熟知地形的龜文誘敵深入，設局殲滅。若要像這次對內、外獅頭採三路夾擊，顯然力有不逮。況且天氣愈來愈熱，官兵罹病者也愈來愈多，眼見自徐州帶來的六千五百名淮軍精銳，迄今已折損超過一千六百人。官兵皆已厭戰，也不堪再戰。

既不能再戰，但又不能功虧一簣，唐定奎頭痛苦思，如何收場。在過去，不論殺長毛、剿捻匪，如果大勝，對方無路可去或自知無勝望，就會出降。但是大龜文番不同。他們一味頑抗，打不過就後退。他們人少，武器不佳，但戰鬥意志最驚人。這些番人不怕死，似乎不懂何謂「投降」。他們又彷彿有用不完的精力，退不完的空間，再加上地形、地勢、瘟疫，因此淮軍打起來最辛苦，也最沒有把握。

唐定奎還有一個秘密，包括親信田勤生都不知道的，那就是沈葆楨告訴他，國內清議對這場軍事行動有相當負面的看法。

上海的《申報》，自三月十二日至三月二十五日之間①，一連刊出好幾篇評論。先是報導官兵紀律不佳，竟有私盜營中軍器售予生番者，又批評王開俊：「顧開俊雖勇，則既令從兵慘戮番人，而不能自護其身以免於死；吾仍然不之憐也。想其被殺以為好殺之報，亦可也。」這就是譏嘲王開俊好殺。

到了三月二十五日，更是全面批評沈葆楨對台灣生番的政策，措詞極為尖銳：「然在臺員弁兵勇空耗餉糈，並無寸績；而沈公為請獎敘，亦未免少過耳。」「……生番丁壯既已逃出，僅留老幼婦女；官兵拏獲之後，應交地方文官審明辦理。乃計不出此，殺其婦女、焚其房屋，安知所當之婦女、房屋……業已不分皂白，妄肆焚殺；則生番之仇我必深！……豈有身入險地而可以玩忽如此乎！故臨陣畏葸而逃回者，可誅；其臨陣而藐視敵人者，亦在速死之列也。」

又把清軍與日軍做比較，痛責清軍不如日軍：「且日本去歲之攻生番也……除兩陣交兵殺人外，不敢妄殺一人；尚且半年之久，不敢冒險輕入……官兵接辦諸事仿照日人，猶恐一時難伏其心；況反其道以行之乎！」再罵清軍沒有諸葛孔明的智慧：「昔諸葛武侯之攻南蠻，問於馬謖；謖曰：『攻心為上』。武侯從之，以定南方。今王開俊等之所為，不但不能上師諸葛，而且不能下效日人；又何怪乎全軍覆沒也！」

罵完王開俊，又嚴詞批評沈葆楨及三月五日新到台灣總管情勢的福建巡撫王凱泰（中丞），繼續對生番的殺戮政策：「今者，王中丞移節駐台，與沈公同辦善後諸務。惟望反前所行，攻心為上；則生番之歸化，固可拭目以俟也。不然，徒欲藉力兵勇妄肆誅戮，吾恐有決川禦水、用油滅火之患矣！」

最後一句話，深深嵌入唐定奎的腦中：「不然，徒欲藉力兵勇妄肆誅戮，吾恐有決川禦水、用油滅火之患矣！」因此，唐定奎知道，若再不找休兵的下台階，而繼續用兵，一味殺戮，不但兵士的犧牲是無底洞，恐怕《申報》的批評會更加排山倒海而來！說不定到最後，他唐定奎的聲名、性命皆不保矣。所以沈葆楨在四月初就已致書他「速立戰功，結束征

①《清季申報臺灣紀事輯錄　三》。

戰！」。

唐定奎想：希望這一役，可以對沈大人及朝廷有交代了。正思索如何向沈大人措詞之間，平日穩重的田勤生，突然很激動地直衝入帳內，高呼：「提督，找到了！找到了！」田勤生帶著淚水，臉上的表情難以形容，高興中又帶哀慟。

「王游擊的頭顱……找到了！」

唐定奎也啊的叫了出來，帶著期盼的神情。田勤生回頭叫道：「進來。」千總郭占鰲捧著一個托盤，上有一具人頭，顏面皮肉雖見腐蝕，但仍可辨識。眾人俱跪了下來，合掌拜曰：「將軍忠魂，千古流芳。」

唐定奎則在心中喃喃說：「開俊，你這正是時候。你再不現身，我們快被上海那些紙上談兵的書生罵翻了。」

田勤生說明，這是他方才帶領部隊到內獅頭社後山巡山，順便也勘察到內文部落的路，卻在林中看到倒下的竹箐尖端插著人頭，即猜想是王開俊。此處與日前郭占鰲在外獅發現眾殉難將士屍骨之處有一段距離，足見是內獅部落阿拉擺特別攜回。而如今阿拉擺也已為官兵斬首。

唐定奎不禁喟然長嘆，再拜了三拜，向王開俊的頭顱說：「玉山，我們為你報仇了。」隨即頓悟，這樣，淮軍更有退兵理由了。

郭占鰲捧著王開俊頭顱出了營帳，所有官兵莫不跪拜以迎。王開俊頭顱尋獲的消息，火速傳遍莿桐腳、枋山、楓港，以及他殉難的七里溪口的加祿堂。民眾認為，王將軍的頭顱竟然能歷時近百日而不腐，是神蹟！

本來王開俊死後，已有鄉民為他立牌位祭拜，尊稱他為「五營將軍」。後來，唐定奎將尋獲的將士骸骨及王開俊的頭顱合葬於離戰場不遠的山麓，鄉民更是在當處蓋廟，稱之為：「王太帥鎮安宮」，並立塔以安亡魂。

*

在楓港的郭均也聽到了這個訊息。對王開俊之死，百感交集，王開俊死得壯烈，但卻實因自己輕舉妄動，濫開無辜所致。相對之下，他更為其他死難同袍而傷心。三個月前，他對王開俊濫殺婦孺的做法極不認同，因此脫離行伍，沒有一同下山。沒想到，竟因此逃過一劫。傷癒之後，想到同袍大多已捐軀，而自己獨活，未免既難過又慚愧。

他心知肚明自己不適合行伍生活，於是以傷重為由，申請退出軍伍。但唐定奎說，郭均的編制在張其光手下，不屬淮軍，他無法作主。但他允准郭均可以不上戰場，而先參與傷兵醫治。等戰爭結束，淮軍要撤時，再正式行文張其光總兵，請示如何辦理後繼事宜。郭均因為醫術不錯，不論軍民皆有讚譽，覺得這樣也可以專心如願行醫，就接受了。

這三個月中，郭均在莿桐腳、枋山與楓港之間穿梭著，他目睹官兵傷亡纍纍，而且十有六七是發燒、腹瀉等急病而遽亡。他又發現，枋山溪谷及半山之中，有許多奇珍異草堪為藥材。他本來就喜歡這裡民眾的純樸，也喜歡山中部落的直率，現在更喜歡上這裡的花草。他在廣東雖有親戚，但無子女，亦無兄弟，了無牽掛，於是覺得在楓港甚為自得其樂。

這一天，郭均在枋山照顧受傷軍士，突然枋山頭人陳龜鮲來訪，說是唐定奎提督召見。他嚇了一跳，心想，既非軍爺來告知，應該不是壞事吧？但如果是要醫病，他納悶著，為何來的不是軍爺，而是在戰爭以前去年年底與他一起上山的枋山頭人？

第四十一章

在內文，野崖也一樣陷入兩難。

弟弟阿拉擺戰死了。據內獅頭之戰回來的族人說，弟弟本來可以不死的，要走應該可以走得了，但阿拉擺堅持不後退。他似乎存心一死，一味捨命殺敵。

弟弟死了，還有一百名內、外獅部落的勇士也死了。弟弟死前，一心一意要他盡全力保存大龜文的命脈。現在，他了解了，他須好好為大龜文的未來設想。他不能辜負二個多月來一百多位為了保衛大龜文而壯烈死去的勇士，他更不能對不起祖靈。

內、外獅頭遭官兵占領焚毀，一百人被殺，二百人受傷。另外，槍枝的損失也很可觀。許多大龜文女人躲在家中，哀悼死去的孩子、丈夫、兄弟、情人。璦玎自霧里乙趕到內文，抱著烏蜜痛哭。烏蜜卻只是呆呆地，也靜靜地枯坐著，沒有太多表情，也沒有眼淚。阿拉擺的死，是她意料中事。她只希望，阿拉擺死得有價值，死得壯烈。她聽說，敵人也死傷甚重，她感到心中好過一些。她的淚，在內獅就流乾了。她像一具行屍，一臉木然，讓璦玎覺得訝異。

大龜文人憤怒叫著，要復仇，要復仇！要為阿拉擺及死去的百位壯士復仇。要讓白浪官兵知道，大龜文人不能白死，大龜文的土地和祖靈是不可侵犯的。

野崖在激動之後，回歸冷靜。他知道，如果是過去部落對部落的衝突，這樣的想法自是理所當然。但是，他了解，局勢不同了，他正面對一個幾百年來沒有的變局。他面對的是無可想像的「國家」怪物。他不可以重蹈牡丹部落的覆轍。但是，他的族人無法體會這麼多。

野崖問大家：「大家想，白浪官兵會一直停留在內、外獅嗎？」

大家互相看著，然後大部分的人都搖頭。

野崖又問大家：「那麼白浪會進一步攻打霧里乙，然後一直打到內文來嗎？」

大家面面相覷，不少人露出擔心的眼神。

野崖說：「如果白浪官兵繼續攻過來，不用說，我們當然要拿起刀槍和他們打。但我們的問題是，如何能打贏白浪？他們人太多了，比全內文的山鼠還多。還有，我們的可戰之兵大約只有……」野崖伸出雙手十指，然後三指彎下，表示只剩下七成戰力了。

有人接著說：「白浪也死了好多人！」也有人表示不同意見：「力里的人說，白浪在他們那一帶也有許多官兵。現在負責開路，但也有可能調派到這裡打仗①。」

野崖轉口問：「如果白浪不打過來，我們還要攻過去嗎？」

眾人想了一想，都搖頭：「那麼我們就不打了。」野崖也鬆了一口氣，說：「好。如果白浪不打，我們也不打。但是，我們要收回內、外獅頭。」

眾人聽到不打仗可以收回內、外獅，都面露喜色叫好。

野崖問：「大家想一想，要如何讓白浪把內、外獅頭歸還我們大龜文？」

沒有人開口。

「那麼，如果白浪官兵的條件是要我們永遠不再砍下他們的頭顱，我們是不是可以答應？」

砍人頭是大龜文人的重要儀式，是成為勇士的條件之一，是祖靈留下來的傳統。沒想到，大多數人猶疑了片刻後，都點點頭。這讓野崖鬆了一口氣。

野崖又問：「如果白浪官兵想要永遠占領內、外獅頭，而留下來開墾成他們的地方呢？」

所有人都憤怒地說：「那休想！」

「好。」他向大家說：「依照上次敵人對內、外獅的攻擊步驟，我們大約至少有二十天的準備時間。射不力人有消息來，敵人的死傷更多。因為死的人太多了，白浪一直在忙著徵集棺木。

---

①指在內埔開路的張其光部隊，以福靖營為主。

「所以我判斷，他們不會馬上來，我們有時間好好準備。如果白浪還要打大龜文，我判斷他們會先攻打霧里乙，然後自南北分抄，直接攻內文。我們集中力量護衛內文。如果內文淪陷，大龜文就退無可退了，我會自殺向祖靈告罪。」

眾人聽了，都鴉雀無聲。大家不自覺地咬著下唇，緊握拳頭。

野崖環顧大家，突然大叫：「那麼，大家共同努力吧！」然後帶領大家高吟了一曲古調〈大龜文的榮光〉。

*

很意外的，大約三天後，來了兩個人。是一百多天前，獅頭社戰役之前，野崖在內獅部落接見過的官兵來使郭均及枋山頭人陳龜鰍。而現在，他們竟然出現在內文。

第八部

上瑯嶠：原漢今日泯仇恩

第四十二章

郭均與陳龜鰍在中心崙人的引導下，到了內文部落。

在中心崙人的穿針引線下，他們終於和野崖見了面，而且揪谷也出現了。陳龜鰍與郭均領悟到，揪谷才是真正的大股頭，野崖是輔佐她。

野崖初見到郭均的剎那也面露驚訝神情，但隨即消失，回到平日模樣。

郭均發現，野崖比以前瘦多了，也黑多了，而且手臂上多了傷口。

一開始，大家相對無語。

陳龜鰍不知如何起頭，只好先呈上唐定奎託他帶上來的見面禮，不外是一些布料及一些鐵鑄生活用品。野崖面無表情，輕輕把這些東西移回給郭均，表示不願接收之意。

郭均回想到他上次到內獅，璦玎與阿拉擺對他不錯；而今，阿拉擺不在人世了，心中一陣悵然。

終於，還是郭均先開口：「阿拉擺不在了，我很難過。聽說，他表現很英勇。」

野崖眼睛泛紅，沒有答話。

陳龜鰍在旁插嘴說：「官軍的傷亡嚇死人了，比你們想像的多。」

野崖眼睛突然一亮，嘴角有一閃而過的笑容：「我們以阿拉擺為榮。會永遠記得他為大龜文犧牲。」

郭均曾聽唐定奎說，在被焚毀的五個部落，幾乎都沒有見到老人或小孩。連唐定奎都很佩服大龜文人的合作精神。不管是部落之內還是部落之間，幾乎都不分彼此，有災變時互相扶持，而不像漢人的聚落，各人自掃門前雪。

郭均接下去說：「大龜文令我們尊敬。」頓了一下，又說：「但是戰爭不能繼續下去了。」

野崖曾聽過大龜文人的傳述。郭均在內獅救了他們的老人與小孩，卻反被族人誤傷，然後生死未卜。今天看到他，本來心裡就很驚喜。他痛恨白浪官兵，唯獨對郭均沒有恨意。現在一聽到郭均這樣說，他突然真情畢露，盡撤心理武裝：「大龜文人也不願再打仗。但是我們的土地永遠是我們的土地。」

郭均單刀直入：「頭目的意思是，要官兵退出內獅、外獅、草山、竹坑、永武？」

野崖點點頭：「愈快愈好。」

郭均說：「我想官兵應該無意永遠占領那些土地，但是總頭目宜先表善意。我認為總頭目及其他各部落頭目應該，不，最好下山拜會唐提督吧，像你們去年去拜會日本兵頭目一樣。」郭均的措辭很謹慎。

野崖轉頭看了一下楸谷，兩人交換了眼色。

野崖點點頭，表示願意：「但是，必須先保證我們的安全。」

郭均大喜：「這點，我想我們可以保證。」頓了一下又說：「但唐提督會提出什麼條件，我也不知。要等總頭目見了提督才知曉。」

陳龜鰍說：「我們白浪有句話，『見面三分情』。總頭目若肯到莿桐腳一趟，唐提督不會為難大龜文人的。」

野崖沒有回答，但眉目之間，似有不悅之色。

一直坐在旁邊默默無語的楸谷，突然開口，顯然是對著郭均問道：「你想那位唐提督會提出什麼條件？」

這次唐定奎派出郭均與陳龜鰍到大龜文來，自然是希望他們勸大龜文人自動出降。唐定奎心中也認為，清國與大龜文會打到今天這種局面，其實有些失控。這個戰爭一開始是因為王開俊之死。有了阿拉擺之死，雙方算是扯平了。唐定奎揣測沈葆楨的想法，只要「開山撫番」順利就好。雖然「撫番」一時成為「剿番」，但目的絕不在趕盡殺絕，而是希望番人歸順。因此，他曾向郭均表示，為了讓大龜文人來降，郭均可以代表官府承諾大龜文人一些好處。郭均問，可以有哪些好處？唐定奎沉吟了一下，竟然答不太出來，苦笑了一下。因為他也知道，金錢貨幣並不會讓番人動心。

後來唐定奎說，他只要大龜文人不再濫殺，保證不再懲處大龜文人就是了。又說，官府還有一些條件。什麼條件？一言難盡。等大龜文總頭目來了再說。郭均當然不甚滿意這樣的回答，但也無法說些什麼。

郭均正在想，要如何向野崖，向這些一向天高皇帝遠的大龜文人解釋「歸順」之意……。這時陳龜鮲開口了：「我想唐提督會先要你們保證不要濫殺，不要再殺害山下的那些墾民。」

野崖毫不猶疑點點頭。

郭均非常高興，說：「我想這最重要。依我看，只要大龜文人有此承諾，唐提督會很高興，也不會為難你們。第一步的見面還是最重要的。總頭目何日可以到大營來？」又補充說：「對了，唐提督的大營設在莿桐腳，不是在楓港。」

清國軍以陸路為主，補給來自北方枋寮，不像日本軍需要港口，補給來自南方龜山射寮。

野崖想了一下，說：「我會安排大約在十個太陽與月亮①之後。我們會有五、六位頭目代表大龜文到莿桐腳。」

①十天之意。

野崖突然變得嚴肅起來，一字一字說著：「大龜文必須先了解官兵總頭目，你們說的唐提督的做法，看看大龜文能不能接受。」

郭均表示同意。枋山頭人也說，唐提督應該會高興這樣做。

野崖沉吟了一下，又說：「請枋山頭人回報唐提督，我派草山頭目先去。草山也是這次官兵所攻擊的第一個部落。草山頭目回來之前，我希望郭均留在內文。」

郭均不假思索回答說：「沒問題。」

倒是陳龜鰍啞然失笑說：「總頭目是以郭均為人質嗎？」

野崖搖搖頭正色回答：「不是，我希望郭均多了解一下我們大龜文。」

郭均趕忙站起來，向野崖深深一鞠躬說：「承蒙總頭目看得起。」

野崖說：「因為我相信郭軍爺是一位公正的人。」

郭均猛然想起，向野崖說：「郭均有一事忘了向總頭目稟報。戰爭過後，我準備脫離軍籍，所以我這次沒有穿軍服來此。」

唐定奎也同意，郭均這一趟免穿軍服。因為兩軍尚在交戰期間，穿大清軍服大剌剌來到內文，連唐定奎都知道不妥。

野崖只短短回答：「無礙。」

陳龜鰍心想，大龜文扣押郭均當人質，唐提督應該不以為意。而且他也覺得野崖對郭均確無惡意。他想不出野崖心中在賣什麼葫蘆。反正使命已達，於是他拱手表示離去。野崖也不留他。於是行禮如儀，遣人送他出部落。

陳龜鰍已走出幾步，突然想起，上次與郭均同到內獅時，內獅阿拉擺的妹妹，也是野崖的妹妹，一位長得相當出色可愛的大龜文少女，對郭均似乎頗有好感。他心念一動，轉回頭來，向野崖行禮：「請頭目寬諒，我還有幾句私密話要轉告郭爺。」

野崖點點頭。

陳龜鰍把郭均拉到一邊，輕聲說道：「我有一個小秘密，要坦告郭爺。」郭均有些愕然。陳龜鰍不理，繼續說：「我之所以會說幾句大龜文話，是因為我祖母是中心崙部落的人。我的祖父，來自漳州，是崩山最早的開拓者之一。那時崩山土生仔②比現在多得多。大部分移民娶土生仔為妻，我祖父卻娶了山上的大龜文番。我小時候，大龜文祖母還在。我的大龜文話就是這樣學的。

陳龜鰍稍停了一下，馬上接著說，不讓郭均有思索或發問餘地：「我父親的大龜文話當然比我好太多。而我父親就是因為會說大龜文話，所以更方便與大龜文人做生意，也較有能力和大龜文人溝通，才能成為崩山的頭人。

「但是我父親終其一生，很少向外主動提到他母親是大龜文人，就好像我也很少提到我

---

②指平埔馬卡道。

祖母是大龜文人。原因你可想而知，因為一提，就換來輕蔑眼光。」陳龜鰍說完，語氣有著感慨：「但是就像這次，中心崙的人肯幫忙帶路，是因為我祖母是他們的族人。我上次先斬後奏，表示願意邀請大龜文人在節日時來逗熱鬧，本意是促進兩族的交往與和平，沒想到反而在莿桐腳惹出一場大禍事來。因此，我後來反而不敢在崩山提了。這些事，供你參考。好了，老弟，就此別過。」

郭均心中感動，但也有些迷惘：「頭人何以告訴我這些？」

陳龜鰍一笑：「你慢慢體會吧。我回去向唐提督覆命。」又意味深長一笑：「放心，我看總頭目不會虧待你的。還有，我看得出來，你是好人。神明會保祐你。」說完，與大龜文衛士走出屋外，頭也不回就走了。

郭均初知陳龜鰍這個秘密，呆立片刻，心中也有些感慨。他知道漳泉人士對自己的血統很自傲，不但看不起大龜文人，甚至看不起客家，除非客家人是官爺。

這時，野崖叫了他一聲，郭均才回神過來。他想，那麼我至少要在大龜文住上十天吧！

第四十三章

等枋山頭人離開，野崖向郭均微微一笑，執著郭均的手：「我知道你上次在內獅部落救了我們的人，所以我信任你。你好心腸，所以祖靈也佑護你。」

郭均知道野崖是指七里溪王開俊被殺那一役，靦腆地說：「我不敢殺人，也不願意殺人。我不是軍爺的料，所以我想辭了軍職。做平民百姓，當個治病大夫比較自在。就在我來之前，唐提督召見我，說將來會允許我辭軍職，但是條件就是要跑這一趟。

「我當然也不希望雙方再打仗，再有人傷亡，所以就答應走這一趟，還有……」郭均本來想問野崖瑷玎的現況，但又說不出口，打住了。

沒想到此刻野崖反而主動提起：「對了，我們都知道誤傷了你。後來你下落不明，我們都很擔心你，包括瑷玎。她一定很高興你還好，而且來了這裡。等會兒我叫她過來。」說完，眼睛直視郭均：「未來這幾天，你留在部落做我們的客人，好好了解我們。」

郭均脹紅了臉。首先是確定瑷玎無恙，他心中一塊石頭落了地。他也沒想到，大龜文人這麼歡迎他，簡直把他看成自己人。野崖最後那句話，他沒有充分了解其意。但是，他感受到善意，甚至比善意還多一些。

第四十四章

郭均再度見到瓔玎，有恍如隔世的感覺。

瓔玎則喜出望外。郭均沒有死，已經讓她很高興了。其次，郭均似乎還算健康，而且，郭均竟然神差鬼使地會在內文部落住上十天半月。自從阿拉擺死後，這是第一件讓她感到愉快的事。

瓔玎為了他被族人誤傷的事，一直非常歉疚。瓔玎追問郭均，後來他是怎麼消失，讓她的族人找不到的？

瓔玎得知他是跳入瀑布下，吐了吐舌頭，說道：「你沒有撞上石頭真是祖靈庇祐。」他盯著瓔玎的笑靨直看，有些出神。瓔玎被看得有些害羞，別過頭去。他如夢初醒，趕緊回視前方。卻不料瓔玎反而站起身來，輕輕擁抱著他，在他耳邊輕輕說了一句：「你活著，我好高興。」旋即鬆開他，轉身跑走。他依稀仍可聞到她的髮香。他也依稀可以感覺她的餘溫猶存，他感到雙頰一陣發燙。

在當天稍後，野崖也問他，官兵如何處置死難的大龜文人的遺體。郭均知道，他關心的是阿拉擺的最後一刻。

郭均說，他聽過莿桐腳人說，阿拉擺死時，眼睛圓睜，但屍身完整，是中槍彈死的。野崖聽了，似有欣慰之色。

至於阿拉擺等死難大龜文人的遺體，郭均說，應該是聚集起來，然後就地掩埋。

郭均補充說，唐定奎很重視死難官兵遺體的處理。他在莿桐腳看到了用牛車運下山的一車一車遺體。然後裝棺之後又一車一車往北運，可能會運到枋寮或北勢寮。他看了也相當感動。

野崖沒有再問什麼，但他的臉色看起來很複雜，似乎是又滿意又若有所失。後來璦玎告訴他，大龜文人下葬有個特色，通常都是室內葬，而且是屈肢葬。但阿拉擺是戰死的，一般而言，凶死著並不合室內葬的原則。而白浪當然不可能為他們屈肢葬。

璦玎黯然說道：「在大龜文人的記憶中，沒有過如此大規模的戰爭。單單內獅部落一下子就死了七十個勇士。雖然大龜文只有五個部落遭破壞，但事實上，所有大龜文部落都投入了戰場，每個部落都有人戰死。僥倖逃回的，也有不少人傷重而死。大龜文戰士已有近二百人遇難，這是很大的數目。」

「大龜文每一個部落，每一個人，心裡都在哭泣。」璦玎哀戚地說。

璦玎又說，野崖關心的是，白浪是否讓大龜文人的死難族人曝屍山野，這樣他就得速派人去整理那些骸骨。官兵把大龜文人的屍體掩埋了，野崖不會再去挖掘那些族人遺體，但是會想知道埋在何處。雖然大龜文人沒有立墓碑的習慣。

璦玎的話，讓郭均也想起在外獅頭社發現的那些王開俊軍隊的骨骸。他算了算，自一月八日到四月十八日，剛好整整曝屍百日。而這些人，生前是他的同袍，有不少人身影笑容依然留在他腦海中。他想起「音容宛在」四個字。而他自己，差一點也在其中呢！他也痛心，既然大龜文人也不喜歡曝屍山野，何以他們這樣對待清兵？他覺得不免有些遺憾。這是戰爭的殘酷本質？

過了幾天，草山社的頭目來到內文，向野崖辭行，準備到莿桐腳的官兵大營去。草山社在率芒溪南岸，離海邊甚近，是三月間唐定奎最早攻擊的部落。草山頭目特別繞了一大圈先到內文來聆聽大龜文總頭目野崖的指示。野崖派他先去投石問路，看看唐定奎會提出什麼條件。

野崖向他說：「你去那裡，一定要爭二點。一是保留大龜文的完整架構，不可被分解拆散；二是捍衛大龜文土地，一寸不讓。至於唐定奎的其他條件，你先聽聽，不必表示意見，回覆他們，需要回來和我商議。如果合理，我就下山見唐定奎。如果不合理，大龜文有大龜文的尊嚴與底線。」

陪同草山頭目去的，有霧里乙頭目，其他都是各部落的次要家族，但人員總計有五十多人之多。野崖這樣的派遣，場面浩大，可以讓清國覺得很有面子，但事實上代表性不高，因為大龜文十八個大部落頭目只去了兩個。郭均看了，暗暗佩服野崖的精明。

郭均不禁想，可惜野崖只是一個部落酋邦的大龜文總頭目。野崖的才幹如果放在大清朝廷，不是方面大員，就是京城要角。而且他正直果斷，不會耍陰奸詐。然而，野崖亦非大權獨攬。大龜文是階級制，各部落有頭目，但全大龜文有兩個最尊貴家族：邏發尼耀與酋龍，兩家分任「大股頭」與「二股頭」。海邊移民不知這些細節，都以「總頭目」來稱呼邏發尼耀家族。難能可貴的是，這兩家族都是在內文，但並不會如中土人士，有「天無二日，民無二主」的觀念，若兩雄，必對峙，要分出勝負乃止。邏發尼耀及酋龍家族，並非毫無間隙，但一直能合作共治。此外，野崖與他屬下的各部落頭目，也常一起開會，以求合議共識，與中土的獨尊一人完全不同。部落屬下更不會有被問罪斬首之虞。

總之，大龜文千百年來，雖然階級分明，但卻無中土所謂英雄爭奪天下，總攬大權，操縱他人生死之想法。所有部落，外界所稱的「十八社」，尊內文為共主，而每一部落有頭目，也有尊貴家族，尊貴家族有較多的發言權，得到較多的尊敬。部落中的資源財富，大家幾乎共有，所有部落家庭和平相處。他們敬天地、敬祖靈。他們不一定長久居於一處，若環境不佳，無以存續，則整個部落遷地為生。他們不與天地爭，沒有所謂愚公移山，人定勝天的想法。他們尊重周邊一草一木，也自認是大自然之一部分。他們沒有文字，經驗及歷史靠長輩之口耳相傳，但歷百年猶記存。老輩 vuvu 每到晚上，就聚集部落晚輩講老祖宗的故事，講部落的歷史，整個部落像一個大家庭。

邏發尼耀家族的老頭目在一年前因為年老力衰，已思退隱。女兒揪谷雖長，但對於領導、決策沒太多興趣，反而喜歡草草花花、織布編衣。自從下瑯嶠斯卡羅總股頭卓杞篤頻與洋人交手，老頭目知道外界局勢已丕變，因此他挑了內獅頭目野崖入贅到內文，在自己死後能輔佐揪谷，成為邏發尼耀家族的大柱石，主導上瑯嶠大龜文的政事。野崖果然不負所託，走過了大龜文最艱難的一段歲月。揪谷還有一個小弟弟，野崖也讓他跟在身邊，充實經驗。

自從第一天重逢，瓔玎情不自禁表露她對郭均的好感後，反而顯得羞澀。她既希望常和郭均在一起，卻又不敢太奔放。她常找在內獅頭為郭均所救的那個大女孩在一起。那位大女孩現在也在內文，知道郭均來了，非常高興。瓔玎喜歡帶著郭均到部落外的山澗或水邊，和郭均無所不談。有時談大龜文的生活，有時問起山下白浪的生活種種。郭均很快體會到瓔玎對白浪社會的無比好奇心。

郭均意外在這裡的山野林間，找到數種罕見藥草，高興得不得了。瓔玎知道了，也教郭均一些大龜文人如何利用植物葉子、果實等治療疾病或日常實用的知識，讓郭均驚喜不已。

大龜文人對大自然蟲魚鳥獸、花草樹木，都充滿感情。這種渾然天成，人與大地合一的生活方式，讓郭均深為欽佩，讓他對這塊土地及這些人非常有好感。

郭均常怔怔望著這位明朗活潑少女的曼妙肢體動作，生出一些遐思。他會出來從軍，是因為正逢妻兒難產死亡。他故鄉雖有些親戚，但夢中故鄉已遠，並無太多思戀。此時他已脫離軍伍，官軍與大龜文人的戰爭顯然已進入和談階段。郭均望著周圍這一片青山綠水，心想若能定居在台灣也不錯。以他在大龜文的見聞，他相信，如果雙方能以誠互待，平地人和山地人沒有理由處不好。

終於草山社的頭目回來了。更意外的是，枋山頭人陳龜鰍也跟著來了。草山頭目五月九日見到了唐定奎。對唐定奎而言，五十多名番人來拜謁，場面大過當日大龜文見日本人的三十五人，大有面子。而事實上，他也急於結束戰爭，希望能在六月中以前盡速回到內地，否則颱風季節即將來臨，不利船隻航行。兵士們也莫不希望早早離開這疾病叢生，有些不堪回首的台灣。唐定奎為求盡速達成和議，對草山社頭目一行甚為禮遇。草山頭目轉述說，唐定奎向大龜文人提出六個條件是：（一）遵薙髮（二）編戶口（三）交凶犯（四）禁仇殺（五）墾番地（六）設番塾。

草山頭目當場不置可否，表示會回報總頭目野崖。他謹記著野崖要他向唐定奎爭取的：（一）保全大龜文完整體制，（二）保全大龜文土地完整。於是他向唐定奎爭取，要明設大龜文總頭目。換句話說，暗藏了清國不准派人來大龜文設官府之意①。大龜文若有總頭目，大龜文就還是大龜文。唐定奎則要求「編戶口」。草山頭目對「編戶口」很有意見，認為編了戶口，不就等同屬於清國統治了嗎？

唐定奎和田勤生則表示，淮軍既撤，自無可能再找軍隊來添補。只要大龜文人答應不再濫殺願意將部落人口編冊以上報朝廷，就算達到和平。真的要派內地官吏上山擔任各部落頭目，事實上也無人肯來。就像八年前劉明燈率兵到南灣走了一趟回去，龜仔用還是龜仔用一樣。

枋山頭人幫腔說，過去墾民要向大龜文繳租，現在既然改向官府繳稅，因此若編了戶口，官府可以每年把一大筆賞金派分給大龜文人。這樣大龜文是從以前的部落共主式，變成類似一個小番邦。名義上雖然上有大清朝廷，反正天高皇帝遠。而且官府不是來收稅，是來送錢。要給多少，則看部落的戶數及人數而定。草山頭目說，他把意見帶回去給野崖。

至於「薙髮」，一向是大清皇朝的圖騰。下瑯嶠十八社的牡丹人和斯卡羅人，早就有不少人學著漢人移民這樣做了。對於髮型，番人不像南明及東寧王朝的漢人那樣，把薙髮看得那麼嚴重。他們最重視的是頭上要戴美麗的花飾，不是頭髮。草山頭目如此表示後，田勤生大喜。

草山頭目向野崖展示官兵「賞賜」他們的布匹及用品。野崖問，有沒有像日本人分發一些日本旗子或文書。草山頭目搖搖頭，野崖大感意外，覺得這唐提督在財物方面似乎比日本人慷慨。

野崖表示，他最在乎的是堅決不讓白浪官吏進入部落。野崖要維持部落頭目的傳統角

①後來日本人1896年來到恆春，潘文杰本來還助日本人攻打殘留清兵。沒想到日本人反不如清朝寬大，在1902年廢了下瑯嶠斯卡羅諸部落的自主管理，而併入「恆春支廳」。對上瑯嶠的大龜文也是，以後遂無「大龜文」，只留「內文」。因此，清廷的「設總目」，相對日本，反是寬大之舉。

色，不容許白浪官吏來瓜分權利。草山頭目表示，這一項唐定奎後來接受了，也同意明文載明以野崖為大龜文的總頭目，六條件變成七條件，為讓大龜文放心，多出一條「立總目」。唐定奎也同意，編戶口的事，不必一年半載之內執行②。於是野崖心中一塊石頭落了地。

再則，野崖不放心的是「墾番地」、「設番塾」，究竟細部內容為何？他找來郭均。

郭均說，所謂「設番塾」，大概是會在莿桐腳或枋寮或楓港等大庄設立學堂，要求各部落送孩童來學習白浪的文字。對於這一點，野崖想了一下，向郭均說，他在三赴風港日本軍營時，就深以大龜文人沒有文字為憾，也覺得懂得白浪的語言與文字應該是一件好事。因此對於「設番塾」，他不但不反對，而且表示，他希望每個部落都能夠先指派一男童、一女童去番塾就讀。當郭均告訴他，通常白浪與傢傢的女子都不上學堂，而只有男孩子才上學堂時，野崖的表情充滿了不解。

野崖最介意的，是「墾番地」這項。他說，大龜文的土地自然是大龜文人的，不願意像白浪或傢傢一樣，把大片樹林砍光，讓青翠山林變成一片光禿禿的土地，讓山林中的走獸或飛禽無家可歸。一片土地要不要開墾種植，大龜文人自有定見，自有傳統。

野崖特別再三強調，絕不准白浪或傢傢來開墾大龜文人的土地。

郭均想一想，說，他也不知道官府這一條的用意。不過他說，他來台灣的時候就跟著吳光亮來的，而吳光亮一到了台灣，就被派去開路。據他所知，要自中部的林圯埔開到後山的璞石閣。張其光總兵也奉朝廷之命，要自內埔開路到卑南。現在朝廷好像很重視後山，因此必須開路，但開路就不能不進入大龜文人的土地。惟開路是為了後山的防務。官府似乎未有沿路開墾或沿路移民之意。

但郭均說，他也沒有把握。他建議野崖到莿桐腳一趟，直接向唐定奎提督問清楚。

這時，枋山頭人說，他聽到唐定奎說，官府要設「撫墾局」。撫，就是照顧番人，墾，就是開墾番地。他說，過去官府在枋寮以北設有土牛紅線或土牛溝，嚴禁福佬或客家進入。現在這個禁令已經廢止，甚至反而鼓勵新到移民進入開墾。

野崖聞言色變：「豈有此理。我說過，大龜文的土地只有大龜文人才能開墾。」

枋山頭人急忙改口：「我說錯了，是開路，不是開墾。」

野崖聽了，半信半疑。

枋山頭人慫恿野崖趕快下山去見唐定奎，說：「請總頭目下山去見唐提督。唐提督要我上山向總頭目說，只要總頭目下山，什麼都好談。否則他等得不耐煩了，只好派軍隊去接總頭目下山了。唐提督說，現在官兵都還守在重要關卡上，很快就可以到內文來。」枋山頭人半利誘半威嚇，郭均有些不以為然。但想一想，卻又是實情，只好無奈地望著野崖。

---

②後來要等到光緒十二年（1886）四月，恆春知縣武頌揚才會同鎮海後軍副將張兆連，進入大龜文地區去大略清點戶口。至光緒十五年（1889）才造冊備案，算出大龜文二十二社，共四百六十六戶，男一千七百零五人，女一千二百六十二人，共二千九百六十七人。

野崖終於同意，第三天出發到唐定奎的大營。自數天前起，外文、中文、霧里乙、房武瀾的頭目，已陸續帶著部落人士，到內文部落來集合。

這一天清晨，將近千人，聚集在內文的廣場。女巫唱著曲調，請求祖靈的庇佑，也向戰死者致敬。女巫告訴祖靈，大龜文的每一位戰士及婦女都已盡了最大的努力。大龜文的總人口還不如官兵的人數，但已和官兵周旋了足足一百天。大龜文的部落有五個被焚毀。大龜文的勇士，不分哪個部落，都支援了前線的部落。在這一百天的部落對抗國家的戰爭中，大龜文有近二百人戰死，有五百多人受傷。而老幼婦孺，為了供應前方的糧食配備，有好多人向下瑯嶠運來了武器、彈藥、弓箭、槍枝。整個大龜文不過四、五千人，但不論在草山，竹坑，內獅，外獅，每個部落與清兵力戰，都讓官兵付出可觀的代價③。

郭均也在儀式中，目睹了這莊嚴肅穆的一幕，讓他對大龜文人頓時充滿敬意。他覺得，大龜文人雖然沒有所謂「聖賢書」，也沒有所謂「教化」，但他們自有一套經由部落長輩傳承的高尚情操，以及經由傳統儀式而深入人心的「天地人一體」的價值觀。他唯一不能了解的是大龜文人殺人馘首的傳統。他發現馘首在大龜文，雖然不無仇殺的成分，卻又是一種莊嚴的儀式，可以是成年禮，也可以是「勇士」的證明。每個部落的入口，大都有一個頭骨架。有時，則置於頭目家屋之側。頭骨架在部落中有重要地位，是精神中心。

郭均承認，他也無法完全了解，但是，這個馘首的習俗，確實帶給外人對大龜文人很大的誤解，也為大龜文人帶來這次的戰爭與慘痛代價。他希望此後大龜文人能完全出自內心地革除這個惡習。野崖看起來是個英主。他想，等這次的事情完全落幕，他要好好與野崖談一談「上天有好生之德」的概念。他自己就是因為不想殺人，才退出軍伍。

所有大龜文婦女也都全程參與了這個部落的重大儀式。大龜文人日常上也有男女分工。但是在權力上，他們男女平等。女性也有繼承權，也可以擔任頭目。

此刻，璦玎正站在郭均身後。她也行禮如儀，遵從女巫及長老的指令動作著，但她的心思卻悄悄地掛在距她只有幾步之遙的白浪男子身上。她望著他的背影，不忍與他道別。她也知道他對她也有好感。自己在他的心中，是有地位與重量的。但在重逢的第一天，她表露了她的情愫之後，突然驚覺到，他和她，自己的族人與白浪或傜傜本就格格不入，再加上最近的惡戰，兩邊的仇恨其實更加深了。雖然郭均當日在戰場上因為不忍殘殺無辜而脫離戰場，但是他依然是個白浪。雖然大頭目哥哥也認為他是一個好白浪，但他還是會回到山腳下白浪的人群中，不可能留在部落中與她共老一生的。

因此，這十多天，她把握時間，希望能多一些時間與他共處。但另一方面，又有著好時光無常的感覺。她為此煩惱著。

現在，分別的時候終於到了。她怔怔望著他的背影，淚水在眼睛中打轉。

---

③被清兵所毀的五個部落是：內獅、外獅、竹坑、草山、旁武雁（清朝文獻中稱為「本武社」）。

終於，儀式結束了，下山的隊伍開始前進。枋山頭人與野崖走在最前面，野崖轉頭向郭均招手，於是郭均趕快跟了過去。野崖上了八人所抬的轎子，端坐於上。大龜文的總頭目，當然要有總頭目的架勢。酋龍家族之首，則留守內文，以防萬一。在野崖後面，則是坐著四人轎的根阿燃、麻里巴、草山、房武溫諸頭目。更後面是幾十位隨行者。一行浩浩蕩蕩，大約有一百二十多人。大龜文的子民，唱著祝禱詞，目送著他們的頭目下山去和白浪頭目會面。前程似乎並不明朗，但他們又相信，野崖一定會胸有成竹，祖靈一定會庇佑。

突然，一聲長吟劃破天空，在山谷中迴響，原來是有人開始吟唱著〈榮耀大龜文〉，曲調原本高亢，繼而轉入低沉而綿續的長吟，然後又轉為高昂。歌聲在雄壯中有著淒涼，反映出大龜文人心中的悲情與意志力。

於是行進中的隊伍有人開始附和，有和聲，有伴唱，竟是多部合吟。歌聲愈來愈大但卻唱得比平常低沉，在山谷迴響……。

坐在轎上的野崖，強忍盈眶的熱淚。跟在轎後行走的郭均，自淒美又壯濶的歌聲感到了大龜文人的精神力量。他來自一個不會唱歌的族群。他第一次聽到一個族群發自心中的歌聲吶喊，與大自然交織成一片。於是，郭均也流淚了。對這些過去心目中不識之無的「生番」，他有了非常不同的體認。

第四十五章

在蕭桐腳的清軍大營中，唐定奎接見來自大龜文的大頭目。

他沒想到，這位大龜文的大頭目，竟然如此年輕。他黝黑精壯，但不如想像之高大。當接觸到對方目光的時候，他大吃一驚，心中略有寒意。他從未見過那樣的眼神，他眼睛很大，眼眶甚深，配著深刻方正的大臉，兩眼更顯得閃亮深邃。他可以自對方的眼光讀出聰慧，也讀出堅毅，甚至帶有一絲未消的恨意。這哪裡是所謂「土番」？他驚覺，自己是僥倖的，如果對方擁有和自己一樣多的人馬，一樣多的槍枝，自己必敗無疑。

過去他征戰沙場，不論長毛或捻匪，對方人馬都是數以萬計，但淮軍都能以寡擊眾。而這次，他帶領大清精銳六千五百名淮軍至此，本來預期的是與日本的兩國交戰，結果竟演變成去攻伐台灣一些幾百人的小部落。大龜文的可戰之士算起來只約二千，就是男女老少總人數加起來怕也才不足五千。官兵布署在此的，除了淮軍四千多，還有鄉勇一千多人，竟比番人的總人口數還多了不少。

他想：「勝之不武啊！」

何況，還是慘勝。三個月來，淮軍在這場戰役的死亡人數超過一千！大將張光亮已故，王德成病重，章高元未癒。若再加上屬於湘軍系統的王開俊，朝廷為大龜文番而付出的代價不可謂不大。

儀式的內容是田勤生規畫的。田勤生把儀式定名為「大龜文番受降冊封儀式」。

和約的內容是田勤生與草山頭目先談妥的，唐定奎提出的六條件：（一）遵薙髮（二）編戶口（三）交凶犯（四）禁仇殺（五）墾番地（六）設番塾。野崖則提出了「立總目」。但大龜文人看不懂這些文字，於是野崖請求郭均先為他看過一次，由枋山頭人翻譯給他聽。唐定奎說，其他可以緩行，但要求立即當場完成「遵薙髮」。

野崖先表示，可以薙髮，但相對提出了一個條件，要唐定奎承認大龜文的完整一體，由大龜文頭目自行管理。此外，野崖也明白提出，可以讓軍隊為了開路而進入大龜文，但不容許有任何墾民進入。墾民仍只限於在海邊平原①。

這個「遵薙髮」及「設總目」，其實是上次草山頭目來到唐定奎大營時，雙方就已提出的。當時田勤生笑著向唐定奎說，我們可以學當年的康親王。康親王向鄭經說，只要東寧軍民薙髮，大清可以容許東寧王國的存在。可惜後來鄭經沒有接受。但有此前例，如果大龜文番答應薙髮，唐軍門就可以循例康親王，代朝廷封他為大龜文總頭目，也就是「立總目」。不到五千人的部落群，由唐軍門代表大清冊封大龜文為從屬酋邦，也算很有面子。於是，雙方照本宣科，達成最重要的第一步。

這一天，田勤生花了很長時間與大龜文人解釋其他條件及細節。他向野崖提出，在枋寮設番學塾，野崖馬上同意每個部落至少送三位兒童來。唐定奎大喜，他沒想到會如此順利。

田勤生又說，撫墾局將設於楓港，但目前並無馬上開路經過大龜文人區域的具體政策。至於編戶口，唐定奎再次保證，可以慢慢來②。禁仇殺可以請他們立誓。交凶犯，則兇犯其實已伏法。所以只要大龜文人全部當場薙髮，清廷就冊封野崖為大龜文總頭目。

野崖的疑慮是撫墾局。唐定奎說，撫墾局是為了開路，而開路除了軍伍，也需要民工，民工須當地就食，因此在路邊開墾一些小田地做種植等開路結束，民工自然離去。野崖想，由此地到卑南，一般取道車城，因山勢較低；或枋寮，因路線較近。經大龜文要經過高山且路遠，其實可能性不高，徒為具文而已，因此也答應了。

最後，話題又轉回，大龜文頭目是否願意當場薙髮？野崖豪邁一笑說，他們知道像卓杞篤早就打扮成白浪或倸倸髮型，只要可以保存部落傳統服飾即可。若要著白浪服裝，那才丟臉，也不習慣。一百多位大龜文人於是當場集體薙髮，唐定奎不勝欣喜，認為這表示大龜文

①後來海邊移民所居成為枋山鄉，為全台灣最窄長的鄉。原為大龜文人居住的獅子鄉內則迄今少有平地漢人。
②見第四十四章三二九頁之註。

人已全部歸順，是朝廷的一大勝利。

野崖最痛恨日本人當年的旗子、文書。而唐定奎也給了野崖一張文書，但不是要大龜文人服從命令，而是冊封野崖為大龜文「總目」。這是官兵希望使用的名詞，表示是朝廷的冊封。

另外，唐定奎表示，既然內獅、外獅俱已焚毀，原地不太可能再恢復舊貌。因此他希望內獅、外獅的族人能搬到新址，並更改新部落名稱。唐定奎心中最顧忌的是內、外獅頭社，他要求把內、外獅兩部落，由枋山溪及七里溪上游下遷，以利清兵就近監督，並改名為內外永化社。其餘草山社改名永安社，竹坑社改名永平社，本武社改名永福社。番社改名，代表淮軍精神上的勝利。

對野崖來說，他最怕的是官兵繼續占領內、外獅頭社等。如今唐定奎只下令內、外獅頭遷到離白浪較近的地區，因此野崖並不反對。至於官府要稱為什麼，是他們的事，反正大龜文人依然會保留內獅、外獅或獅頭社的稱呼③。

於是，雙方在鳳安宮的廟埕舉行了冊封儀式。在舉行儀式前，田勤生發現野崖穿來的大龜文衣服太舊，也太簡樸了。他取了嶄新軍服要給野崖，野崖堅決拒絕。他不願穿上白浪的服飾，更不願穿軍服。於是田勤生以新的布料仿照大龜文人的衣飾，再略加改變，製造成一套大龜文式的新衣服。這套新衣服讓野崖大喜，日後在節日時必穿。唐定奎在典禮後更是送了大批布匹給大龜文人。野崖等大小頭目回到部落後，人人仿照他們薙髮，也仿照「總目」

新衣的樣式、剪裁，從此竟改變了大龜文人的穿著方式。

在典禮後的宴席中，雙方觥籌交錯之間，田勤生帶著酒意說，古代的皇帝在冊封藩王之後，往往將宗室之女嫁過去。結為姻親之後，雙方感情更篤，而且也可以將上國禮儀及教化傳入番邦，像王昭君、文成公主。田勤生開玩笑說，大龜文總目一表人才，英雄剛毅，如果尚未婚嫁……他突然轉頭向枋山及莿桐腳頭人高聲說，你們可有標致女兒，收這東床快婿。眾人皆大笑喝采。枋山頭人陳龜鰍趕快出來說：「總目已經有夫人，而且有一位小公主了。」一話方說完，想到野崖的妹妹，正想拿瓊玎去比喻成公主，卻見野崖臉色嚴肅，不與眾人一起起鬨，知道玩笑開不得，否則弄巧成拙，於是到嘴邊的話又收了回來。

---

③沈葆楨、王凱泰合奏《番社就撫部置情形摺》（光緒元年五月二十三日）

「奏為臺南協從番社悔罪輸誠，業已次地就撫；謹將布置情形，恭摺馳陳，仰祈聖鑒事……該都督示約七條：曰遵薙發，曰編戶口，曰交凶犯、曰禁仇殺、曰立總目、曰墾番地、曰設番塾，以龜紋社首野艾，向為諸社頭人，拔充總社目統之，著照約遵行。……野艾及各番等均願遵約。隨將竹坑社更名曰永平社、本武社更名曰永福社、草山社更名曰永安社，內文獅頭社更名曰內外永化社，脅從各社，均許自新。惟獅頭社罪大惡極，漏網者不許復業，所有內、外永化社，即著總社目另招屯墾，以昭炯戒。」

沈葆楨在文後又補上一段相當耐人尋味之語：

伏思曩奉撫番之命，以獅頭社之變，易撫為勦，實出於萬不得已，幸天威所震，頑族歸誠，敢不仰體生成，使之同託帡幪之下！惟狉獉之性，初就範圍，不能不堅明約束，俾先受我羈勒，後乃可徐與漸摩。擬即如該提督所請，按條實力奉行。臣等愚昧之見，是否有當？祇候聖裁！謹合詞恭摺，由輪船內渡發驛六百里馳奏。伏乞皇太后、皇上聖鑒，訓示遵行。再，此摺系臣葆楨主稿，合併聲明。謹奏。

此時的野崖，心中想著的，則是阿拉擺。他在心中對阿拉擺說：「阿拉擺，我保全了大龜文了。希望你對這樣的結局滿意，希望你的靈魂永遠保佑大龜文。」

他舉起酒杯，在心中向阿拉擺敬酒，向祖靈告白，他已經盡力了，大龜文子民也都盡力了，希望祖靈見諒，佑護他及所有大龜文子民。

至於郭均，成功當了使節，讓雙方完成和議的喜悅已成過去。現在，他思緒混亂，心中盡是瑷玎的如花笑靨，以及對他的甜蜜依偎。而今後，他是否還有機緣再與瑷玎相逢？這讓他心亂如麻。在全場的昂奮中，卻悶悶不樂著。

第四十六章

光緒元年六月（1875年7月）。鳳山。

淮軍可以撤離了。唐定奎心中鬆了一口氣，火輪船終於聯絡好了。

在過去半個月間，又有兩個愛將病故了。一位是王德成，在野崖到大營的第三天，五月十五日病故了。

另外一位，竟是田勤生，讓唐定奎非常難過。

自四月十四日張光亮病故，章高元也罹病之後，田勤生幾乎是他不論文、武都倚賴的大柱。他正準備在回到徐州以後好好獎掖提拔他。他自後山攻入內獅，阻斷了霧里乙的援軍。阿拉擺在亂軍中陣亡，無法確定是誰的部隊立功，但以屍首尋獲之處，應是田勤生之部。王開俊頭顱也是他尋獲。與番人的和議條件，設撫墾局，設番學塾，都是他一手籌畫。

五月十二日那天，大龜文人來大營，田勤生更是要角，帶著通譯穿梭兩方，談笑風生，去除了大龜文人的疑慮。終於雙方和議圓滿達成。他何止功不可沒，根本就是第一大功臣。

在更早，打狗的旗後砲台，也是田勤生一手規畫，只花短短二個月就完成的。

然而五月底到了鳳山，他卻突發高燒，七天而亡。

來到鳳山，處理陣亡淮軍是唐定奎一大重心。他規畫了淮軍昭忠祠，呈報上級。

七六九人葬在北勢寮。

一一四九人葬在鳳山。

另有，王開俊的湘軍九十七人葬於加祿海邊，不在淮軍一九一八人之列。

六月十九日，第一批有四營歸上海。七月一日第二批，七月十二日，唐定奎帶著第三批，也是最後一批，離開台灣。

還有染病將士近百人。唐定奎決定把他們留在鳳山及恆春，不載運回上海。唐定奎說，他們康復之後，福建巡撫王凱泰會安排他們回內地。誰知不到半年，連王凱泰也過世了。

*

唐定奎是最後一批走的，當船鳴笛升火的時候，他很高興，終於可以離開台灣了，可以永遠脫離這個噩夢一場的戰爭了。可是，當船愈開愈遠的時候，想到當初帶來的六千五百人，現在只剩下三分之二。有些營，竟然剩下不到三分之一，心中的愧疚取代了剛上船時的興奮之情。

他望著遙遠地平線和隱隱約約山影的台灣。想到那些永遠回不了家的部屬，東維清、王德成、張光亮、胡國恆、田勤生…等。他們的身影依舊在眼前，但如今已成古人，不禁悲從中來。

這時，章高元正好來到他身邊。章高元也曾重病瀕死，幸又好轉。他看到章高元，感到人生禍福難料，情不自禁，執著章高元①的手。「鼎臣……」他叫著章高元的字，頓時百感交集，卻一個字也說不出來。下一刻，兩人再也無法忍住，眼淚奪眶而出。

---

① 1884 年清法戰爭，章高元又奉派到台灣輔佐劉銘傳，因功升為台灣總兵，至 1887 年為止。

第四十七章

官兵退了。雖然還有近千人戍守在枋寮、加祿、楓港、車城、恆春等地，但是已經沒有大部隊的集結了。而且，清兵自枋寮到車城的路上，大約每五里路就建了一個崗哨，防範大龜文人再下山攻擊。

大龜文的變化更大。撤遷到後方部落的內、外獅部落男女，沒有再回到原來的內、外獅居住。首先，這裡已是一片焦土。其次，依照五月中官府與受冊立為大龜文「總目」的野崖的約定，這兩部落必須遷離他處。

其實內獅、外獅人，也不願再回原地。他們怕觸景生情。有一些部眾希望回到內、外獅頭的舊址，去尋找一些遺物，但是在臨行前都受到女巫勸阻。女巫表示，那些死難的人有所表示，他們不希望自己的靈魂受外界打擾。於是，原來的部落似乎成了禁忌之地。

在那個大瀑布之旁，不再有嬉戲的小孩，也不再有洗衣濯足的婦女。

然而，在那猛烈的戰役結束了約三個月以後，還是有個人影，出現在大瀑布的水潭邊。

那是個美麗的少女。然而，一身素白，面帶哀戚。

她沿著水潭，緩步走向瀑布落到潭中之側，然後走入瀑布後的石洞。她在地上選了幾塊中型石頭，壘成一個三角形，然後自袋中拿出檳榔、小米酒、水芹菜，以及山豬肉，擺在三角形石堆的前面。

「阿拉擺，我來了。原諒我晚了三個月才來。

「阿拉擺，這裡是我們在一起過的地方……」她終於無法再保持鎮靜，啜泣起來。「阿拉擺，你保存了大龜文。大龜文和官兵已經和解。

「阿拉擺，我已經有了我們的孩子……

「阿拉擺，這是我晚了兩個月才來的原因。」她摸著隆起的小腹，似乎有些羞澀：「我害喜，吐得好嚴重……

她綻開笑容：「阿拉擺，不論是男是女，我一定要把他養大，告訴他，他的父親是每個大龜文人都感激的英雄，是拯救大龜文的英雄。

「阿拉擺，我們的女巫，已經正式宣布，我們是正式的夫妻關係。

「阿拉擺，不論是男是女，我都會把我們小孩的名字命名為阿拉擺。所以他會叫作『阿拉擺．阿拉擺』。」她邊流淚，邊笑出聲來。

「阿拉擺，您要保佑您的小阿拉擺，讓他長大成年……像你一樣，成為大龜文的英雄。」

她輕輕地哼起歌來，倒像是哄小孩入睡的催眠曲。

她閉著雙眼，不再哭泣，繼續唱歌給死去的丈夫聽，也給肚子中的小嬰兒聽。歌聲竟透露著期待與滿足，在山洞中迴旋著：

是什麼纏繞在心頭？

唉呀！那個寂寞的人啊！

唉呀！那個勇敢的人啊！

唉呀！那個思念的人啊！

啊！彷如傳說　思念你的心情　就像大武山上的老藤

深深紮進　千年老樹

盼望你係那老樹

盼望你係那樹葉

可以時時依靠

可以時時觸摸

啊！纏繞在心頭。

第九部

獅頭花：三千里外卻逢君

第四十八章

在六月初，淮軍開始北撤鳳山時，唐定奎相當不解地問郭均，真的要留在台灣？台灣是瘴癘之地啊！幾乎所有淮軍都避之惟恐不及。

唐定奎說，他再給郭均幾個選擇。是隨唐定奎到上海？還是歸張其光或吳光亮？張其光現在在開闢往卑南的道路；而吳光亮則正在中部開闢到東部璞石閣的道路。

郭均不好意思地說，他不適合行伍，想回到過去懸壺濟世的生活。他到楓港地區也十個月了，與當地居民也熟悉，也很受歡迎。因為這裡自加祿到楓港都沒有大夫，感覺自己很受重視，也喜歡這裡的民風。

唐定奎問他，是否想念廣東英德故鄉？

郭均毫不猶疑地笑著回答：「他鄉日久是故鄉。」

郭均很想告訴唐定奎，幾次上山，讓他喜歡起大龜文人來了。他喜歡他們的樸實懇切，毫無心機，不會鉤心鬥角。他們守信用，言出必行，不必立什麼文書。他們很簡單，很純真，與他們生活，沒有罣礙。他沒講出來的是，他思念瓊玎，捨不得離開楓港，一離開，就再也見不到了。

唐定奎也需要有人幫忙照顧因病未能隨船的近百名將士，而郭均自然是最佳人選。於是他不再強求郭均隨著部隊走。他拍拍郭均肩膀，表示祝他好運，同時賞了他一大筆錢。

郭均用這筆錢向黃文良買了一間大屋。大家聽到郭均購屋，表示他有意留下，非常高興。

王媽守自從日本兵離開，清軍到來之後，地位已大不如前。而郭均在楓港行醫之後，更是取代了王媽守的頭人地位。對郭均，王媽守也心存感恩。

郭均在夜深人靜之時，會因思念瓊玎而不能成眠。他不知現在瓊玎在哪裡。和總目的哥哥野崖同在內文？還是與內獅頭社的族人搬到新部落？新部落在哪裡？大龜文人的部落通常都在溪谷之中，沒有人帶路很難到達。

楓港村有女兒的人，爭相找媒人去郭均家。儘管媒人嘴，糊蕊蕊，但郭均不為所動。他心中只有瓊玎。他在等待，因為在鳳山的唐定奎還會派人來探望留在枋山、楓港的受傷將士。

終於，唐定奎在七月十二日離開台灣了。接著就是七月十五的中元普渡。離戰役結束三個月了。雖然在此陣亡的千名淮軍屍骨都已運到鳳山，準備蓋個大塚，此地居民依然為這些異鄉亡魂舉行了盛大普渡。郭均決定，等過了中元，祭拜了他的陣亡同袍，他就上山找瓊玎。

至於半年前在七里溪畔陣亡的王開俊與他的部屬共九十七人，民眾也早在二、三個月前在南勢湖北面的嘉和近海處建了一個合塚，並建一塔以慰亡魂，自此可以讓亡魂西望內地故鄉。

這些陣亡將士屬於湘軍系統，大多來自湖南或貴州，少數來自福建。都是郭均共處了三、四個月的舊識。而自嘉和到枋山，已有多處祭拜「五營將軍」，有大祠，也有路邊小木雕像。郭均偕同幾位傷癒後仍然留在台灣的同袍，也去祭拜王開俊。

王開俊祠前，祭拜者甚眾。王開俊生前對郭均甚好。郭均在祠堂內，對著王開俊神像，大為激動，久久不能自已，喃喃對著王開俊神像默念，有如王開俊生前兩人對談，停留了約一個時辰之久。

中元祭祀，皆在正午。郭均逗留了一個多時辰，不覺已到未時中，民眾及同伴皆早已離去。郭均依依不捨，正踏出祠外，準備離去，卻遠遠卻望見有三位番人打扮者，也到此走來，甚為訝異。等走近一看，竟然識得其中二位，是在內獅部落裡見過的。他們竟然也和平地人一樣，準備一些山豬肉與小米酒來祭拜，只是沒有平地人的炷香。

郭均等人沒有想到番人會來祭拜王開俊。王開俊與大龜文番可說是血海深仇。幾位番人也有些靦顏，其中一位告訴郭均：「是瓊玎頭目要我們代表內獅來祭拜的。」「今天我們先祭拜了阿拉擺等百位戰死的勇士，瓊玎頭目說，王開俊等人殺了我們部落裡的人，但是我們也殺了他們。自從砍了他們的頭顱，就已不再有仇恨。」

郭均聽到他們提到「璦玎頭目」，心頭翻騰，向那位生番舊識說：「你們且等候。祭拜完，我與你們到內獅部落去。」

郭均默默跟著那三位大龜文人向山中走去，心中激動不已。太神奇了，他正打算在中元過後上山去尋找璦玎，結果上天竟然派了三位獅頭社的人來接他上山，真太不可思議了。大龜文人祭拜王開俊的那一幕，讓郭均心中有著感動與衝擊。他們的和解，是真正雙方公平對待。

郭均跟隨三位大龜文人走了一小段，不覺心念一動。他恍然大悟，這是王開俊神靈的安排，他激動地無法再走，停步下來，表示要再回去王開俊祠。他向王開俊的神靈下跪良久，虔誠感謝。三位番人忍不住催促，日頭已偏西，郭均才又起身，隨番人上山。

了解大龜文人以後，他認為，以「鐘鼎山林，各有天性」這句話來形容移民與大龜文人，再恰當不過了。他在內文住過十多天，能體會部落生活與天地渾然一體的優閒，部眾分享物資的愉悅。那是平地人強調競爭的社會所不能體會的。

他在內文時，有一次親眼見到，三位勇士獵到了一頭大山豬，他們把山豬扛回來部落之後，先扛到頭目野崖家門口，割下一隻山豬腿，也就是最好吃的部分，當作獻給頭目的貢禮。而頭目也向他們敬酒回禮。先敬天地，敬祖靈，再敬族人。這是大龜文人敬酒的儀式。眾人再把山豬的其他部位一一切割，按照各家的人數與需要分配。當然這三位獵到山豬的勇士可以多分到一些以及好一些的部位。

那時，他不禁佩服大龜文人了。這不正是他小時候唸過的《禮運．大同篇》「老有所終，壯有所用，幼有所長，鰥寡孤獨廢疾者皆有所養……」的實現嗎？怎麼能說大龜文是缺乏教化？是番民？比起漢人要唸書去學習，「五倫」、「教化」，禮儀教化，反而早已融入大龜文人的傳統習俗之中。他們只是缺乏漢人的彼此競爭，或所謂「努力進取」；但卻反而有更多的安樂，更溫暖的人際。

他們沒有文字，沒有科舉，沒有功名，也沒有錦衣玉食。但郭均覺得，只要他們除掉馘首惡習，反倒是個接近《禮運．大同篇》的社會。

他發現去新內獅部落的路已經有相當大的不同。他並沒有去注意路徑，心裡一直思潮洶湧。即將見到瓊玎了，瓊玎現在是頭目了。其實他應該知道的，內獅頭目本是阿拉擺，阿拉擺死了，當然就是輪到排行次於阿拉擺的瓊玎。大龜文與大清不同，男、女皆可為頭目，不像大清百姓，只有男孩才能繼承。

新的獅頭社在望了。早有幾位在部落外嬉戲的大龜文孩童看到了他，露出訝異的神情，但並不驚恐，反而笑著奔回部落報告。

他們進入部落，部落裡大半的人對他早已不陌生了。郭均顯然很受歡迎，不少番人過來向他打著招呼。

於是，他看到瓊玎自最高處的頭目家屋中走出。瓊玎走到離他約有三十步的距離，停步下來。他看到，淚珠自她眼中流了下來。

他不敢相信：這是夢嗎?他緩緩走向璦玎，璦玎依然沒有移步。他牽起璦玎的雙手，璦玎也握住了他的手。他充滿感動、喜悅與思念，淚水流了下來。

第四十九章

璦玎偕同郭均，自新內獅到了內文去晉見大龜文總頭目野崖。

野崖和揪谷看到璦玎帶著郭均前來，既高興又驚異。野崖對郭均一直都有好感。何況上次也是因為郭均的幫助，才能與唐定奎達成滿意的協議。而璦玎告訴他的第一句話，更讓他驚訝地說不出話來。

「璦玎想請示兩位股頭，璦玎希望能與郭均結婚，然後搬到楓港去住。希望兩位頭目都可以同意。」

揪谷與野崖都愣了一下。揪谷連珠砲地問：「妳，妳說什麼？婚事我自然同意。但是妳要搬到楓港？妳要去和白浪住在一起？妳要放棄頭目的位置？」

璦玎只是點點頭。

野崖望著郭均說道：「郭均，你也知道大龜文都認為你是好的白浪，因此大家也都很尊敬你。你和璦玎能夠結為夫妻是大龜文人樂見的。但是……」野崖頓了一下：「璦玎是芭塔果泰家族最小的女兒，如果她放棄了頭目的職務，就必須再找家族的其他人接任，就不是我們家這一支了。這對內獅部落而言，是個非同小可的事。

野崖又說：「你也知道，我們大龜文的習俗，結婚以後，是新郎到新娘的家去，就像我和揪谷結婚，是自芭塔果泰家嫁到邏發尼耀家，就是你們白浪所說的入贅。其實揪谷才是真正的頭目，但因為揪谷不懂打仗的事及其他對你們白浪的種種，所以由我負責，於是官兵和白浪都以為我是頭目。我告訴了唐將軍，他說朝廷不可能封一位女人為總目，因此就由我當總目。郭均，你是不是也可以這樣，讓芭塔果泰在我們家族的這一支可以繼續下去，讓璦玎可以繼續擔任內獅頭目。」

野崖又轉向璦玎：「如果郭均答應入贅芭塔果泰家族，作為頭目的丈夫，他的地位也與頭目差不多。而且將來你們的兒女及後代將世世代代擔任內獅頭目。」

郭均回望璦玎，似有詢問之意。璦玎低著頭，沒有說話。於是郭均向野崖說：「大頭目，璦玎願意嫁我，是我的榮幸。能夠和璦玎結婚，我當然有心理準備，願意遵照你們的習俗，入贅大龜文，留下來做大龜文人，融入大龜文人。恕我笨拙，我說不上來為什麼，但我發自內心喜歡你們，尊敬你們。我留在大龜文，也可以傳授你們一些唐山人的生活技巧。」

郭均頓了一下，卻一直躊躇未語，心中似有難處。一直低著頭不說話的璦玎，此刻突然抬起頭來，挺了挺胸膛，叫了一聲：「哥哥，我就接著郭均說吧。想要到楓港去，完完全全是我璦玎本人的決定。我和郭均，有過很長的討論。我知道郭均為什麼想留在大龜文。郭均說，他喜歡大龜文，他也喜歡他的白浪同伴。郭均說，他不希望看到將來大龜文和白浪再有衝突，這樣，他會很難過。所以他說，他願意住到大龜文來，將來兩邊若有衝突，有他在這裡，他認為，可以把衝突的可能減低。

「但是，我問郭均，將來如果雙方再有衝突，是白浪先動手的可能性高呢？還是大龜文先打白浪？

「大股頭哥哥，我們大龜文是守信用的人，如果白浪沒有再生是非，大龜文是不會先動手的。您說是不是？」野崖猶豫了一下，點點頭。瓊玎一笑，接著說：

「連郭均都不得不承認，將來，如果雙方再有衝突，一定是因為官兵要再開路，通過大龜文，或者白浪的移民愈來愈多，需要更多土地去耕作。因此，我告訴郭均，如果要防止雙方未來不再有衝突，那麼他應該留在楓港，萬一官府有什麼對大龜文人不利的想法，他可以先去阻止，可以為大龜文人講話。」

瓊玎的臉上，竟然綻放出笑容：「因此我告訴郭均，如果他愛大龜文，就帶我到楓港去。在楓港，他講的話，官府會肯聽。而有一位大龜文公主在楓港，也表示大龜文人信任官府，信任白浪。萬一有事，我和郭均可以先得到消息，我與郭均，都會努力，讓雙方不再打仗。」

「當然，我自小對白浪的生活方式很好奇，也是真的，但是現在並非我的最優先考量……。」

璦玎一口氣把話說完。她的胸膛劇烈地起伏著，卻仍然直挺挺。夕陽照進屋內，照在璦玎身上，她的小小身軀，卻映著長長的身影。

野崖與揪谷不可置信地望著璦玎，他們從未看到這樣會說大道理的璦玎。大家都沉默無語，似乎整個家屋都充滿著璦玎話語的迴響。

郭均更是滿心感動地流下了眼淚。他想起在前一天，他告訴璦玎，要有心理準備，要能忍受楓港人的異樣眼光，甚至輕蔑的眼光。璦玎的回答令他對她有更多的敬意。璦玎告訴他，白浪一般不了解大龜文人，有許多誤會。其實大龜文男人的性格是不太會計較，而大龜文女人的個性是勤奮的，多才多藝的。璦玎說，她要使楓港人對大龜文人刮目相看。

終於，野崖開口，簡短地說出兩個字：「好吧！」

野崖的點頭，讓璦玎與郭均都喜極而泣，璦玎走向前，緊緊抱住哥哥，向哥哥致謝。這時，郭均想到王開俊，他認為是因為璦玎行善念，遣人祭拜王開俊，所以王開俊的神靈促成兩人的重逢與結緣，也讓璦玎勇敢而自信地向野崖力爭，於是，他鼓起勇氣，告訴大龜文總股頭野崖他心中的想法。野崖圓睜著大眼好一陣子，抬頭向上，似乎望著天空，默默無言，臉上露出尊敬的表情。

野崖親自到了內獅主持婚禮。內獅的女頭目嫁給白浪，而且要住到楓港去，這當然是一件空前未有的大事。還好這位白浪是大龜文喜歡的好人，而且這象徵官府與大龜文關係的具體改善。

野崖同意這婚事的條件是，兩人婚後，五年祭及其他重要祭禮，璦玎和郭均必須回來參加。此外，璦玎每年必須至少回到部落兩次。於是郭均又在內獅頭社繼續留下來近一個月。

第五十章

然而，在郭均歡歡喜喜與瓊玎成婚的那一段日子，瑯嶠的居民卻別有點滴在心頭。

首先，是「瑯嶠」的名字不見了，改為「恆春縣」。恆春縣的名字，不是不美麗，但居民早已習慣「瑯嶠」這個使用了二百年的名字，對他有感情。瑯嶠本來是原住民語詞，瑯嶠雖然也代表偶爾來自原住民的威脅，但也代表一個天高皇帝遠、無拘無束的時空。而恆春，這個名字雖美，卻不為居民所喜，特別是一些村落頭人們，因為第一任恆春縣令周有基，令大家提心吊膽。看來，無拘無束的好日子過去了。

過去，官府遠在枋寮，現在，恆春城雖然尚未建好，但是周有基在光緒元年七月下旬就上任了。他在去年三月日本人登陸龜山之前就已在枋寮任巡檢，所以瑯嶠居民對他並不陌生。

聽說周有基要來當恆春縣令，王媽守心裡就開始感到忐忑不安。

去年周有基曾在官文書上，正式說他「勾結倭軍」。還好後來郭均很同情他的際遇，

「既在矮簷下，如何不低頭」，日本軍來了，他能不與橫田棄合作嗎？大家為生計所迫，向日本人賺一些蠅頭小利，怎會是罪大惡極。加之以「漢奸」的帽子，未免言過其實。靠著郭均向王開俊說項，王開俊也同意，這是大環境所致，沒有問罪王媽守。後來王媽守已經不能像日本人還在楓港時一樣，狐假虎威，號令鄉里，他收斂多了。後來，即使在王開俊出事喪生，後繼的唐定奎也沒有與王媽守計較這些陳年往事。而且唐定奎聲討生番，正是王媽守想利用日本人做而做不到的，因此王媽守對官兵也確實盡心盡力。豈料番人投降了，反而是王媽守即將大禍臨頭，因為周有基回來了，還直接當了恆春縣令。雖然周有基遠在恆春築城，但是王媽守心中早已七上八下。他在想，是否再度請郭均去向周有基說項。不巧郭均卻到番社去了。

更不料，周有基上任才第五天，王媽守就被衙門差役自家中揪了出來，戴上手銬腳鐐，由囚車載著，押解而去。不到幾天後，就傳來被斬首的消息。王媽守及其家人，本以為僅是牢獄之災，沒想到竟是殺頭重刑。楓港人都嚇呆了，因為若是繼續問罪，則楓港人人自危！

後來傳說，王媽守的罪名除了幫忙日本人在楓港建軍營「通敵倭軍」外，還有一條更重的罪名，是為彰化的賊人廖生富與日本兵牽線。致王媽守死罪的，其實是這一條。來自恆春的消息說，王媽守對這一條指控非常不服，一直辯白，表示廖生富確曾向他提出此要求，但他完全拒絕了。而廖生富為什麼遠自彰化來找他，他根本不知情。

但周有基只是嘿嘿冷笑不已。王媽守直到行刑前刻，依然不住喊冤，破口大罵，咒詛周有基。楓港人則對周有基竟然連廖生富秘密到王媽守家都知道，又敬又怕。因為楓港知道這件事的人，也才寥寥數人，而王媽守也再拜託知情者保密。

周有基斬了王媽守人頭的消息傳出，統埔及保力客家庄等頭人，大家人心惶惶。當初為了琉球人頭顱一事，眾人對周有基也多有得罪。因此深恐周有基一旦問罪，牢獄之災或沒收財產恐怕免不了。

幸好，天可憐見，周有基才上任一個月，就因丁憂必須守喪二十七個月而卸任①。大家如釋重負，額手稱幸。只有王媽守成了倒楣鬼。而周有基也知道王媽守在臨刑時口出惡言詛咒他，接著幾天後父親急病去世，心裡也不覺毛毛的。

說來也很巧，在周有基上任的日子，郭均正巧都在大龜文境內。而且周有基遠在恆春。除了針對他所痛恨的為日本人做事的一些漳泉及客家頭人們，他的目標放在當年惹出大事端的龜仔用部落。聽說他為了壓制龜仔用，還請了唐山的風水大師來，立了三塊貼了符咒的石頭，正對著龜仔用部落，以鎮壓這些殺人生番。當地人知道了，稱之為「石符破庄頭」。

自從唐定奎把淮軍全部撤走之後，從枋寮到車城這一帶，武將官階最大的就屬枋寮巡檢郭占鰲。

① 1877年，周有基又回任台灣南部，但不再是縣令。

郭占鰲聽到大龜文總目野崖的妹妹將下嫁郭均的消息，即驚奇又高興。他帶了大批賀禮，親自到內獅社參加婚禮，讓大龜文人也覺得很有面子。

郭均繼續留在獅頭社中，等新頭目的繼任大典結束了，才帶著璦玎回到楓港。郭均娶了大龜文總目的妹妹、獅頭社頭目的消息，自然大大轟動。自加祿到楓港，一路上都有庄民歡呼，贈食送果，讓兩人好生欣慰。畢竟那一天民眾都看到，大龜文總目來到大營，唐將軍也是以上賓之禮相待，尊重有加。因此大龜文總目之妹下嫁楓港的軍爺，其實也是楓港人好大的面子。而大家也期待，這麼一來，大龜文應該不可能再濫殺這一帶的墾民了。這比唐將軍與番人頭目的約定還更令人放心。郭占鰲也派人替郭均的住宅大作整修，送上大禮。

郭均帶著璦玎回到楓港，民眾更是夾道鼓掌迎接。

他們在到楓港之前，即先到王開俊祠堂去致謝致敬，璦玎更是由部落帶了十分豐盛的祭禮，兩人足足跪拜了一支香的時間。

郭均到了楓港，竟不先返家，而是直接步入德隆宮。他向五府千歲稟報，今後兩人將定居楓港，祈求千歲保祐兩人，也保佑墾民與獅頭社大家都安居和睦。璦玎也隨著郭均執香向神明敬拜，神情虔誠，令旁觀者心中十分驚訝：「原來番女也能知禮敬神。」

第十部

胡鐵花：淚灑鳳山昭忠祠

第五十一章

胡傳①在鳳山縣令李淦②的陪同下，步入鳳山縣署。李淦親自到鳳山的外北門去迎接他讓他覺得非常窩心。

李淦是安徽黟縣人，胡傳本人則是安徽績溪人。黟縣、績溪同屬徽州，而且是鄰縣。能在台灣巧遇同鄉，自是一大樂事。兩人同敘鄉情，倍感親切。

胡傳這一趟到台灣來，是台灣巡撫邵友濂及台灣兵備道顧肇熙奏調，以「全台營務處總巡」的官名，巡閱全台營務。

這是光緒十八年（1892）四月初五。

去年年底，他在上海接到來台派令的時候，本來不想來。自同治十三年沈葆楨的「開山撫番」政策正式執行以來，迄今已整整十八年了。這期間，朝廷確實投下重資，調派人才，努力建設台灣。台灣的進步也是朝廷所沾沾自喜的。但一般官員依然視到台灣為畏途。連他這位踏遍大江南北，北到過寧古塔，南到過瓊州，號稱「鐵漢」的人，也遲疑好久，才來赴任。

「胡總巡這一路辛苦了。對台灣的天候，可還適應？」兩人在縣署坐定後，李淦端上台灣這幾年開發出來的烏龍茶招待這位老鄉。

胡傳微微一笑：「台灣天氣還不錯。我自二月二十四日抵台灣，到今天四月五日止，四十天了，大部分時間風和日麗，沒有想像的炎熱。聽說台灣夏秋多颱，也時有地震，這些我都沒有經歷過。倒是來台灣不到半個月，就在三月七日凌晨，在夾板山③經歷一場番人對駐軍的攻擊。天未破曉，大雨滂沱，而番人嘯聲駭人，官兵大砲還擊，槍聲雨聲交雜，多名棟營④鄉勇陣亡。那可是驚心動魄！這倒是我這輩子，第一次離戰場這麼近。」然後話題一轉：「台灣的番亂，豈真是在山區到處烽火嗎？」

李淦點點頭：「鐵花兄，台灣番地多事是沒錯，但這幾年好多了。東部後山或許較多事，西部大抵平靜。我是光緒十五年八月初到台灣，正是擔任淡水縣令。一年多後才調鳳山，所以對夾板山的事，多有知悉。」

①胡傳，字鐵花，胡適的父親。胡適曾任中國駐美大使、北京大學校長、台灣中央研究院院長。

②李淦，字麗川。

③今復興鄉角板山。

④棟營：棟，指林朝棟（阿罩霧〔霧峰〕林家）營的兵士。

「早自光緒十二年起，劉銘傳大人就已數度發兵大嵙溪，因為大嵙溪是淡水河的上游，成為泉州人亟欲開墾之區。早在乾隆年間，安溪人就已到了三角湧[5]。同治時更有墾民溯溪而上，開墾『大嵙崁[6]』，與大嵙崁部落的土番發生衝突。光緒十二年劉大人派林朝棟的棟營清剿大嵙崁番。想不到五、六年了，依然纏鬥不休。唉，番人對原有土地的保衛是絕不肯退一步的，所以開山撫番一直不順。」

胡傳大有感慨：「大嵙崁七、八個部落，六年都無法解決。全台灣番人部落以數百計，十八年來花費鉅額經費，到底交出多少成果呢？[7]」

李淦苦笑，沒有答腔。胡傳也不再多問。胡傳是講效率的人，於是開始和李淦商議起視察行程。

視察完畢，才到申時中，陽光仍炙。於是李淦邀請胡傳在鳳山縣城走走。兩人先到曹公廟，胡傳拜了拜曹公像，不禁神往，想縣令雖是小官，但若能為民造福，台灣民風淳真，還會為縣令造廟祭拜，心中深深有感。官位豈在大小，小官也可做大事，就如曹公全台民眾百年後仍予追思祭拜。

李淦又說：「天色尚明，還有一處，我們安徽人更是不能不去。」

胡傳隨即領悟：「是淮軍昭忠祠？」

李淦點點頭：「我每月逢初一、十五都來祭拜。」

淮軍為李鴻章子弟兵。李鴻章為安徽合肥人氏，因此淮軍多半來自江北合肥周遭，淮水沿岸之鄉里。胡傳、李淦雖為江南徽州人氏，但也算是安徽同鄉。兩人上了轎，不一會來到柴頭埤大水塘。水潭左側，是一片小山陵。

李淦解釋說，柴頭埤又名武洛塘，所以這個緊鄰柴頭埤的小山，稱為「武洛塘山」。昭忠祠就在武洛塘山的半山之巔，依山面潭而建。祠堂格局甚大，莊嚴肅穆，又兼有山水之勝。胡傳在心中讚嘆，建得真好。

胡傳自李淦得知，埋骨台灣之淮軍，竟然有一九一八人之多，吃了一驚。他雖知淮軍在光緒元年的獅頭戰役多有死傷，但以為最多也不過數百人。李淦還告訴他，在恆春縣裡，還有其他大大小小殉職湘軍及廣東軍將士墓塚在。李淦笑笑：「自同治十三年至今光緒十八年，近二十年，台灣多事，朝廷屢次增兵台灣。來台軍伍，能再回中土者，其實不過半。即使幸免疫病，也常因種種因素，羈台未歸。只有我輩文官或將領，才真正得以來回台灣及內地。」胡傳心想，難怪大眾視調派台灣為畏途。

---

⑤今三峽。

⑥今大溪。

⑦四個月後，胡傳在光緒十八年八月二十六日，稟臺灣臬道憲顧的文章這樣寫：「臺灣自議開山以來，十有八年矣。剿則無功；撫則罔效；墾則並無尺土寸地報請升科；防則徒為富紳土豪保護茶寮、田寮、腦寮，而不能禁兇番出草。每年虛糜防餉、撫墾費為數甚鉅。明明無絲毫之益，而覆轍相蹈，至再、至三、至四，不悟、不悔；豈非咄咄怪事哉！」（《臺灣日記與稟啟》）

整個祠堂又分成三個大殿，兩側各有三廡。胡傳與李淦沿著長廡的長廊漫步。長廡下供著一長列牌位。每個牌位刻有殉亡之官軍姓名與官銜。走過六個長廡十二列牌位，一個牌位代表一個無法回鄉的孤魂，胡傳心中愴然。

參拜完畢，已近黃昏時刻。昭忠祠周邊盡皆高大老榕，長密如鬚的棕黃氣根在風中輕曳。榕樹下，許多麻雀在地上跳躍啄食，一見有人走近，盡皆飛起，吱吱亂叫，為寧靜的祠堂帶來幾分活氣。夕陽斜照，涼風習習，胡傳正前方腳下是武洛塘埤，水波碧綠；右手邊腳下則是鳳山縣城。極目眺望，頗有天人合一之感。胡傳走向祠前石碑。石碑是十五年前光緒三年立的，碑文甚長。胡傳先是觀看默讀，後來終於情不自禁一字一字讀出：「於戲！諸君在軍十餘載，南北巨孽，蕩定咸豫。今茲戢遠啟昧，烈垂方來。文嶺祠伏波，甯益祠武鄉，古今實同，頌勒何媿！祠凡十有二楹，創於光緒乙亥七月，迄丙子六月落成，遷葬鳳山、枋寮兩冢，千九百十八棺。仍置祠田，守者司之，別石具勒。……⑧」

胡傳蒼鬱的聲音，在空中迴盪著。他初渡台灣，身邊李淦是安徽同鄉，整個昭忠祠一九一八人也盡為安徽先賢。他想起王勃的名句「萍水相逢，盡是他鄉之客。關山難越，誰悲失路之人？」這些英魂不是他鄉之客，而是同鄉前輩；不惟是失路之人，而是為國捐軀，卻永不得歸鄉的國殤。他回頭再望夕陽下的昭忠祠，似乎可以感受到一九一八位英魂的懷鄉之情。終於兩行眼淚，自頰邊徐徐流下。

⑧碑碣全文：

於維聖清含育萬品，孼牙咸折，肖類知歸，獨臺灣孤懸海中，物產豐殖，生番錯處，鼠伏猱緣，外啟戎心，內遺王化。迺恢廟勝，輔德以威；讋遠人，馴異族，將領忠力，士卒用命。窺謀既寢，蒙機漸開。爰疇勳庸，竝旌義烈，有敕建昭忠祠於臺灣之鳳山，祀提督王德成、張光亮、李常孚、總兵胡國恆、福建候補道田勤生等諸部死事者，無間官卒，咸得祔饗。有司以時詣祭，牲幣如禮，必備必虔，褒往厲來，規制遠矣。

先是，日本以番戕難民為辭，於同治甲戌春入犯臺南。詔以今尚書沈公視師，公請益軍，則遣今福建提督唐公將淮軍萬人以往。唐公方屯徐州，受調霆發，義不憚行。旗鼓嚮指，號令明肅，日本度不可敵，請成而退。會生番復戕開山官兵於獅頭山下，移軍往征。番類胚渾，阻箐出沒，耆殺忘死，舊以度外置之。唐公刊道列營，轉戰奪險，連下番社，首惡就禽；餘怵軍威，相率歸命。芟猶不極，約以八條，革頑奉法，易獸為人；威行窮山，歡播醜種，是為臺灣生番服化之始。竣功，都籍陷陣、中瘴物故者幾二千人。宿將賢僚，忠存魄逝，班師息瘁，駐旆澄江，於是踰二年矣。唐公喟然，語提督周志本、章高元曰：「吾儕奉國威靈，涉遠犯難，師武臣職也。公等悉智盡勇，僕受其成；而王、田諸君，出不偕入！皇仁彙祀，禮亦宜之；章義抒哀，茲焉何屬？」周君、章君迺謂銘曰：「是行也，吾子實掌書記，本末具睹，忠勤共之。辭而碑焉，繄吾子之責！」銘不獲辭。

於戲！諸君在軍十餘載，南北巨孽，蕩定咸豫。今茲戢遠啟昧，烈垂方來。文嶺祠伏波，甯益祠武鄉，古今實同，頌勒何媿！祠凡十有二楹，創於光緒乙亥七月，迄丙子六月落成，遷葬鳳山、枋寮兩冢，千九百十八棺。仍置祠田，守者司之，別石具勒。參將程曾郁、副將趙元成經理其事，例得祔書。

辭曰：「海氣蒸鬱兮，山嵐與通。島夷旁伺兮，諸華不同。榛狉異性兮，沙塵濛濛。函入聖度兮，勞臣之功。窈林麓兮千萬重，靈風肅兮神雨從。慴彼狂兮波瀠溶，福新氓兮牖胸蒙。歌峒叟兮舞蠻童，載皇覆兮永無窮。屹宇下兮碑穹隆，用告來者兮式茲群忠。」

鳳陽柳銘譔，合肥靳理純書并篆額。

大清光緒三年歲次丁丑秋八月立石。

第五十二章

和李淦共同參拜鳳山淮軍昭忠祠的第二天，光緒十八年四月六日，胡傳一大早就帶著三名侍僕，三位轎夫，二位挑夫，在曙光中啟程，前進枋寮。鳳山以南，再無大邑，就此進入邊陲之地。這一天，他走了三十里到東港。東港有哨兵，待驗槍法，胡傳認真不苟地完成了哨兵打靶測試。當晚胡傳夜宿東港。

鳳山昭忠祠之行，讓他內心震撼。他當下特別拜託李淦，幫忙找出沈葆楨、丁日昌等當年的奏文。他隨身攜帶，準備隨時翻閱。

於是，在枋寮的客店順源棧，胡傳發現丁日昌在光緒三年六月二十八日《銘軍剿番陣亡員弁勇丁請列入祀典摺》的摺文中，有更詳細的記載：

旋經該提督於光緒二年七月分籌款在於鳳山縣北門外武洛塘購買基地，檄飭參將程曾郁會同鳳山縣知縣孫繼祖設局辦理，建立昭忠祠享堂三間、兩廡各三間，旁葬勇棺

一千一百四十九具；又於枋寮購地作為義塚，遷葬前敵內山等處勇棺七百六十九具，於上年八月分一律工竣。……①

鳳山昭忠祠之落成，是丁日昌在福建巡撫任內的事，因此他有最詳細的記載。一一四九具是參與獅頭社之役而殉職之烈士，故入祀鳳山昭忠祠。七六九人是為參戰而病死之淮軍，能葬在枋寮義塚。總計淮軍在台殉難為一九一八人。

四月七日，胡傳到了枋寮。胡傳想起當年沈葆楨走這一段路時所記：「時已殘冬，麥穗秧針黃綠相間，則內地四月間景象也……過此以往，則皆番社。居民寥寥矣。」沈葆楨的文

①丁日昌摺文全文：

銘軍剿番陣亡員弁勇丁請列入祀典摺（光緒三年六月二十八日）

奏為銘軍剿番陣亡員弁勇丁在鳳山縣建祠告成，懇請列入祀典，以慰忠魂；恭摺仰祈聖鑒事。

竊照同治十三年生番肇釁，飭調福建陸路提督唐定奎統帶銘、武馬步十三營馳赴臺灣，會合戡定。其陣亡、傷亡、病故各員弁勇丁，仰蒙賜卹、入祀昭忠祠。旋經該提督於光緒二年七月分籌款在於鳳山縣北門外武洛塘購買基地，檄飭參將程曾郁會同鳳山縣知縣孫繼祖設局辦理，建立昭忠祠享堂三間、兩廡各三間，旁葬勇棺一千一百四十九具；又於枋寮購地作為義塚，遷葬前敵內山等處勇棺七百六十九具，於上年八月分一律工竣。據該提督申請具奏前來。臣等查銘、武諸軍前次奉調剿番，重洋涉險、斬棘披荊，較之剿逆、剿捻，尤為艱苦。所有該軍陣亡、傷亡、病故各員弁勇丁，既據該提督籌款購買基地，建祠告成；相應請旨准其列入祀典，由地方官春秋致祭，以慰忠魂。除將送到圖說咨移部科查照外，謹會同閩浙總督臣何璟、福建巡撫臣丁日昌恭摺具陳，伏乞皇太后、皇上聖鑒訓示。謹奏。

字帶感情，足見心繫百姓。胡傳對他敬佩有加。

過了枋寮，就是沈葆楨新設立的恆春縣了。胡傳在日記中寫著：「初七日，沿海行三十里至枋寮，而輿夫、挑夫，疲乏求止。該處客店小，穢氣薰人。適保甲董事林克中至，留于其家。」

當晚，胡傳問林克中，丁日昌奏文中提到枋寮淮軍塚，埋有勇棺七百六十九具，是否就在附近不遠？

林克中說，那義塚在北勢寮，偏居海邊，非在往南的大路上。

胡傳表示，希望明天能順路去祭拜。林克中面有難色。他認為若轉入北勢寮再回到原路，因第二天胡傳要走的路極長，而今天傍晚已有小雨，若明天也下雨，恐會誤了行程。

胡傳卻很堅持：「那我們明天早上提早一個時辰動身。」

翌日，還好只是陰天。胡傳黎明即出發，由林克中陪同。過保安宮後，轉往海邊北勢寮。約二、三里路，到了祭祠。雖沒有鳳山昭忠祠之宏偉莊穆，倒也頗具規模。胡傳知道此處七百六十九棺，俱是病歿而非戰死之淮軍。祠堂西向大海，望向家鄉。胡傳祭了這些同鄉忠魂，默禱英靈庇佑，然後匆匆再出發。

渡過率芒溪，就進入恆春縣境內，也就是古稱的「瑯嶠」了。這一天果然如林克中所言，長途跋涉。侍僕、轎夫、挑夫揮汗勉力前行。此地溪流多而水湍，每遇渡河，相當艱辛。

枋寮之後再十五里，到南勢湖，是南番屯軍後哨七隊駐地。正哨官林錫銘正是昨夜主人林克中之弟。胡傳一問之下，引爆獅頭社戰役，被大龜文番圍攻殉死的王開俊及屬下九十七人之廟塚，果然就在不遠之處。於是兩人步行同往，讓轎夫、挑夫多喘息一會兒。

廟小而莊嚴，王開俊之神像長鬚文儒，不似武將。較特殊的是廟旁有塔。胡傳知道在習俗上，塔有「鎮魂」之意，想是居民認為王開俊等人屬於冤死，故建塔以舒其冤。胡傳恭敬上香，內心納悶，何以唐定奎沒有把這戰死沙場之九十七位遺骸，列入國家祭祀之昭忠祠，而只由民間祭祀。民間則視王開俊為神，卻又令他覺得有些太過。

後來他終於領悟，因為王開俊系屬湘軍，而唐定奎部俱為淮軍。昭忠祠則為淮軍專用之祠堂，湘軍遂不得其門而入。如此區分，胡傳不禁搖頭②。

胡傳心願既了，於是啟程再發，果見海岸邊山勢雄峻，遠望有若盤坐巨獅，望向大海。胡傳知道，這就是獅頭山群。那麼，山麓深處，就是十八年前，淮軍與大龜文人大戰三個多月的戰場了。

胡傳下了轎子，抬頭上望左手邊的高山峭壁，林木蒼翠，再低頭俯視腳邊數十尺下之碧

---

②後來胡傳在台東也建昭忠祠，便將所有死難人員盡收入祠，「昭忠祠」不再是淮軍專用。

藍大海，波濤陣陣，這樣的雄偉景色，是他五十年生涯所未見。他不禁想到同治六年台灣兵備道劉明燈在行經此地時所寫下來的「且其箐深林密，鳥道羊腸，又多大石嵯峨，礙難下足……」。胡傳在眾侍從力勸之下，再上了轎子。他們說，陰雨之日，偶有巨石自山上滾落。胡傳知道，多虧了唐提督在十七年前拓寬了這條路，他才能如此輕鬆自在行走。沈葆楨也曾描寫這一段路，「蓋自枋寮南至瑯嶠，民居俱背山面海，外無屏障。」

自離鳳山，胡傳每日晨起之後，即取出沈葆楨當年奏章，逐字細讀。今晨，他唸到一個疑點。那是沈葆楨在同治十三年十二月二十三日，也就是離王開俊出事的光緒元年正月初八只有半個月前的奏章，是這樣寫的：

「十七日過莿桐腳，鄉民泣訴，先後為獅頭社番戕者五人，而王開俊營長夫過者，番疑為民，亦斃其二。論起釁之根，番直而民曲，及其仇殺，斷難縱番以殃民……」

胡傳對這藏在文中的五個字「番直而民曲」，產生莫大的好奇。他想，這五個字似乎一向為人所忽略。既然連沈葆楨都說是「番直」，那麼一開始，反而是番人有理。「民曲」兩字，更是直接指出墾民無理。可惜，沈葆楨卻沒有細述墾民之「曲」何在。

胡傳嘆了一口氣。他想，沈葆楨輕輕一語帶過，令人覺得似乎對墾民有些護短。他聯想到，過去遇到台灣生番殺人，朝廷上下莫不怪罪番人殘暴亂殺。但由沈文肅公的奏章看來，至少獅頭社之役並非由番人挑起，反是墾民欺壓番人在先。接著沈葆楨在見到王開俊時又說：「……及其仇殺，斷難縱番以殃民，且營夫又何罪也？」

也許就是沈葆楨向王開俊表示了「斷難縱番以殃民」，所以王開俊認為沈葆楨已經有所指示，遂出兵內、外獅頭社；卻又因輕進而全軍覆沒。後來沈葆楨在二月十七日奏章所寫「痛懲一、二社，諸社自當懾服輸誠，從而撫之，以為一勞永逸之計：固不敢養癰以貽患，亦不敢嗜殺以貪功」，已有騎虎難下之勢。

就這樣，唐定奎所帶領渡海而來，本來要與日本廝殺對陣的淮軍十三營，卻和這裡獅頭山的獅頭社番人大戰了三個月。

胡傳望著獅頭山的山巒，想到在鳳山昭忠祠的一千一百四十九位安徽先輩，來到此地深山密林之中，或與生番交戰而死，或因瘴癘急症而亡。

胡傳本來覺得挑起戰爭的其實不是番人，番人實有被冤枉之處。但一想到那些陣亡於荒山，埋骨於異鄉的千名淮軍，不覺由傷感而轉憤怒，這兩天對生番滋生的同情又因此大減。

胡傳又注意到，自南勢湖到枋山之間，約二里就可見一碉哨，有如烽火台之布置。這些碉哨建於光緒初年。雖然現在碉堡內已無勇丁守衛，但可見即使在獅頭社戰役後，此地防番之心依然甚嚴。

他想到李淦所說，在北部，生番出草殺人仍時有所聞。他也聽說過，番人若於平地落單，亦常遭漢人殺害。所謂漢番之間的仇視或歧視，事實上難以消弭。番人不再出草馘首，已是大幸，可謂一大進步。

他另想起，在鳳山的時候，他向鳳山縣令李淦談到他三月七日在夾板山經歷番人與官軍交戰時，曾問李淦，十八年來「開山撫番」順利否？當時李淦沒有回答他。然而李淦後來在與他去參拜昭忠祠後的道別晚宴中，卻主動提到他對這個問題的看法。

「鐵花兄，台灣您也知道，台灣的土番，其實有兩種，熟番與生番。平地熟番還溫馴，慢慢接受我們的習俗。但山地生番……」李淦長嘆一聲，沒有說下去，先舉起烏龍茶啜了一口，然後抬起頭，正襟危坐，說道：「我來到台灣多年，不能不佩服沈文肅公。他當年駐台短短不到一年，立下治台四策，從現在看來，真是眼光卓絕。唯有『開山撫番』一事，雖然，沈文肅公之奏文『夫務開山而不先撫番，則開山無從下手；欲撫番而不先開山，則撫番仍屬空談』擲地有聲，完全正確，但可惜卻窒礙難行。撫番，必成為剿番。原因是因為沈文肅公沒有能體會到，所謂『鐘鼎山林，各有天性，不可強也』。」

胡傳問道：「此話何說？」

李淦長嘆一聲：「番人有其天性，無法撫之。然而番人天性，雖曰強悍而非凶殘。他們天性不同，生活型態不同，崇敬祖靈，數百年來自得其樂，自有一套天地人合一之哲理，與吾等中土之民的想法完全不同。沈葆楨大人當年太過匆促，不了解生番，遽訂下『開山撫番』。其實，欲使番盡化為漢，乃是緣木求魚啊。也因此，開山撫番十八年，至少在墾番地這一項，可說是徒勞無功。我看啊，若要盡墾番地，除非是盡殺番民。今後，兄台慢慢體會了。」

當時，胡傳大吃一驚。他知道李淦會如此交淺言深，言人之所不言，是因為李淦與他同為安徽鄉親之故。而且，李淦是深思熟慮的，所以才在臨別之際向他說出。但是他又認為，李淦太悲觀了。他想，因為朝廷只曾在南部用兵，在北部未曾像唐定奎在大龜文一樣「痛懲一、二社，諸社自當懾服輸誠，從而撫之，以為一勞永逸之計」，所以才與北番糾纏不休。

後來到了枋寮，他也問林克中，自從唐定奎與大龜文人立約之後，大龜文是否再無生番滋事了？

林克中說：「大人真是關心國事民情。光緒元年的獅頭社大戰之後，枋山與楓港確實相當平靜，枋山溪的大龜文社群及楓港溪的射不力社群，俱已與平地民眾和平相處③。

「但率芒溪北的番人社群不屬大龜文人，卻一直與官府大小戰役不斷，特別是光緒三年那次規模最大，振字前營副將李光的部隊被率芒社殺了一名把總及三名勇丁④。於是，總兵張其光及湘軍統領方銘山，由率芒溪一路進擊，一直追到霧里乙社，殺了率芒社兩位頭目禍首，又俘虜了二十名率芒社民，其中有頭目子弟五人。那時正好丁日昌大人在澎湖，於是全

③胡傳此刻是光緒十八年四月。他還不知道的是，兩個月後，光緒十八年六月至八月間即發生射不力社部落群騷動。台灣鎮總兵萬國本親自帶兵到楓港，後山駐軍張兆連也帶兵來征。最後射不力族頭目被殺。但因連日大雨，大清之兵勇溺死、病死者也不少。後來改射不力社為「善化社」。

④作者猜測就是本書前言中「佳冬忠英祠」的殉職將士。牌位內有「振字營」的那些埋骨員弁勇丁。至於福靖營則是開山遇洪水殉難者，兩者俱為光緒三年之事故。

部給送去澎湖。丁大人赦免了他們。

「但此後光緒十年、光緒十四年，率芒社民仍有襲殺鄉民事件，再度引來官軍攻伐。」

胡傳回憶著李淦和林克中的話，顯然朝廷對台灣的開山撫番政策，立意雖佳，卻困難重重。其中之是非曲直，充滿矛盾。他思索著，如何能做好這「撫番」重任。他憂國憂民。政策必須執行，台灣必須開山。但他也不能濫殺生番，那麼，如何兩全？

正苦思之間，轎子停了下來。轎夫大叫：「老爺，楓港到了。」

第五十三章

楓港是枋寮以南、車城以北的最大村落。

軍府在此設有「汛」。這是漢人綠營部隊「標」、「協」、「營」下的編制，等於是枋寮及車城之間的最高指揮部。

當初牡丹社事件時，日本人曾有分支部隊駐在於此，因此日軍撤走之時，王開俊的部隊便是到此接收，也就駐紮此地。胡傳還記得沈葆楨的奏文所寫的：

……夕宿風港，適王開俊移營至。臣葆楨即令派汛弁郭占鰲至社，飭交凶犯懲辦；如敢違抗，則不能不示以威。

風港倭營俱在，四無牆壁，草屋數十，高僅及肩；王開俊嫌其散不可守，擬合紮而加牆濠焉。

楓港是王開俊駐營之處，因此胡傳對楓港特別重視。他希望能與此地汛官多談，俾對王開俊及後來淮軍在此的事蹟多一些了解。不料來迎接他的，卻只是一位甚為年輕的副汛官。原來宋姓汛官有事到恆春縣城去了，趕不回來。副汛官為此再三致歉。胡傳微笑表示無妨，要副汛官帶他到楓港隨處看看。

楓港比他想像的小，營房也比他想像的簡陋老舊。想是自唐定奎撤軍之後就沒有好好整修過。倒是德隆宮頗具規模，與周圍的簡陋民居相比，非常突出。顯然楓港庄民非常虔誠祭拜這裡的五府千歲。

回到營房，略事休息之後，一位汛兵端來晚飯，副汛官陪著胡傳用餐。很意外的，菜色卻出奇好吃。胡傳自離開鳳山縣署，未有如此豐盛可口之佳餚。除魚、蝦等海鮮，還有他吃不出來的一盤鮮肉熱炒，非豬非雞，甚為可口。而一盤山菜，更是鮮嫩香甜。胡傳大為滿意，賞了一塊洋元給副汛官，對菜餚大為稱讚。

副汛官說：「這是郭伯母與她女兒的功勞，小的不敢領賞。對了，我請郭伯母和她女兒出來拜見大人。」

副汛官帶了母女二位廚娘出來。那母親膚色稍黝黑，眉目雖然清秀，但不類漢人。女兒較白皙，五官也甚好看，眼睛極大，眼波汪汪，依稀有番人模樣。兩人笑得開朗，接了胡傳賞禮，齊道：「謝謝官爺厚賞」，然後彎身道謝。

胡傳忙道：「免禮，免禮。」兩人站起後，轉向副汛官一鞠躬，竟把胡傳賞賜的紅包交給副汛官，說道：「請軍爺作主吧」，然後退入廚房。

胡傳見兩人進退有禮，言談不俗，大為稱奇。他舉起酒杯，一飲而盡。他平日甚少飲酒，因此擺在桌側的酒本來一直未動。杯酒下肚，他頓覺此酒味道特殊異常。副汛官在旁笑道：「這是小米酒。」又指著熱炒：「這是山羌肉。」

胡傳滿腹謎團，終於不吐不快：「廚娘是番婦？」

副汛官點點頭。

這算是胡傳來到台灣四十多天，第一個面對面對談的番人了，竟是女性，而且有意外的印象。

胡傳又問：「番婦竟會煮得這麼一桌好菜？還有，你怎麼稱呼她為郭伯母？」

副汛官甚是機靈，很快答道：「卑職年輕，自枋寮來到楓港才三年。楓港這裡人人都稱讚郭伯母精通廚藝，熔漳泉菜、客家菜及山地味於一爐，是楓港首廚。

「更奇特的，我聽說她本出身獅頭社，但十八年前嫁到楓港庄來。她夫婿姓郭，本是一名廣東軍爺，在獅頭社戰役前就來到楓港。聽說郭伯母嫁到楓港之後，因多才多藝，樂善好施，人緣極佳，全楓港都很尊重她，老老少少都叫她郭伯母。沒有人因為她出身番社而看輕她。」

胡傳心中嘖嘖稱奇，不想一介番婦，竟能得到全村敬重。

胡傳又問副汛官：「你說她的夫君是廣東軍爺？還健在嗎？」

副汛官說：「郭老爺子在我調到楓港汛的第二年，就去世了。不過在他生前，我確實見過幾面。郭老爺子官至把總，他從軍前本就精於醫理，後來受傷退伍以後，開了醫鋪。郭伯母則幫忙煎藥、配方，閒暇時喜歡弄一些番社美食送給街坊，故很受歡迎。因為郭老爺子的左手有些瘸，所以兩人也常一起共同到山中採草藥。郭伯母因出身番社，身手矯捷，即使懸崖邊之草藥，也難不倒她。」又補充說：「她還會狩獵，方才大人吃的山羌，也是她獵來的。」

胡傳聽了，大感興趣，笑道：「繼續說。」

副汛官也笑了：「郭伯母的故事可多了。」

「聽說有一年，楓港、枋山大旱，糧食收成欠缺。郭伯母回去番社，帶來大批果物及山味，濟賑村民，村民感念不已。由那時開始，大家對她更為敬重。聽說她初到楓港，還有人叫她番婆，後來大家喜歡她人又標緻，就叫她『獅頭花』，自那次之後，大家都叫她郭伯母，連『獅頭花』也不敢叫了。她的本名聽說不太容易唸。也沒有人叫她原名，除了老一輩的，大家倒是都不知道了。即使知道，也沒人敢叫了。」副汛官頓了一頓，又說：「因為宋千總知道胡大人來此巡視，因此特別請出郭伯母來掌廚。」胡傳聞言，拱手為禮，表示稱謝。

那副汛官又說：「這幾年，像北部率芒溪以北之番區，衝突還是時有所聞。惟有在加祿、枋山、楓港這一帶，大龜文番與我們的關係甚佳，十多年來不再有大龜文番出草的事了。也不知道是因為郭伯母的關係，還是因為大龜文番總目謹守當年『禁仇殺』的誓言。」

那副汛官愈說愈有興致：「對了，聽說郭伯母的出身，還是大龜文總目家族的公主呢。但年代久了，大家對大龜文部落的諸多家族了解也有限，詳情就不知了。」

胡傳本就聽得津津有味，又聽說這位番婦竟是番社公主。此地本是當年民番衝突最慘烈之地，現在反而再無番人出草之事，不禁感慨：「如果民番相處都能如此和睦就好了。」

那副汛官似乎談興甚佳：「因為郭伯母賢淑能幹，於是楓港人與山地番女的通婚，有愈來愈多之勢呢。」接著又說：「郭伯母的本名少有人知，倒是郭伯母與郭大叔生的郭家三姐妹，在楓港、枋山都很有名。她們都以清秀活潑，多才多藝聞名，是楓港人這裡大戶人家爭相訂聘的對象。方才這位是大女兒，名叫郭笑。郭老爺子會取這名字，也見其幽默豁達。」

胡傳本性甚為嚴肅，此時酒足飯飽，也放開心情笑謔道：「你應該尚未成家吧？聽起來你也對郭家姐妹頗具好感，要不要我為你做個大媒？」

副汛官大驚，慌忙拜下說：「卑職確實未娶，但大爺莫開玩笑。」

胡傳是個歷盡滄桑之人，似也有些感慨而言：「確實，姻緣前定，不可開玩笑。對了，你名叫什麼？是何省人氏？」

副汛官說：「我姓蔡，名達，目前軍階是個把總。家父生前是枋寮哨官，也是廣東客家。」

胡傳聞言，更為好奇：「令尊追隨哪一位軍門來到台灣的？」

蔡達回答：「卑職家與枋寮巡檢郭占鰲家是世交。家曾祖父與郭巡檢祖父在嘉慶初年，自廣東番禺來到台灣，兩家都定居六堆內埔，成為世交。郭千總在光緒元年號召『鰲』營，家父也就參加了。幾年前郭巡檢病故楓港，先是埋在獅頭山麓，後來才歸葬內埔①，家父也出了力。我是在六堆出生的，是家中長子。家父加入了『鰲營』之後，六堆家中農務之事，由家叔父們承繼了，家父就久留軍伍。我自幼受家父薰陶，也喜愛練武。五年前，我十六歲，也就從軍了。沒想到家父在當年年底就急病去世②。卑職有幸自前載起，擢升為把總。今年年初幸獲擢升為占副汛官缺，今日遇到大人，是我的福分。」

胡傳再舉起一杯小米酒，一飲而盡。那副汛官蔡達念念不忘，又把話題轉回到郭家三姐妹身上。

「對了，大人。這楓港的人，把原來『獅頭花』的稱呼就用到郭家三姐妹身上了『大獅頭花』、『二獅頭花』、『小獅頭花』，好特別啊。」

＊

胡傳雖然躺下，卻一直思索著他從未想過的，番社公主竟然嫁了綠營把總，還得到全村如此的敬重，甚至消弭了漢番之仇隙。蔡達「三朵獅頭花」的聲音也一直在他耳邊繚繞著。

這一夜，胡傳睡得極差。第二天凌晨，他並沒有在日記中提到這些茶餘閒談。日記上只有寥寥數句：「初八日……至楓港汛，止於該汛營房。汛官宋姓赴恆春，未遇。汛蟲木蝨多……」。

胡傳離開楓港後，獅頭社之役也在他腦海中漸漸淡忘了。胡傳一路走下去，柴城、恆春、浸水營古道、卑南……，繼續著他全台防務巡察的行程……

---

①有關郭占鰲部分，參見郭占鰲後人郭富發先生（七十七歲）口述，2008年9月19日採訪。採錄者：蔡明坤、王淑慧（《美和技術學院學報》第二十九卷第一期，頁一二一—一四七，二〇一〇年）。

②清朝綠營士兵為世兵制，父死則子繼。

第五十四章

姻緣天註定，世事誠難料。

胡傳沒有想到，台灣，竟是他人生的終點站。而他此後的生涯，和台灣的番人，竟也結了不解之緣。

胡傳更沒有想到，這位蔡姓副汛官，後來真的成了郭伯母家的愛婿。而一百二十四年後，在胡傳那天過夜的小小楓港，當年的獅頭社戰役引爆點，竟出了一位兼帶大清軍爺與大龜文頭目公主血緣的台灣總統。

（完筆於2016年9月底，2017年4月再修改）

神鬼任務之一：

「鳳山武洛塘山淮軍昭忠祠」之探訪及再現

1875年，光緒元年，獅頭社戰役，台灣「開山撫番」卻變「剿番」。這是原住民百年苦難的開始，也是清治台灣原漢之間的第一道鉅大歷史傷痕。

既往矣，回歸當年的歷史，以我的觀點，在這場戰役中殉職的清軍及死難的大龜文人，都是「台灣魂」，台灣史的英雄。

大清精銳淮軍中的銘軍，有近三分之一或1918人，包括數位高級將領，在台灣病亡或陣亡，永遠回不了家鄉。其中1149人埋骨鳳山武洛塘山，從此與安徽合肥的故鄉及家人永隔大海一方。他們是楚辭裡的國殤，「身既死兮神以靈，子魂魄兮為鬼雄」，也是「可憐武洛塘山骨，猶是春閨夢裡人」。

1877年，光緒三年，大清福建巡撫丁日昌為他們蓋了淮軍昭忠祠，等於是忠烈祠，立了碑文，年年祭祀。但是，僅十八年後1895年，日本人據台。以後史冊上就沒有昭忠祠的記載。

經過一番求證與考據，我大約描繪出一個輪廓。1895年日本人來台以後，昭忠祠自然就不受重視。在1908左右，為了蓋鐵路，本來就矮平的武洛塘山也被削平許多，而昭忠祠也自此自台灣地面上與地圖上消失，也自此消失在台灣人的記憶裡，只有在合肥的李鴻章宅的陳列圖上保留了一個點及一句話。1940年代經過疏濬，武洛塘（柴頭埤）也不見了，成為陸地，即大東國小及大東公園。

於是由大清到日本而民國，改朝換代，歲月久遠，加上滄海桑田，連鳳山耆老都不知當地曾有祭祀清軍昭忠祠，台灣人民也完全忘了一百四十多年前，來保國護民而埋骨台灣的1918名淮軍，也忘了因清廷的「開山撫番」變「勦番」的五個大龜文部落原住民。眼看這段歷史，就要完全被後人遺忘，永遠塵封在故宮的檔案中。

2015年2月，我神差鬼使去了淮軍故鄉合肥，偶然看到的一幅牆上的陳列圖，竟讓我改變寫作計劃，開始如醉如癡追尋台灣淮軍遺址及踏察大龜文古戰場，終於寫成了「獅頭花」這本小說。在寫作過程中，我一直覺得，我只是這些埋骨台灣英魂的手與筆。在過去二年多祂們指引我去這裡，去那裡，然後牽著我的手，以我的筆，寫成了這本書。

然而，書雖然完成了，當年差點被「掃進歷史灰燼」的事蹟雖然大致重見天日，可以讓台灣子孫對我們的曾祖父母時代台灣移民社會的不幸原漢衝突有所理解……。但是，武洛塘山的淮軍英靈們顯然認為，我仍未竟全功。因為，還有一個重大任務沒有完成。就是：

「我只是完成武洛塘山昭忠祠的考據，但是，昭忠祠的原來位置何在？1908年挖出淮軍遺骸如今何在？而且，他們在台灣史上，顯然未獲公平對待，尊敬祭享！」

於是，我再度被神差鬼使安排了一場演講。表面上平平無奇，是「台灣文學獎巡迴演講」中的一場，地點在「鳳山大東藝術文化中心」。我乍聞此訊，就心裡一震，知道事出有因：

因為此講堂地點，離當年淮軍昭忠祠原址之地圖上位置，竟然只有一公里左右！這分明是「他們」要見我，召喚我。

我也突然意識到，我以一介「最老新銳作家」卻在去年得了「台灣文學獎金典獎」，其實是這些英靈們冥冥中的安排……。

於是，6月17日，我來到了「鳳山大東文化藝術中心」。

鳳山，是我媽媽的家鄉。我兒時最美好的回憶都在鳳山，因為我小學暑假都在這裡度過。

講堂原址的「大東國小」，是我小時候學騎腳踏車的地方。

現在台灣大概沒有幾個人知道，這裡直到七十多年前，是水深約一個半樓層的「柴頭埤」。其實我也只見過照片，但小時候一直覺得，我外祖父家好奇怪，自三民路大門進入，一直是平的（不是山坡地），但為什麼，走了約四、五十公尺，到了屋後，卻要爬下一層長樓梯才會到地面。直到我2015年為了尋找「鳳山昭忠祠」去尋找鳳山古地圖，才知道鳳山有個「武洛塘山」，因為面臨「武洛塘」而得名，而柴頭埤就是武洛塘的俗名。甚至鳳山古名「埤頭」，也是因為此埤而得名。

沒有我小時候的身歷其境，我不可能了解這些。

6月17日，氣象預報是全台豪雨，還好高雄和鳳山雨都不大。謝謝我的表甥林川田先生，謝謝我的大學同窗林榮宗醫師伉儷，他們冒雨陪著我探訪已幾乎不見蹤影的武洛塘山舊地及探測昭忠祠可能原址。

我曾經在去年 2016 夏天也曾與表兄林奇清來過一次。那時，我誤以為是，日本人在 1896 年以後，就把昭忠祠拆除了，蓋了「日本神社」。而日本神社在 1946 以後也被拆，成了後來的「縣立鳳山醫院」。鳳山醫院後門，就是武洛塘與武洛塘山交界處。

今年一月初，我發現去年的看法錯誤，因為日本神社（鳳山醫院）近「北門」太偏南了，而昭忠祠原址則與「外北門」近乎平行而稍南。而且日本神社是大正年間才畫的（見第二十四頁圖片）。當然到了日本時代，不再有公祭，不再有香火，但自光緒三年建成至光緒二十一年日本據台，才十八年，若無地震天災，昭忠祠似也不應傾頹？或被民眾占用？於是我在 FB 上撰文，請教臉友。很幸運有高雄于蕙清教授介紹了曾在 1994 年得過金鼎獎的鳳山耆老鄭溫乾先生。我們討論的結果，確定昭忠祠大致是 1908 前後，因為日本人蓋縱貫鐵路與製糖會社鐵路而拆的。而地點在當年內外北門之間，以及當年城牆（今經武路）與鳳山溪之間。

6月17日這天，在川田的指引下，我發現，我在台北看鳳山地圖的盲點是，不知道經武路與博愛路是立體交叉。經武路是高架。此處有「萬姓公媽廟」。網路上說，當年有一些山上挖出的公墓骨骸埋葬在此。這一帶應該算是當年武洛塘山北面高處。昭忠祠則在南面山坡下，也就是鐵路經過處。而鐵路則是沿著博愛路而走。我直覺認為，若挖出昭忠祠淮軍骨骸，只會往山下搬，不太可能往上搬到「萬姓公媽廟」埋葬。再說，這廟的歷史不夠長，與1908年銜接不上。我自鳳仁路往高架下南面博愛路望去，確定這一帶就是昭忠祠原址。這裡似乎並無民宅，相當合理。因為台灣民眾敬重廟祠，不可能有膽占用昭忠祠的地。但鳳山農會似乎曾利用此地附近作為廠房？

於是我們一行決定下去博愛路。我的另一定點是鳳山溪博愛路口，即青年夜市。我們下了高架，沿著博愛路向東而行，左邊的鐵路沿線正在施工，且與博愛路隔著一排茂密的樹木，無法直接遙望。在未到鳳山溪之半路，路之左側出現一「萬福廟」路標，及一小缺口正好可以進入鐵路處。鐵路正在施工（地下化），工地凹突不平。工地旁竟然還有一、二間簡陋鐵皮屋小祠置有年代不明的無主骨骸。但我心中相信，這一帶就是「武洛塘山昭忠祠」舊址。今之所以在平地上，是因為建鐵路時，山坡被挖平了。博愛路與經武路的高架落差，就是削山的結果。在光緒年間，很可能是經武路的高度。

我們自小缺口迴車出來，見到對面有個「萬福廟」，因為急著去會場演講，又因為網路上說，此廟供奉「李府千歲」，因此我們沒有停留。這時，後車的林醫師夫人發現，川田載我的車，後車蓋上不知何時多了一朵甚是美麗的花。車行途中，雖然有風有雨，那朵花既不掉落，也不移位，一路與我們到了大東文化藝術中心的地下停車場。我是演講後才知道這件事的。仔細看花，花大而美，微橙帶紅。我覺得這是英靈因為我終於到了昭忠祠原地而向我示意嘉許。我把花帶回台北。

在高鐵上，我想，既然「萬福廟」就在當年昭忠祠山下路邊，廟口對聯又有「萬應」兩字。最合理的推測，被移葬的昭忠祠英靈遺骸，應該就是歸葬此廟才合理。於是，6月25日，我再度南下，到萬福廟一探究竟。巧合的是，我在6月23日上海行，竟無意中發現宴請我的餐廳，外觀為典雅洋樓，為古典西洋擺飾，有若十九世紀西方貴族宅第，且餐廳無招牌。另一位台灣貴客告訴我，這是李鴻章當年在上海的府邸或招待所。

果然6月25日之萬福廟之行，有了大發現。原來在萬福廟之後側，就是萬福廟前身小廟的「萬應公祠」，也就是「萬福廟」沿革第一行所提到的「靈庵」（見第二十五頁圖）。妙的是，這個小廟牆上有個1984年整修萬應公祠的包商所立之牌，讓我證實這個現在拜「李府千歲」的陽廟「萬福廟」，當初就是置放原昭忠祠內淮軍骸骨的陰廟「萬應公祠」。新萬福廟坐南朝北，舊小廟以前為「萬應公祠」則坐北朝南，正是背向原來的武洛塘山，非常合理。

我的終結推測是1908年，日本人因為建糖廠鐵路及縱貫鐵路，把原本就低矮的武洛塘山削平了一部分，也把原已傾頹的武洛淮軍昭忠祠拆了。那一帶原本就是墓地。於是近鳳山溪這方面挖出的山坡墳墓骨骸，包括自昭忠祠挖出的淮軍骨骸及混雜一些民眾遺骨，可能曝露在山下一段時間。（博愛路要到 1980 年左右才開通）。但當地應有一些長輩耆老，猶記得這是30年前的淮軍將士忠烈祠，於是草草把骸骨埋了，再蓋了一個萬應公廟小祠，可能尚未叫做「靈庵」。在日本統治下，自是低調不張揚。但傳述後人，此地有清軍靈骨。

等 1945 之後，日本人離去，一方面已近四十年之久的萬應公廟已舊，一方面政治禁忌已除，再加上該小祠甚為靈驗，於是在 1950 丙寅年當地父老蓋了嶄新萬應公小廟，「靈庵」可能只是形容詞，但此廟名氣由此開始。

三十六年後，1986 年甲寅年春，高雄市有位營造業者張溪松因此前所蓋「販厝」滯銷，在走投無路之時來此破舊萬應公小廟許願，果真如願，於是花了 20500 元，翻修舊廟，保留了屋頂及天花板，把牆壁及地板鋪上新磁磚。（很玄的，類似情節也出現在北勢寮淮軍遺塚），作為還願。

也許此一顯靈事蹟讓鳳山北門當地士紳憶起，在兒時家中父老曾提起「靈庵」葬有清代將士骸骨。於是為了不讓外來高雄異鄉人搶了鋒芒，在較陣的心理下，當地士紳富家集資蓋了大廟「萬福廟」，並表示將士英靈已升官成為「千歲」，於是萬福廟變成主祀「李府千歲」，生日八月廿三，性質上也由陰廟變為陽廟（這一段是廟婆親口告訴我。何以廟中三神為李府千歲，天上聖母，濟公活佛，原因在此）。故廟成之後，擺有五營軍旗，而且廟方立有專爐，明示拜拜要安插十七柱香，其中「六柱香拜小廟」！而且在廟口對聯也題詩「萬法玄宗率千兵威靈鎮守」。這顯示，當地耆老確知，這廟中有當年遷葬的清兵塚骨骸。

我也試圖聯絡寺廟沿革上的建廟者或子嗣，但未有新資訊。那位在三十一年前捐了20500元來還願的張先生的電話已成為空號，無法再進一步証實。但我深信，我的推測應該接近事實。

那天，我也備酒，備果，備點心糕餅，在新廟舊廟都祭了這些清代軍民亡魂，相信1875年的淮軍國殤也在其中。

我心中惟一憾事是，當年昭忠祠內有一塊光緒三年1877的大紀念碑，何以不見？但願此碑有重見天日之一天。

2017年6月30日修改完成

後記：約十天後，7月10日，我赴江蘇無錫遊覽，竟然不期而遇同治三年所建的「無錫昭忠祠」，而「昭忠祠」三字是李鴻章手撰（見頁17）！

神鬼任務之二：

枋寮「白軍營」之外尚有淮軍遺塚？

依照丁日昌在光緒三年（1877）六月二十三日的奏章：除了在鳳山建昭忠祠，埋葬死于獅頭社之役中亡故的1149名淮軍外，「又於枋寮購地作為義塚遷葬前敵內山等處勇棺769具……」。換句話說，來台淮軍，沒有死在大龜文戰場，而在後方鳳山枋寮營區病死的769人，則集中起來遷埋在枋寮。

2015年3月5日，我和我南部好友邱銘義先生及潘曉泊先生也在詭異的情況之下，來到這裡（見前言：淮軍與大龜文的召喚與尋覓）。這個枋寮淮軍塚，後來也歷經滄桑，現在叫做「白軍營」，不在枋寮鎮內，而在郊外北勢寮海邊。我在2016年10月11日及2016年12月3日，又分別造訪，也有幸巧遇目前已經八十四歲高齡「白軍營」的民間建照者柯先生。柯先生也告訴我許多建廟靈異。依他所言，在白軍營挖出的遺骸，排列整齊，做軍人聽訓陣式，還有司令台，但總數是四百多。換言之，與丁日昌奏文中的769人，短缺約三百多名。

12月3日之行，我又很巧合地心念一動而發現附近有個「圓靜祠」，在1997年也挖出數以百計骨骸。而圓靜祠之建照，顯然也有神奇故事。如何證明其中骸骨與淮軍有關或無涉，將是我的未竟任務。

在「獅頭花」出版之際，我決定把這一段也寫入，而「圓靜祠」的追尋，將是我未盡的神鬼任務之三乎？？？

附錄

台灣淮軍史（1874-1875）

（陳耀昌整理）

同治十三年（1874年）	
三月二十二日（農曆）	日軍登陸南台灣（瑯嶠，今屏東枋寮以南）十四天後，牡丹社頭目阿祿古為日軍所殺。但日本人猶盤據龜山及牡丹社，並增兵二百人北駐風港，窺伺枋寮、鳳山。
五月四日	沈葆楨抵安平。
五月二十五日	沈葆楨奏報防台三策：理諭、設防、開禁。（開禁就是「開山撫番」之雛形）
六月一日	沈葆楨奏請撥調北洋大臣李鴻章所屬洋槍隊至台助援。
六月五日	清廷下令，派唐定奎率原駐徐州淮軍十三營六千五百兵士由江蘇瓜州搭輪船至台灣旗後，行前並增添新式兵器。
七月中旬至八月中旬	淮軍分三批抵台。再加上吳光亮廣東軍為主的「飛虎營」，羅大春湘軍為主的「綏遠營」，共增援一萬零九百七十部隊。唐定奎率領淮軍則駐紮在鳳山與枋寮之間，與龜山、風港之日軍對峙。
九月二十二日	〈清日台灣事件專約〉簽訂。
十月二十七日	日本撤軍，牡丹社事件結束。
十二月初五	沈葆楨上〈台灣後山請開禁〉摺，建議改瑯嶠為「恆春縣」。「開山撫番」政策乃定。（同一天同治皇帝過世）

光緒元年（1875年）	正月八日	楓港駐軍將領游擊王開俊，因去年七月莿桐腳居民與獅頭社衝突之結怨擴大（註1），率軍自楓港進攻獅頭社，先濫殺焚社，回程時反被殲滅。（註2）
	二月初至四月十六日	唐定奎率淮軍五千人進攻大龜文酋邦，焚內外獅頭社等五部落「獅頭社戰役」。
	五月中旬	雙方停戰。大龜文人接受唐定奎七條件。清廷則定調為大龜文人接受招降及受冊封。
	六月中旬、下旬	唐定奎率淮軍返上海
光緒三年（1877年）		鳳山「武洛塘山淮軍昭忠祠」（註3）落成，奉祀獅頭社戰役中陣亡或病故的一千一百四十九名淮軍。另有未參戰而先病死之淮軍七百六十九名葬於枋寮部外之北勢寮。清廷營在鳳山昭忠祠立碑紀念所有在台灣殉職之一九一八名淮軍將士。（註4）

（註1）沈葆楨復吳大廷書：「…獅頭社肇釁，緣去秋刺桐腳莊民打醮，社番出索飲犒，拒之而哄，莊民縛其頭人之子。枋寮巡檢馳往押放不聽，而請兵於倭將以剿番，經弟等檄止，倭將乃息。其曲在民，然并未傷一番。倭兵退後，番日出伺殺，迭戕五命，千總諭之不止，已而又斃王游擊營夫二人。飭交凶不應，以必屠刺桐腳為言。王玉山素愛民，而性急，為婦孺環吁，遂不及會商近剿。始焚其社，繼而中伏。此撫局所由變也。…」（《沈文肅公牘》，臺灣省文獻委員會）

（註2）後嘉和居民建祠「嘉和王太帥鎮安宮」祭祀之。2001年當地居民又集資遷址改建。

（註3）「鳳山昭忠祠」今已不存在。在1907或1908年，日本人建造縱貫鐵路時拆除之。原來之骨骸，據作者踏查，應遷葬於原昭忠祠旁，今鳳山博愛路萬福廟內。（見〈神鬼任務之一〉一文，第三八七頁）

（註4）幾經滄桑後，埋在地下的淮軍骨骸首在1980年前後被挖出，由鄉民合建「白軍營」。現在的「白軍營」則是由地主柯三坤在2004年改建。另外離「白軍營」約一百多公尺外的「圓靜祠」也在1997年挖出大批骨骸，是否與淮軍有關，尚待查證。

INK PUBLISHING 文學叢書 539

獅頭花

作　　者　陳耀昌
總 編 輯　初安民
責任編輯　宋敏菁
美術編輯　陳淑美　林麗華　黃昶憲
圖　　片　陳耀昌
封面題字　朱振南
校　　對　呂佳真　陳耀昌　宋敏菁

發 行 人　張書銘
出　　版　INK 印刻文學生活雜誌出版股份有限公司
新北市中和區建一路249號8樓
電話：02-22281626
傳真：02-22281598
e-mail : ink.book@msa.hinet.net
網　　址　舒讀網http : //www.inksudu.com.tw

法律顧問　巨鼎博達法律事務所
施竣中律師
總 代 理　成陽出版股份有限公司
電話：03-3589000（代表號）
傳真：03-3556521
郵政劃撥　19785090 印刻文學生活雜誌出版股份有限公司
印　　刷　海王印刷事業股份有限公司

港澳總經銷　泛華發行代理有限公司
地　　址　香港新界將軍澳工業邨駿昌街7號2樓
電　　話　(852) 2798 2220
傳　　真　(852) 2796 5471
網　　址　www.gccd.com.hk

出版日期　2017年10月　初版
2021年 8 月 26 日　初版八刷
ISBN　978-986-387-184-2

定價　450元

國家圖書館出版品預行編目資料

獅頭花 / 陳耀昌著 .--
初版 . --新北市中和區：INK印刻文學，
2017.10 面；　公分. --（文學叢書；539）
ISBN　978-986-387-184-2　（平裝）

857.7　106009805

舒讀網